狄仁杰之绝境追凶

轩胖儿 著

辽宁人民出版社

© 轩胖儿 2024

图书在版编目（CIP）数据

狄仁杰之绝境追凶 / 轩胖儿著 . —沈阳：辽宁人民出版社，2024.1

（狄仁杰地支传奇系列）

ISBN 978-7-205-10818-2

Ⅰ.①狄… Ⅱ.①轩… Ⅲ.①推理小说—中国—当代 Ⅳ.① I247.5

中国国家版本馆 CIP 数据核字（2023）第 144028 号

出版发行：辽宁人民出版社
地　　址：沈阳市和平区十一纬路 25 号　邮编：110003
电　　话：024-23284191（发行部）　024-23284304（办公室）
http：//www.lnpph.com.cn

印　　刷：河北朗祥印刷有限公司
幅面尺寸：170mm×240mm
印　　张：17
字　　数：252 千字
出版时间：2024 年 1 月第 1 版
印刷时间：2024 年 1 月第 1 次印刷
责任编辑：赵维宁
封面设计：乐　翁
版式设计：一诺设计
责任校对：吴艳杰
书　　号：ISBN 978-7-205-10818-2
定　　价：49.80 元

目录

第一章　恶魔之手 / 001

第二章　狄仁杰的古怪 / 006

第三章　鬼附身 / 011

第四章　我爹是闫知微 / 017

第五章　故人相见不相知 / 022

第六章　时机不到 / 028

第七章　分尸 / 035

第八章　诈尸 / 041

第九章　误判 / 046

第十章　系列案 / 052

第十一章　陷阱 / 058

第十二章　不死将死 / 065

第十三章　凶手的疏忽 / 070

第十四章　不懂断案的捕头 / 075

第十五章　刑讯 / 081

第十六章　奇怪的梦 / 087

第十七章　凶器 / 094

第十八章　足迹分析 / 100

第十九章　县令的难题 / 105

第二十章　破案之道 / 111

第二十一章　重大嫌疑 / 117

第二十二章　巨款 / 123

第二十三章　万人难猜 / 129

第二十四章　迥异的父子 / 135

第二十五章　滴醋法 / 141

第二十六章　敞开心扉 / 147

第二十七章　密室失踪 / 152

第二十八章　勒索信 / 158

第二十九章　本末倒置　/　164

第三十章　调虎离山　/　169

第三十一章　过敏原　/　175

第三十二章　湖心岛　/　180

第三十三章　灯下黑　/　186

第三十四章　蒸熟的人质　/　191

第三十五章　自作孽　/　198

第三十六章　胆矾　/　203

第三十七章　过往　/　208

第三十八章　虎师　/　216

第三十九章　死亡名单　/　222

第四十章　三道保险　/　228

第四十一章　死局　/　233

第四十二章　贪性　/　240

第四十三章　顺水推舟　/　245

第四十四章　破局　/　254

第四十五章　尾声　/　260

第一章　恶魔之手

万岁通天二年七月，随着佞臣来俊臣被诛，武周王朝经历了七年的坎坷后，终于迎来短暂的安宁。

这些年的宫廷斗争已经耗尽了武则天的精力，尤其是在她即位之后，李氏皇嗣在各路大臣的支持下纷纷造反，忠于李唐王朝的大臣们处处与她作对，周边的番邦趁机派兵入侵，抢掠边境城市。内忧外患之下，武则天凭借智慧和魄力艰难前行着。

随着大周军队击溃入侵的异族和造反的李氏皇嗣，武则天的皇权逐渐稳固，她的江山社稷也良好地发展着。

通天宫是中国古代建筑史的奇迹，更是武则天的精神支柱。武则天换了便装，站在通天宫最顶层，背着手透过窗户俯瞰整个洛阳城。看着皇城的威严和远处街市的繁荣、祥和，这一刻，她的内心涌出一股从未有过的满足感，她闭上眼睛，轻舒一口气，静静地享受着带着凉意的缕缕清风。此刻她又从冷酷无情的女皇重新变成一个女人。

"陛下，内卫大阁领贾威猛求见。"

上官婉儿柔和的声音把武则天从思绪中拉回现实，她缓缓睁开眼睛，扭头看了一眼低着头的上官婉儿，沉默了好一阵："这个狗屁威猛一来，一准儿没好事儿。"

"婉儿也是这么说他的，可他今天非要见陛下，死赖着不走。陛下要是不喜欢，就让他在外面等着，晾他一段时间，他自感无趣也就走了。"上官婉儿颇得武则天宠爱，在朝中的地位很高，大臣们如果想在上朝以外的时间见武则天，就必须要经过她这一关。

内卫府直接隶属于皇帝，所承办的事情都与皇帝有关，贾威猛执意要见武则天，甚至不怕打扰到她老人家的雅兴，肯定是有大事儿发生。

"行啦，让他上来吧。"武则天今天心情大好，语气变得随和了很多，脸上尽显着慈祥。

"是。"上官婉儿早就预料到武则天的反应，否则，她绝不肯前来打扰皇帝的雅兴。她作了个揖，转身向楼梯走去。

武则天看着上官婉儿的背影有些出神。上了年纪后，她时常精神恍惚，甚至有时候会产生各种各样奇怪的幻觉，尤其是看到上官婉儿时，她一度看到了自己年轻时的模样，这也是上官婉儿身为罪臣后人还能得宠的原因之一。

"要是太平能像她一样就好喽。"武则天伸了伸懒腰，但想起自己的几个儿女不禁摇了摇头。

执政初期，为了稳固政权，她采取强压政策，令几个儿子变得唯唯诺诺，甚至连大志都消磨殆尽。太平公主虽是女儿身，却胸怀天下，一直想着可以继承母亲的皇位，相貌、行为举止和武则天极像，活脱脱成了她的影子。要不是太平公主急功近利，她还真有把皇位传给太平的想法。上官婉儿身上也有武则天的影子，但更多的是像她内心里住着的那个她，看似柔和，却坚韧如铁。

"臣贾威猛叩见陛下，打扰了陛下雅兴，臣罪该万死。"贾威猛人还未到，声音却已经传了上来。显然他知道自己打扰了武则天的雅致，就算有再大的事儿，也免不了遭受一番责难，索性先承认了错误。

武则天鼻子里哼出一声，说道："上来吧。"

话音未落，贾威猛立马窜了上来，跪倒在地。正要磕头，却听到武则天说道："好啦，这里又不是朝堂，礼数就免了。"

贾威猛站起身，脸上露出歉意。

贾威猛的名字听起来很威猛，但长得如同一只营养不良的猴子。单从身形来看，无论如何都和威猛无关，这也是人们喜欢调侃他的地方。刚刚从楼梯上来的上官婉儿看到武则天想笑又不能笑的样子，心中便明白了七八分，眼角余光瞥了贾威猛一眼，嘴角动了动，才勉强忍住不笑。

武则天问道："这么急着见朕，如果不是大事儿，朕就罚你去戍边。"

戍边在这个时代是非常残酷的，无论是官还是民，一旦戍边，就很难再回到都城。

贾威猛深知戍边之苦，嘿嘿地笑了几声，表情看起来有些猥琐，瞥了一旁的上官婉儿一眼，一副欲言又止的样子。

"说！婉儿不是外人。"

得到武则天的许可后，贾威猛才从怀里掏出一封信，双手递给武则天，猥琐的笑容逐渐变得严肃起来。信已经打开，信封上只写着"狄仁杰亲启"五个字，再无其他信息。

"陛下，这封信莫名其妙地出现在安西都护府的驿站中，没有发信人，内卫怀疑这封信可能是某个外族写给狄仁杰的，便例行检查，结果发现了……不一样的东西。"贾威猛把偷看他人信件说成例行检查，脸都没红一下。他不愿意直接说出信封中是什么物品，便用了"不一样的东西"来代替，显然是对此物相当忌惮。

"一向敢于直言的贾威猛怎么支支吾吾起来了？"武则天盯着贾威猛好一阵，直到他的手有些颤抖，这才接过信。

信封口是用极锋利的刀剖开的，以便于检查过后无损恢复，免得收信人知晓后迁怒于内卫。内卫的定位是非常尴尬的，是武则天执政时期的特殊存在，因武周而生，最终也会因武周而灭。尤其是内卫高层，深知朝堂上的变化极快，可能一夜之间就会变了天，要是得罪了太多人，怕是会像来俊臣一般，落得个兔死狗烹的下场。

武则天捏开信封，向里面看了一眼后，突然露出惊恐的神色，好像手上的信封是一条毒蛇一般，下意识地扔了出去，不由自主地退了两步。就算她强作镇定，也依然能看出她的眼神慌乱，脸色煞白，嘴里不停地念叨着："这不可能，这不可能。"

上官婉儿见状急忙上前扶着惊魂未定的武则天。在她眼里，武则天理智而冷静，杀伐果断，哪怕是天崩地裂、百万敌军兵临城下，都未见她如此恐惧，却因为一封信吓成这个样子，实在是不可思议。

信封中的物品已经掉落出来，像是一只干瘪的动物爪子，奇怪的是，手指尖端很尖，却无指甲，通体紫黑色，每根手指背部还有一条隆起，隆起由很多蘑菇头一样的细小柱状物组成，黑中带着红，看起来极为诡异，样子如同恶魔的手。

贾威猛急忙把爪子塞进信封里，又用手指在地上捡着一些从信封里掉出来的细小如沙粒的东西，却不敢再接近武则天，站在原地小声询问道："陛下，此事如何定夺？"

武则天皱着眉头愣着，如同灵魂出窍一般，脸上的恐惧久久未能消散，甚至都忘了呼吸，过了好一阵，她才长长地吁出一口气，理智和冷静又重新回到她的脸上，声音显得很平静："你的意见呢？"

贾威猛稍加思索后说道："此案六年前和狄仁杰有关，现在又和他有了关联，这就是缘，臣认为，还得靠他来解决这桩案子。"

武则天有些犹豫不决，双手叠在一起不断地搓着。

"陛下，普天之下，怕是只有狄仁杰能破解这桩案子。"贾威猛说道。

在这个时代当地方州官，都需要有断案的能力，但能力有高有低，狄仁杰任大理寺丞时断案无数，积累了大量的经验，称其为神探当之无愧，贾威猛说这件案子只有狄仁杰可破也不算过分。

"他在哪儿？"武则天终于下定了决心。

"正在从魏州回神都洛阳复命的路上，估计再有三天就能到。"上官婉儿回道。

狄仁杰在魏州任刺史时，破了"绝地旱魃"一案，灭杀了叛军前锋，打乱了叛军的战略部署。不久后，叛军首领李尽忠和孙万荣兵败身亡。为了褒奖狄仁杰，武则天召他还朝复命领旨，准备委以重任。却想不到在这关键的当口儿，又出了这档子事儿。

"贾威猛，你立刻去找狄仁杰，传朕口谕，他不必回神都复职，直接前往安西都护府办理此案……嗯……"武则天显然是又有了顾虑，踱了几步后，看向上官婉儿，"此案诡异，狄仁杰身边无人保护，一旦遇到危险，怕是性命不保，婉儿，你自打入宫以来，很少出门，这件事就委托给你了，你带着这封信火速与狄仁杰会合，代替大阁领传朕口谕。记住，一定要妥当处理，否则，你和狄仁杰就不要再回神都洛阳了。"

武则天说话时眼神中闪过一丝杀意，虽说转瞬即逝，却还是被敏感的上官婉儿捕捉到了。

自打政局稳定之后，没有了危机感的武则天很少动杀心，想必是这件事关乎政权稳固，这才令她有如此表现。

钦差拥有巨大的权力，担任钦差看似风光无限，实则机遇与风险并存。有些任务是只要完成了皇帝交代的差事，就能得到嘉奖，加官晋爵。但还有一些任务是带有更深层次的政治意义，无论完成与否，都可能成为弃子！

最典型的弃子就是来俊臣，在大周政权不稳时，武则天需要他来清除异己，扫平执政路上的障碍。一旦政权稳固、天下安定，来俊臣就失去了大部分作用，他的最后一项作用便是用死亡来平复民怨。可以说从一开始，来俊臣的结局就注定了，无论他的任务完成得漂亮与否，最终都会成为宣泄民愤的弃子。

武则天所说的"妥当处理"四个字所蕴含的意义深远，绝不是单单把案子破了那么简单，但要把握好"妥当"二字，谈何容易！

上官婉儿在武则天身边数年，这种事看得多了，想不到今天会轮到她头上，她看了贾威猛一眼，眼神中带着一丝幽怨，吓得贾威猛急忙扭头回避，生怕一不小心会被她摄了魂魄。

"还有，安西都护府目前的局势并不稳定，当地民风剽悍，若以钦差身份前往，可能会引发不必要的纷争，所以你们只能暗中探访。朕会给你一个密旨，不到关键时刻绝不可打开。"

每次武则天派狄仁杰查案，都会拟下一道圣旨，还会赋予狄仁杰亢龙铜等可以先斩后奏的圣器。可这次不但没有圣旨和圣器，连身份都要隐藏，看来这案件背后定是另有隐情，绝不只是如武则天所说的"会引发纷争"那么简单。

第二章 狄仁杰的古怪

那个年代的通信系统并不发达，要找到一个人堪比大海捞针。不过，却难不倒聪明绝顶的上官婉儿。当狄仁杰正在客栈中的巨大木桶里泡澡时，她在管家狄平的阻拦声中闯了进来。

狄仁杰的年纪比上官婉儿大很多，一生经历无数，依然被她的突然闯入弄得有些尴尬，急忙拽过一旁挂着的衣袍盖住大木桶，说道："上官大人，您来得太唐突了吧？男女有别，不如等下官换好了衣衫……"

狄仁杰提前得知，此次回神都复命将领受幽州都督一职，按说官职比上官婉儿大上不少，但他明白，上官婉儿的位置非同一般，勤政三年未必能赶得上她一句好话，因此才以下官自称。

上官婉儿推开管家狄平，走到大木桶前，从怀里掏出那封信，捏着信封给狄仁杰看。狄仁杰抹了抹额头上的汗珠，又揉了揉眼睛，当他看到信封中的东西后，神色变了又变，几乎失神般地看着信封，甚至忘了自己现在的处境，嘴里念叨着："不可能，这不可能。"

狄仁杰的反应和武则天的反应很相似，区别在于一个是失神，一个是恐惧。

上官婉儿微微摇了摇头，说道："陛下看这封信时也是这么说的。"

狄仁杰的失神状态持续了好久，直到他眼睛发涩，这才急速地眨了几下眼睛，转向上官婉儿："这信……"

"写给你的。"上官婉儿把信的正面冲向狄仁杰，信封上写着"狄仁杰亲启"。

"我知道，我的问题是给我的信怎么会到你手里？"狄仁杰盯着上官婉儿的眼睛反问道。

"除了内卫，还有谁敢偷看你狄大人的信。他们怀疑你通敌，所以检查了你的信，不过这封信只有收信人，却没有寄信人的信息。好在你狄仁杰名气大，要是换做其他人，这封信早就被驿丞们给扔了。"上官婉儿并没有一丝隐瞒，她知道自己的处境，要想让狄仁杰全心全意做事，就要和盘托出所知，否则，她不但不能再回神都洛阳，怕是连性命都不保。

"这样说，我应该感谢内卫才是喽？嘿嘿……通敌，我狄仁杰忠心报国，什么时候通过敌！这个贾威猛，狗屁威猛，连我都不信。"狄仁杰嘀咕了一句。

"陛下也经常这样说他，不过贾大阁领好像并不在乎，反而很受用的样子。"上官婉儿说道，语气中还有了一丝羡慕的味道。

贾威猛原本是江湖人物，老顽童的性格，可以玩可以闹，可以上战场浴血拼杀，可以与好友拼酒三天三夜，就是受不了一本正经。他是内卫大阁领，能与皇帝直接对话，发现威胁到皇帝和江山社稷安全的隐患，甚至可以先斩后奏，无论在朝堂上还是在江湖中，人人都对他敬重有加，导致他有下属，有同僚，却唯独没有朋友，只有不畏权贵的狄仁杰和至高无上的武则天才会把他看作朋友，调侃他，拿他开玩笑。

上官婉儿所处的位置和贾威猛类似，她游刃有余地游走于王公贵族之间，拥有着无上的权力和丰富的物质生活。但在她的阶层里，只有猜忌与利益，没有友情和爱情，她看似拥有一切，却什么都没有。也不知道究竟是幸运还是悲哀。

"快说说，是什么案子把皇帝和大周第一神探吓成这样？"上官婉儿并未打算放过狄仁杰。

狄仁杰下意识地将了将胡子，这是他思考时的习惯性动作，手却将了个空，这才想起在魏州时，因干旱无水打理，早已把胡子剃掉，要想长回原来的长度，要很长时间才行："上官大人，能不能容'下官'穿上衣服，再向您详细禀报此案？"

狄仁杰故意把"上官"和"下官"念得很重，以调侃两人此时的状态。

"不行，上官大人现在就要听你这个下官说。"上官婉儿学着狄仁杰的语气俏皮地说着。作为武则天身边的女官，上官婉儿也是见多识广之人，却被信封中的爪子给难住了，她只能确定那不是动物的爪子，应该是一种植物。眼见着狄仁杰知道内幕，哪还能容他片刻。

狄仁杰用手拍了拍木桶边缘，叹了一口气道："好吧，它是一种花，猴爪花，因为样子比较吓人，也叫恶魔之手，非常稀罕，据说是西方异族进贡而来，种植条件与中原植物大不相同。"

"恶魔之手，名字倒是很贴切！"上官婉儿皱了皱眉头，"不过，就算它长得像恶魔的手，陛下也不会被吓成那个样子吧？"

上官婉儿聪明至极，知道此事的背后另有蹊跷，却不敢问武则天，这也是她能够在皇帝身边做官做那么久的原因之一，不该问的不问，不该看的不看，不该说的不说。

狄仁杰听后并未惊讶，说道："恶魔之手既是花的名字，也是六年前发生在洛阳的一系列绑架杀人案的凶手的绰号，案件涉及的受害者大都是普通百姓。凶手的武功和智慧极高，能在不知不觉中将受害人绑走，索要巨额赎金，如果未在规定时间内交出赎金，他就会撕票，再告知家属受害者尸体的下落，还会在受害者尸体周围留下一朵猴爪花和关于下一名受害者的相关线索。"

"预告犯罪？"上官婉儿问道。

狄仁杰点了点头："想不到上官大人也懂断案之道。"

"如果按时缴纳了赎金呢？凶手在哪里留下预告？"上官婉儿问道。

"如果付了赎金，凶手就会给受害者家属提供人质藏匿地点，并在藏匿地点留下预告线索。"

系列绑架杀人案的凶手非常狡猾，绑架人质后，便围绕人质布置一个死局，如果在时限内得不到赎金，无需凶手亲自动手，人质自会死亡。

"六年前我被派往西京长安了，如果我能在的话……"

狄仁杰苦笑一声，说道："是是是，要是上官大人在，一定会带领下官们破了此案。不过，那时下官没有上官大人指点，只得亲自带着大理寺全体同僚，整整查了四个月，线索查了一大堆，人也抓了一大堆，每次都是差一点点抓住凶手，不过可惜……案子相关的受害人数最终高达72人。"

狄仁杰在大理寺时，一年之内处理数千宗案件，涉及人数一万八千多人，却无一宗错假冤案，论断案，当朝无人可与之并肩，连他都没破掉的案子，哪怕上官婉儿再聪明，也是无能为力。

上官婉儿见惯了朝堂上的起起伏伏、生生死死，尤其是在佞臣当道的时代，很多官员因此而丢了性命，她却从未身临其境地看过人死亡的场面，自然也理解不了狄仁杰当时的心境。

"最终……听你的意思，凶手抓住了？"上官婉儿问道。

"后来我们得到线报，说是洛阳城朱雀大街的一所民宅是凶手的藏匿地点。"

上官婉儿一笑，说道："都说狄仁杰聪明，却也如此愚笨。大理寺那么多捕快都找不到，偏偏这时候来了线人线报，不觉得有些奇怪吗？"

狄仁杰听后紧皱眉头，思索了好一阵，才缓缓点头："我当时也是这么想的，可那时我们只顾着抓凶手，哪还管得了那么多。我们赶去藏匿地点，果然发现了一个可疑的人。追击之下，那人逃出城，进入朱雀山脉中，我们追了他一天一夜，后来……后来……"

狄仁杰的表情突然痛苦起来，双手捂着脑袋。

"你没事吧？"上官婉儿关心道。

狄仁杰急促地喘息了一阵，才有所好转，但已是满脸大汗："后来的事，是大理寺的同僚和我说的，我记不得了。"

上官婉儿摊了摊手表示无法理解。既然狄仁杰也参与了追捕凶手，怎么可能不记得呢？

"我们追上了凶手，他蒙着脸，武功很高，搏斗中，我被他伤了头颅，昏迷不醒了十来天，醒来时就什么都不记得了。同僚们说，凶手坠入山涧，山涧水流湍急，并未找到尸首。凶犯的隐匿地点我们仔细搜过了，只发现了一些燃烧后的灰烬，想必是销毁的线索。不过，从此以后，恶魔之手案就此终结，凶手再也没犯过案。"狄仁杰双手揉着太阳穴，以减缓头部疼痛。

"关键地方总是失忆，是不是最后还得脑袋再次受到重创，才会想起来呀？"上官婉儿对狄仁杰的说法并不满意，这种情节她在很多街头说书人那里都听过，太过俗套。

狄仁杰叹了口气，敲了敲脑袋："很多事非人所愿，我一介凡人，又能有什么办法。"

曾经消失的恶魔之手，如今，又重新出现了！

……

衣着整齐的狄仁杰总算在上官婉儿面前多了一些自信，他摸了摸冒出一截胡茬的下巴，总感觉缺了些什么，捋不着胡子，就用手指去捏稍长一些的胡茬，捏着捏着整个人便不动了，犹如老僧入定一般。上官婉儿坐在狄仁杰的对面，面前的茶水还冒着热气，她拿着恶魔之手，幽怨地说道："安西都护府地盘那么大，单凭这一封信，线索好像有点儿少啊，咱们具体到哪里去查呢？"

狄仁杰并未回答，反而眼睛直勾勾地盯着信封，夹着嗓子重复地念叨，声音相对他平时而言又尖又细，好像唱戏的反串女性角色一般："对呀，到哪里去查呢？"

上官婉儿听到狄仁杰的声音有些不对劲儿，遂放下恶魔之手看向他，见他面带笑意，眼神却盯着桌子的另一个空着的座位。

"我在问你呀！"狄仁杰眉目间充满了笑意，但这笑意在上官婉儿看来却非常诡异。

"不会吧你！"婉儿瞪大了眼睛向空座位看了看，又朝着狄仁杰挥了挥手，却并不见他有所反应，她缩着脖子咽下一口吐沫。

而狄仁杰接下来的行为，更是让她惊恐不已。

第三章　鬼附身

在狄仁杰眼里，除了坐在正对面的上官婉儿，他的右手边还坐着一个女孩儿。她身穿着捕快的衣袍，腰间挎着一柄大理寺的制式长刀，她的相貌丝毫不比上官婉儿差，但两者却有着很大的区别。上官婉儿眼带桃花、面带媚意，而女捕快相貌清纯，眉目之间英气十足。

狄仁杰看向坐在右手边的女孩儿，冲她一笑，顺手拿起信封，从其中倒出一些类似于沙粒的东西，放在对方的鼻子下，说道："你闻一下。"

女孩儿微微向前探头凑近，闻了闻，眨了眨眼睛："有一股说不出来的香味儿，感觉有些熟悉，但又说不上来。"

"钟晓霞，你是大理寺神捕，家里世代都有学医的高手，学了那么多知识，再好好看看嘛！"狄仁杰话语间充满了温柔，仿佛两个恋人之间的对话般。

女孩儿钟晓霞听了夸奖后，脸上飞起一丝红云，从狄仁杰手上拿起一粒，用手捻了捻，又放在鼻子下闻了闻，思考了一阵后，说道："以手捻之，有颗粒感……另外，这种味道很罕见，不像是中原产的，结合这封信是来自安西都护府，因此是胡香的可能性很大。"

"已经很接近了。"狄仁杰也学着钟晓霞的样子捻了一粒沙粒，放在鼻子下闻了闻，又用舌头舔着尝了尝，"颗粒易碎，表面有些粗糙，碎后呈粉末状，黄黑色，微辛辣，闻之有些许芳香气。"

钟晓霞冲着狄仁杰竖起大拇指，笑着说道："狄仁杰就是狄仁杰，医术、断案双绝，果然厉害。经过你这一提醒，这东西最有可能是安息香……"

狄仁杰听后重重地点了点头："安息香有开窍清神、行气活血、止痛的作用，多用于气郁暴厥、中恶昏迷、心腹疼痛、产后血晕、小儿惊风等症状。"

钟晓霞仰慕地看向狄仁杰："你这手医术，莫说是我，怕是太医院那帮御医都自愧不如呢。"

"哪有，哪有，我这都是皮毛。说起安息香……"

两人对视一眼，几乎同时说道："以火焰炙烤来辨别。"

安息香遇到高温就会变软，散发出浓烈而刺激的香气，长时间高温炙烤后，最后会形成棱柱状残留物，非常容易辨认。

狄仁杰从一旁拿过来一个烛台，用火折子点燃后，却发现没有金属托盘来装黄黑色颗粒。

钟晓霞扑哧一笑，指着狄仁杰腰间，提醒道："铜钱应该可以吧。"

狄仁杰一拍脑门，学着钟晓霞的口吻说道："铜钱，对，铜钱。钟晓霞还是钟晓霞，头脑要比我灵活得多。"

"油嘴滑舌！"

狄仁杰笑着从腰间掏出一枚铜钱，把信封中的一部分颗粒倒在铜钱上，再用泡茶的竹镊子夹着铜钱在蜡烛上炙烤。不多时，铜钱朝下的一面被蜡烛熏得发黑，上面的颗粒慢慢融化，一股刺鼻的香味涌了出来，霎时间充满了整个房间。

"果然是安息香！"钟晓霞兴奋地说着。

"在安西都护府的范围内，只有龟兹才盛产安息香。"狄仁杰曾任宰相，对整个大周都非常熟悉。

"没错，就是龟兹。"

狄仁杰拿起信封向里面仔细看着，又向外倒了倒，却什么都没倒出来："就只有这些。"

"安息香是不是凶手留下的下起案件的预告线索呢？"钟晓霞问道。

"不好说，不好说，也许只是寄信人告诉我们案发地点用的吧。"狄仁杰说道。

他断案多年，经验非常丰富，但断案需要大量的线索，若盲目推断，等待的只能是错误。

"再看看这朵花吧！手指背部的这条柱状物是恶魔之手的花蕊，从花叶和花蕊的干燥程度和颜色的变化来看，这朵花从原株上采下来有些时日了。"钟晓霞拿起那朵花仔细地看着。

"确实是恶魔之手无疑。"狄仁杰说道。

钟晓霞听后神色有些沮丧。

"六年了，想不到他又再次出现。"狄仁杰捋了捋胡子，但又捋了个空。

"咦！"钟晓霞歪着头看向恶魔之手。

"有什么发现吗？"

"无论安息香是不是凶手留下的线索，这朵恶魔之手一定是凶手留下的，你仔细看看它的花茎部分。"钟晓霞说道。

花茎部分的断离处参差不齐，还有扭动过的痕迹。而在之前洛阳发生的恶魔之手案子里，所有的花茎部分断离处整齐，应该是用非常锋利的刀割断或是剪刀剪下来的。

论起观察力，钟晓霞丝毫不逊色，甚至在某些方面还超过狄仁杰，这也是她能够在以男性为主的大理寺生存下去的资本。

"这是用手掐下来的痕迹，我怎么就没发现呢！"狄仁杰说道。

"为什么？"钟晓霞无疑是聪明的，但类似这种需要强大逻辑思维的事儿，她会第一时间交给狄仁杰，很少越雷池半步。

狄仁杰沉思了一阵，才说道："可能是凶手的心境有所不同。"

钟晓霞耸了耸肩，表示并未明白狄仁杰的意思。

"对于人的力量来说，掐断恶魔之手的花茎并非难事，不过掐断后流出的汁液味道不太怡人。之前洛阳的案子里，凶手作案手段残忍，但节奏感很好，基本是七天作案一次，哪怕是我们找到了下一个受害人的线索，进而对其进行保护，他也能利用我们的漏洞把人绑走，这说明当时他有很充分的准备，甚至可能不是一个人作案，同时意味着他当时的心境从容、淡定，不急不慌，因为他胸有成竹，所以才会用剪刀或者锋利的小刀割下花来。"狄仁杰分析道。

钟晓霞撇了撇嘴："我有些不同意见。当时洛阳府衙和大理寺的捕快们几乎倾巢出动，给凶手的压力很大，他不应该那么胸有成竹才是。而目前的案子发生在龟兹，那里法制本来就不太好，衙门还是刚成立几年的小衙门，人手也都是生手，无论是办案能力还是力度，都比不上神都洛阳，他现在的状态该更从容、淡定才是。"

狄仁杰并未进行反驳，继续说道："从凶手的心理来说，用手掐断花茎，说明他已经没有了当年的轻松，反而带着急迫的情绪，甚至还隐含着一丝恨意。在凶手身上究竟发生了什么，才令他有如此变化？"

洛阳恶魔之手案的凶手智商极高，又极度自信，每次作案前都会发出作案预告作为挑衅，案发后，不但能够将所有不利证据清除掉，甚至还可能设计一些陷阱、机关，令不小心的办案人员受伤，将大理寺和洛阳府衙耍得团团转。

"还有什么？"钟晓霞显然不愿意和狄仁杰吵架，避开了心理分析这样玄而又玄的话题。

狄仁杰摊了摊手："目前就剩下一个问题，是谁给我寄了这封信？目的又是什么？"

"对呀，这个问题很关键。你从魏州回神都洛阳，又准备去幽州任职，就算给你寄了这封信，如果不是被内卫'恰巧'查到，那就到不了皇帝手里，更不可能让上官大人配合你去彻查此案。难不成，给你寄信的人如同袁天罡一样有未卜先知的能力吗？"钟晓霞说道。

狄仁杰一生坎坷多难，若不是这些挚友全力以赴地帮他，他早就死在佞人之手了。钟晓霞的话让狄仁杰想起了留在魏州处理后续事务的袁客师和齐灵芷，要是他们也跟着一起来，对恶魔之手案定会有很大帮助。

关于这封信的问题，从一开始就令他非常困惑。信封上只有"狄仁杰亲启"五个字，没有寄信人的信息，也没有收信人的地址。

另外，信封中装的物品是"恶魔之手"，如果是凶手寄给狄仁杰的，就代表着对他的挑衅。如果不是凶手，那寄信人的动机是什么呢？

想了一阵，依然是毫无收获，他幽幽地叹出一口气，抬头看向钟晓霞，却发现她已不见踪影，随后他又看向对面的上官婉儿，只见她瞪大眼睛张大嘴巴地看着狄仁杰，表情夸张得像是见了鬼一样。

"上官大人，你……你没事儿吧？"狄仁杰小心翼翼地问着，生怕哪句话说得不对。

上官婉儿摇了摇头，指了指狄仁杰，又指了指一旁空着的座位："我没事儿，倒是你……"

"哦，没事就好。"狄仁杰指了指旁边空的座位问道，"钟晓霞呢？去哪儿了？"

上官婉儿惊恐地看向四周，缩了缩脖子，咽了一口吐沫，小声地问道："房间里就咱们俩，哪来的什么钟晓霞？你别吓唬我好不好，我这人胆子小。"

狄仁杰向旁边的座位一指。

上官婉儿无奈地白了狄仁杰一眼："刚刚你一会儿声音大，一会儿声音小，一会儿细，一会儿粗，比划来比划去的，太吓人了。"

"你……是不是以为我得了神经病？"狄仁杰咂了咂嘴问道。

上官婉儿抿着嘴坚定地点了点头："也有可能是鬼上身。"

人是通过五种感官认识世界的，对任何事物的认知都依托于感官，因此，很难相信超出感官范围的事物。

"刚才我真的……唉，和你说不清。"狄仁杰自顾着把恶魔之手收进信封里。

"龟兹？"

"你看，刚才我俩的对话你都听到了吧！"

上官婉儿哼了一声，不再纠结这个话题："陛下这次不但没给圣旨，还让咱们隐藏身份查案，怎么查？"

"呃，这……也好办，咱们换身衣服，弄个假身份，微服私访呗。"狄仁杰说道。

上官婉儿眼珠一转，试探性地问道："假扮夫妻？"

狄仁杰连忙摆了摆手，说道："我倒是求之不得，不过咱俩年纪不对，另外，上官大人貌若天仙，我这般模样可配不上，倒不如假扮父女的好。"

上官婉儿白了狄仁杰一眼："又老又丑的父亲怎么可能有这么貌若天仙的女儿！"

狄仁杰笑着说道："也许是我的夫人美貌吧……要不这样，不如我先行一步,上官大人可以不用那么急,慢慢赶路,一路看看风景,等你到了龟兹,下官已经破了案,咱们再一起回神都洛阳复命。"

考虑到上官婉儿毕竟是女子,连夜赶路,怕她的体力承受不了,另外,恶魔之手凶狠狡猾,稍有不慎她就会落入圈套丢了性命。

上官婉儿听出狄仁杰的意思,内心的倔强也被激发出来:"哎,狄仁杰,我体力、精力都不比你差,这次陛下派我来,不单单是监督你,更是锻炼我的能力。不过有一点,你那个管家有些碍事,毕竟咱们是去断案,闲杂人等越少越好。"

狄仁杰听出上官婉儿话中有话,却也不好反驳,只好顺着她的话说道:"好吧,正好我有事让他回洛阳。路上要是遇到贼人,就得拜托上官大人保护我啦。"

上官婉儿得意地一笑,捏了捏手骨节:"没问题。"

第四章　我爹是闫知微

龟兹拥有安西都护府范围内最大的绿洲，大面积的草原和丰富的地表水源滋养着这片土地的文明。龟兹城是一座巨大的土城，城墙是由木材和夯土筑成，从远处望去，如同一个巨大的方形土疙瘩一般，作为军事重镇，龟兹城的城墙和城楼比较高，但受限于建筑材料，又比不上长安和洛阳城青砖墙的高度和厚度。

太阳高挂，浅浅的小溪滋润着城外大面积的草地，牛羊悠闲地吃着草。还有些草地上整齐地种植着农作物，一些农民在田间劳作着，时不时地吆喝两声，驱赶着偷吃农作物的牛羊。

高大的城门下有一队士兵在守卫，十来名捕快盘查着来往的人们，四组拒马横在城门前，只在左右两侧各留下一排通道，供人们进出城。捕快们查得很严，城门外排了很长的队伍。

三名衣着鲜亮的年轻男子骑着马由城郊来到城门前，为首的男子体型中等，脸上满是煞气，三角眼时不时地散射出不善的光芒，看人时几乎都是鼻孔对着人，一副嚣张跋扈的模样。两名随从身形高大，骑在马上如同骑驴一般，两人脸上也满是煞气。

"哎，那几个当差的，把拒马挪开，别挡着我们少爷的路。"一名随从吆喝着，语气中透露着不屑，看样子未把捕快和士兵们放在眼里。

捕快们早早就看到男子，眼见着他骑着马过来，心中不禁一阵颤抖。有些百姓不认识此人，但见他嚣张跋扈的样子，心中生出厌烦，小声议论着。

"这人是谁呀，这么嚣张？"

"不知道，你看他满脸横肉，一看就不好惹，咱们小点儿声，别让他听到。"

为首男子耳朵很灵，听到百姓的议论后，一勒马缰绳，停在那名百姓面前，不友善地盯了他一阵，见对方低下头去，这才得意一笑，说道："看你眼生啊，是戍边过来的吧？"

百姓眼神有些闪烁，犹犹豫豫地点了点头。

为首男子冷哼一声，得意地高声说道："我爹是闫知微！"

为首男子是龟兹城首富闫知微的独生子闫继业。闫家的经营范围很广，主要以畜牧业为主，最多时圈养了牛羊数万头、良马千匹，城中的其他产业更是多到数不过来。不过，闫知微因患腿疾很少出门，人们只听说过他的名号，却很少有人见过他。

闫知微给儿子起名叫继业就是想让他继承家族产业，可惜的是，闫继业不学无术，说话全靠忽悠，办事全靠骗人，吃喝嫖赌样样俱全，要不是父亲一直把持着产业，闫家早被他败光了。他依仗着父亲的钱财势力欺男霸女，无恶不作，只要不涉及人命案，衙门也是睁一只眼闭一只眼。

如果放他过去，会引发民众不满；如果不放他过去，他会当场发飙，令众捕快下不来台。正当众捕快为难时，却见那两名随从下了马，准备自己动手挪开拒马。

领头的老捕快姓侯，是衙门里的老人，见众捕快不敢上前，只得硬着头皮上前阻拦。他满脸堆着笑，唯唯诺诺地冲着闫继业抱了抱拳，解释着："闫公子，闫公子，城里发生了案子，县令大人下了令，所有车辆一概不准进出城，只允许行人进出城，并严格进行盘查。您身份显赫，闫老爷更是咱们龟兹的大善人，按说不该查您的，可是……"

老捕快看了看排成长队的人们，冲着闫继业使了个眼色，意思是哪怕是走过场也要走一下。捕快老侯话说得很得体，既抬高了闫公子，同时又给了对方一个台阶，一般人早就借坡下驴了，但闫公子岂是一般人，要是肯讲理的话，就不会有现在这档子事儿了。

他冷哼一声，扬了扬手上的马鞭，拉长着声音："既然知道我是谁，还敢拦着，是不是你日子过得太舒坦了！"

"这……"老侯被对方怼得不知该说什么好。

"老子只是出城去转了几天,刚一回来就碰到你们这帮杂碎。查什么?有什么可查的?发生了案子,你们去抓嫌疑犯,查我有什么用!"

闫继业的吐沫星子都快喷倒对方的脸上了,老捕快却连躲都不敢躲,苦着脸向其他捕快和守城门的士兵发出求助的眼神。

"你知不知道耽误了我的时间,我家要损失多少钱?"

"就是劳烦您下马,从进城通道进去,例行检查而已,很快,很快。"

"快个屁,你整个衙门都是吃我家的,用我家的,我进个城你还敢拦我。"闫继业又策马向前走了两步。

闫继业是纨绔子弟,其父亲闫知微却精于处世之道,懂得利用手中的钱财与人为善,逢年过节都会到衙门送礼送钱,因此闫继业说的也没错,只是不该如此张扬,让捕快们下不来台。

"闫公子,闫公子……"

闫继业似乎明白了什么,嘴角抽了抽,从怀里掏出银袋子,扔在老捕快脚下,一块散碎银子从袋子中撒出来,在阳光下散发出迷人的光芒:"要钱是吧,拿去,赶紧给老子滚!"

捕快一个月一两半的工钱,这一袋银子足以顶他十年的工钱。银子是极具诱惑力的,但对于捕快老侯来说,当着这么多人的面把银子扔在他脚下,等同于侮辱。内心想去捡,面子上却不允许。

见捕快老侯犹犹豫豫,两名随从把他从拒马前推到一旁,看样子,要是他再多说一句话,两人就会把他毒打一顿。

代表衙门权威的捕快,众目睽睽之下被人羞辱,十来名捕快加上一队士兵,竟然没有一个人敢站出来说话,可见闫继业骄横到了什么程度。

正当两名随从准备挪开拒马时,一个人从城门飞奔而来,速度甚至比快马还要快上三分,到了城门时,他双脚一用力,整个人腾空而起,如同老鹰一般,轻松飞过拒马,落地时,只靠着惯性便把两名随从撞开。

"住手!"来者的声音震得众人耳膜生生作痛,显然是用上了内力。

两名随从又高又壮,和周边的人们相比,如同巨人一般,可是在来人面前,却小了一号,被对方撞开后,两人怒目而视,下意识地把手放在腰间的刀柄上，只要闫公子一句话，他俩就会抽出钢刀砍向对方。

排队的人们眼见双方要动手，生怕波及自己，吓得立刻后退数步，眼神中皆带着恐惧。

"雷捕头。"捕快老侯松了一口气，急速退到一旁，向来人使了个眼色，同时摇了摇头，意思是千万不要冲动，不要惹这个二世祖。

来人叫雷善明，是龟兹县衙的捕头，身上穿的捕快服装，样式和捕快的一样，颜色却是藏青色，其他的捕快都是腰间挎着腰刀，而他的兵器是背在后背的两根镔铁棍。

自从他上任以来，对违反律法者严惩不贷，却从不依仗着权力欺压百姓，手下的这些捕快虽说少了些油水，但腰杆子也硬了起来。雷善明早就看闫继业不顺眼，只是闫知微为儿子善后善得好，并未留下任何把柄。

"闫大少爷，不如今天就给雷某一点薄面。"雷善明冲着闫继业抱了抱拳，脸上的表情却满是不屑。

闫继业并未说话，反而向两名随从使了使眼色。

雷善明身高体壮，武功高强，来到龟兹后，曾经以一人之力打退了一小队马匪，这才破格进入衙门当了捕快。想不到的是，他不但武功高强，同时还精通验尸、破案之道，破了许多悬案，等老捕头到了退休的年龄，他便顺理成章地成了新一任捕头。

他上任后，龟兹城的治安比从前好了很多，甚至连鸡鸣狗盗之事都罕有发生，要不是突发的绑架案，形势也不会如此紧张。

闫继业的两名手下并非无名之辈，是安西一带颇负盛名的武师，与人对战无数，却从无败绩，这才被闫老爷看中，重金聘请来保护自己的儿子。

近朱者赤，近墨者黑。

两人本是靠着武艺吃饭的武师，自打跟了闫家少爷后，性格逐渐变得和闫继业一样暴戾。他们早就听说捕头雷善明武功高强，但因其是公门中人，一直没有机会与其比武，眼前好不容易有个机会，又得到了主子的默许，两人便起了与对方一争高下的心。

雷善明冷哼一声，单手抓住一个拒马，手指一发力，硬生生地抠进木头里，随后单臂一用力，居然把巨大的拒马拎了起来，他紧紧地盯着面前的两人，只要他们敢发动袭击，他会毫不犹豫地用拒马砸向他们。

拒马是战场上用来阻挡骑兵的，是用很粗的原木制造而成，重量非常大，寻常都是四五名壮汉才能抬得动。雷善明单手单臂抓起了拒马，已经令两人震惊，再看他背后两根小孩儿胳膊粗细的镔铁棍，比江湖上常见的要粗大很多，若以雷善明的神力使之，定是威力无穷。弄不好，一个回合下来，自己就会被他砸个刀剑折断、脑浆迸裂。

一力降十会。

雷善明看出对方萌生退意，却碍于面子不愿明说，遂放下拒马，从地上捡起银袋子，从里面拿出一锭银子，把银袋子抛给老侯，随后双手用力一压、一搓，银锭子居然被搓成了一根银棍，又用手指将银棍揿成段，再用力将一段段的银子揉成球状，用手指一弹，小银球便带着呼啸之声飞向拒马，噗的一声，射入拒马中。

以一指之力把小银球射入拒马中，这足以说明雷善明内功和外功都达到了一定程度，绝非闫公子的两名随从可比。

"今年雨水少，很多农户都颗粒无收，闫公子体恤民情，捐献了银子，我代表农户们向闫公子鞠躬行礼表示感激。"雷善明向闫继业的方向鞠了一躬。他这一手不但震慑了闫继业三人，也化解了捕快老侯的尴尬，可谓是一举两得。

闫继业的脸色变得铁青，双拳攥得紧紧的，目光中带着杀意看向雷善明。而两名随从明知道不敌，也不得不做好冲突的准备，握着刀柄的手微微颤抖着，用拇指将刀悄悄地弹出刀鞘一截。

捕快老侯见事态不好，给城门的守军和捕快使了个眼色，众人握着兵器的手心都冒出了汗。

大战一触即发。

第五章　故人相见不相知

地痞、流氓最大的特点是见便宜就上，却从不与人拼命。在他们眼里，拼命是亡命徒才做的事，而闫继业是地地道道的大混子。

"哈哈哈……"闫继业虽是二世祖，却并非傻子，眼见雷善明武功如此高强，两名随从又认了怂，知道今天肯定讨不着好处，便哈哈大笑一阵，顺坡下驴道，"好说，好说，谁的面子都可以不给，但雷捕头的面子我一定要给。"

闫继业对自己的称呼也由"老子"改成了"我"，显然是畏惧雷善明的神力。

"要是雷捕头愿意到我闫家做武师教头，我给你每年一千两。"闫继业歪着脸说道，随后得意洋洋地等着对方的回答。

除了布匹、粮草和皇帝的额外赏赐，当朝宰相的俸禄也就一个月八两银子，闫继业一出手就是一千两，数目上很诱人。在闫继业眼里，就没有银子搞不定的事儿，更何况这是一千两银子，普通人一辈子都不可能赚到。

想不到的是，一向正气凛然的雷善明并未严词拒绝，反而冲着两名随从抱了抱拳，向闫继业说道："我的武功比不上这二位哥哥，哪值那么多银子，闫公子抬举我了，等我再练上三年，武功比肩这二位哥哥，再去府上讨个差事如何？"

闫继业吃了个闭门羹，却无可奈何，只得撇了撇嘴，白了一眼两名随从，下了马向一旁走去。

雷善明为人正直，却懂得江湖之道，明白不砸人饭碗、不断人财路的道理。闫继业的两名随从属于江湖人物，面子大于性命，雷善明已经用实力震慑住两人，若再不给人台阶下，定会遭到记恨。另外，捕快查案并不能只依靠逻辑推理和证据等，还需要良好的人际关系来获取大量的信息。

两名随从向雷善明抱了抱拳，急忙牵着闫继业的马跟了过去。

等闫继业三人接受了搜查，并牵着马过了城门后，人们这才恢复了秩序，重新排好队接受检查。雷善明并未理会闫继业等人，却盯着出城队伍中的一个人。

被盯着的男人原本是站在进城的队伍里的，雷善明来了后，他便有了退意，要是贸然离开，会引起捕快们的怀疑，刚才闫继业三人与雷善明冲突时，他随着民众一起后退，借机闪身进入出城的人群中，却引起了雷善明的注意。

那人似乎感到了雷善明的目光，回头与他对视一眼，但目光一触即溃，扭过头急速朝着城郊走去。

"站住！"雷善明高喝一声。他这一嗓子如同惊雷一般，真正的作用是震慑人心，若对方心中无愧，也只是被吓一跳，要是有问题，震惊之下定会拔腿逃跑。

果然，那人突然加快脚步。

"就知道你有问题！"雷善明身形一闪，朝着那人冲了过去。

雷善明身高腿长，就算没有轻功加持，奔跑起来也比一般人快很多，更何况他还向大周第一高手学习了轻功灵蝠五式，在强悍内力的催动下，连身影都变得模糊起来。

那人的轻功不如雷善明高明，倚仗着自己又矮又瘦的身体，在人群中左闪右闪，数次雷善明眼见就要抓到他，却被他像泥鳅一般躲了过去。那人时而躲入出城的人群中，时而钻入进城的队伍中，利用人群来做掩护，有惊无险地避开雷善明的追捕。

雷善明的轻功全凭借强悍的内力支持，速度快却不持久，加上他担心撞到民众，不敢尽情施展，眼见着那人越跑越远，甚至还回头对他挑衅一笑。

那人在人群中穿梭时，突然有一个牵着马的女人伸出脚绊了他一下，他脚下踉跄，随后一个跟头摔在地上，滚了好一段距离后才停住，再爬起来时，双手已被雷善明用铁镣锁住。

雷善明看向牵马的二人，正要抱拳以示感谢，却是一怔。

女人很年轻，看起来二十多岁的年纪，无论是身材还是相貌，都堪称绝佳，美貌中还带着若有若无的媚意，让人看了之后不禁浮想联翩。男人上了些年纪，但双眼炯炯有神，正气十足。两人脸上尽是疲惫之色，应该是连续赶路造成的。

这一男一女正是狄仁杰和上官婉儿，他们换了粗布便装，乔装成一对父女，除了必要的休息和吃饭，几乎马不停蹄地赶路，跑死了四匹马才赶到龟兹，却正好遇到了雷善明抓人，这才出手相助。

故人相遇，分外激动。狄仁杰一直盯着雷善明，神情有些激动，双眼中涌现出一丝潮气。

雷善明一脚踩在正欲挣扎的嫌疑人身上，令他动弹不得，遂冲着两人抱拳："感谢二位出手相助，若今日破了案，你们可到县衙领取一些赏金。"

"雷善明？"狄仁杰见对方没有任何反应，顿时心中生疑。

雷善明是在魏州"绝地旱魃"一案中，最后为了瓦解幕后真凶的阴谋，毅然选择留在万人坑附近，配合刘晓雅完成火烧万人坑瘟毒的任务，万人坑大爆炸后便不知去向，想不到的是，时隔一年，他居然出现在千里之外的龟兹。

天下之大无奇不有，两个长得一模一样的人并不罕见，但眼前人的体态以及背后的镔铁双棍，以及轻功灵蝠五式，这些都与雷善明对应上了，可惜的是，雷善明似乎不认得狄仁杰。

"本人正是龟兹府衙捕头雷善明。"雷善明的语气没有丝毫变化，他在龟兹一带非常有名气，再加上他铁塔般的身材，几乎每个人都认识他，能叫出他的名字也不算稀罕事儿。

狄仁杰思索片刻，知雷善明不肯相认定有蹊跷，便不再纠结，说道："我……"

"我怎么看你有些眼熟？"雷善明隐隐觉得自己认识眼前的人。

狄仁杰猛然想起要隐藏自己和上官婉儿的身份，便转移话题，指了指城门严查的捕快，问道："雷捕头，我们父女是外地来的，想问问为何这般盘查进出城的居民？"

"还不是为了这个家伙。"雷善明看了看趴在地上一动不动的那人。

那人却突然转过脸来朝着他一笑，随后双手一抖，竟然解开了铁镣，在雷善明腿上点了一下，身体一扭站了起来，身形连闪，不断地在人群中穿梭着。不过，这次他并未朝着城郊的方向逃走，而是冲向了龟兹城。

突如其来的变化，令雷善明一愣，等其反应过来，正想迈腿追击，却发现自己的腿有些不灵便。那人已经逃到了城门处，趁着捕快和士兵未反应过来，迅速地进入城中，消失在人群里。

狄仁杰一笑："好个聪明的家伙。"

雷善明活动着腿，问道："此话怎讲？"

"他的轻功、内力和体力都不如你，只是依仗着身材矮小灵动，勉强躲过你的追击。城郊空旷，而且人口稀少，缺少了掩护，被你抓到是迟早的事儿。刚才他趁你不备，封住了你腿上的穴道，令你气血不畅，他趁机进入地形复杂的城内，以发挥他的最大优势。"狄仁杰分析道。

"嫌疑犯不向远处逃走，反而还钻入封闭的城中，这不是成了笑话。"雷善明摇了摇头。

狄仁杰并未在乎雷善明的态度，又问道："城中可有绿色的土壤？"

雷善明不再理会狄仁杰，专心地运着内力化解被封闭的穴道。

捕快老侯阅历丰富，一眼就看出狄仁杰和上官婉儿的与众不同，哪怕穿上了粗布衣袍，也无法掩饰高贵的气质，便立刻上前答道："两位贵客，龟兹盛产绿盐，经雨水浸湿后，依然不褪色的为上乘，可入药。纯度不高的绿盐或是假绿盐会被扔掉，假绿盐遇水即溶，弃置后会形成绿色的土壤。城中有十几处这样的地方……"

"这十几处中，有哪处是荒废无人的？"狄仁杰接着问道。

"城西有两处相对偏僻的房屋因大雨倒塌，始终未再建，应该荒着。"老侯答道。

破案需要具备专业的知识，还要有敏锐的感觉，强大的逻辑推理能力，丰富的想象力，同时还需要熟悉地貌、民情，缺一不可。有了捕快老侯提供的信息，狄仁杰立刻说道："那厮必定藏身于这两处之一。"

雷善明哼了一声，完全不屑于狄仁杰的推理，却也不急于追击那人，说道："只要进了城，我挨家挨户搜查，瓮中捉鳖，他肯定跑不了。"

"这位捕快大哥，是为了什么案子要抓捕此人？"狄仁杰向老侯问道。

老侯正要答话，却被雷善明瞪了一眼，吓得他又把到了嘴边的话咽了下去。

"无可奉告。"雷善明礼节性地冲着狄仁杰抱了抱拳，带着捕快们转身离去。

龟兹城说大不大，说小不小，刻意藏在城中，要将其找出来还不是件容易的事儿。雷善明采用的是最笨的办法，除了客栈等公共场所，还搜了一条主干街道周边的住宅。

上有政策下有对策。

对于雷善明挨家挨户搜查的笨办法，捕快们是不愿意执行的，尤其是捕快老侯，几乎是带着抵触的情绪在做事，效率低，而且带着很明显的敷衍，有些熟悉的人家只是象征性地进入宅院转了一圈便离开。

眼见天色已晚，搜查进度很慢，没有任何发现，雷善明只得带众人回衙门。

看着垂头丧气的雷善明，捕快老侯有些心中不忍，遂借着单独和他一起走的机会提醒道："雷捕头，白天在城门处那老头儿说的也不是没有道理，与其这样全城搜捕，不如去那两处查看一番，反正是顺路，耽误不了多久。"

"那老头儿就是胡说八道，你也信？"雷善明差点没把吐沫星子喷在老侯的脸上。

老侯笑着挥了挥手："我就那么一说，您是捕头，去不去您定啊，前面右拐就是其中一处。"

走在前面的捕快们已经走到了岔道口处，听到雷善明的声音纷纷驻足，回过头看向他俩。雷善明叹了口气，冲着众人挥了挥手，指了指右拐的方向。

"不知怎么就信了你的邪。"雷善明嘀咕着。

老侯嘿嘿一笑，说道："雷捕头，要是在那儿抓到了凶手，是不是给我记一功？"

"要是抓不到，今晚你请客吃烤羊腿。"雷善明并未回答问题，反而将了老侯一军。

"不请！"老侯的回答干净利落。

第五章 故人相见不相知

第六章　时机不到

对比百万人口的神都洛阳来说，龟兹只是个边陲小镇，由于民风彪悍，因此衙门的威望并不像中原地区那么高，捕快、衙役等人身份低微，又没什么好处可赚，因此衙门一直缺少人手。

狄仁杰和上官婉儿刚进入城中，便见到很多人围在城门的告示牌处，告示牌上有一张很大的通缉令，通缉令上画的正是之前在雷善明手下逃脱的嫌疑犯。

"画得不咋样，一点都不像。"上官婉儿评价道。

狄仁杰一笑，小声道："天下有几人能如你一般精通琴棋书画，这里毕竟是小地方，能画到神似已经不容易了。"

"通缉令画得不像，又有什么用。"上官婉儿正要上前揭下，却被狄仁杰拉住胳膊。

"身份，注意身份。"狄仁杰小声提醒着。

上官婉儿这才收了手，假装笑着向狄仁杰问道："爹爹，咱们初到此地，人生地不熟，该怎么办哟？"

狄仁杰听后猛地打了一个寒颤，脸上露出苦相："你还是好好说话，弄得我起了一身鸡皮疙瘩。"

"行，那你说，咱们既不能暴露身份，还要查案，该从哪里查起？"

不能以钦差的身份查案，难度陡然增加了不少，狄仁杰也不知道该如何着手，正犹豫着，突然看到告示牌上的角落贴着一张泛黄的纸，是县衙招聘捕快、衙役的告示，看上面的时间应该是半个月前。他眼睛一亮："有了，你看。"

上官婉儿看后不禁笑了，过了一阵后才说道："咱俩一老一少，我又是女性，衙门肯收才怪。"

狄仁杰把上官婉儿拉到一旁没人的地方："如果这件事你来办，他们肯定不收，但加上我就不一样了。"

"有什么不一样？"

"我懂通判、仵作之术，还精通大周律例，你武功、轻功绝佳，一个办案，一个抓捕，不是正好嘛。至于性别嘛，我有办法。"狄仁杰狡黠一笑。

"不会是让我女扮男装吧？你看看我，再怎么假扮，也会被人一下子认出来的。那些化了装就认不出来的，也只能出现在洛阳街头的说书先生之口。"上官婉儿反对道。

说起易容术，狄仁杰一下子又想起了齐灵芷。白鸽门的易容术绝世无双，在以往的案子里，起到了巨大的作用。易容术是一门极其复杂的学问，入门容易，想成为高手却很难，绝不是换身衣服、粘个胡子、换个发型那么简单。

"不用化装假扮男子，以你的真面目示人就好。不过，我需要些银两。"狄仁杰有些为难地说道。

大周官员都知道狄仁杰是清官，两袖清风，一向视钱财如粪土，但也正是因为如此，一旦有用钱之处，便是他为难之时。

上官婉儿掏出银袋子，从里面拿出两锭银子："这些够不够？"

"够，够，足够了，二十两有点多了。"狄仁杰乐呵呵地接过银子。

"我说狄大人啊……"

"哎，你忘了咱俩的关系了。"狄仁杰小声地提醒着。

上官婉儿叹了一口气："爹，以后需要银子就和女儿说，多少都给您。"

狄仁杰嘿嘿地笑了笑："好，有这个孝顺女儿，爹以后不愁没酒喝了。"

"我知道你的想法，可你也别小看这些地方官，你所谓的能力和银子不一定好用。"上官婉儿提醒道。

狄仁杰为官经历丰富，当过七品县令、四品刺史、三品宰相，也当过兵马大元帅，指挥过大规模作战，对地方官场、军队体系、京城官场都相当熟悉。地方官场权力更加集中，贪污腐败的可能性更大，原本他不愿意同流合污，但现在却不得不用上这些手段。

不过，龟兹县衙齐大人的胃口出乎了狄仁杰的意料，二十两银子居然没搞定两个捕快的身份，已经塞到他手里的银子又重新塞回到了狄仁杰的手里。好在齐大人并未拒绝，只是有一搭无一搭地说着不相关的话。

狄仁杰暗中叹了一口气，看见上官婉儿的脸色不好，估计是她的耐心已经被县令磨光了，马上就要发雷霆之火，急忙给她使了个眼色。

"齐大人，您看我们父女俩当差的事儿……"

"哎呀，这位怀兄可能对龟兹不了解，咱们这儿不比长安、洛阳，没那么多人口，衙门的规模小、编制少，另外，龟兹民风彪悍，经常会和衙役捕快发生冲突，您年纪这么大，闺女又这么细嫩，不太适合做这个差事。"

狄仁杰字怀英，到民间微服私访时经常会用怀英来当作名字用，而上官婉儿也顺理成章地成了怀婉儿。

当雷善明和老侯等人押着那名嫌疑犯回到县衙时，却正好看见县令齐大人和狄仁杰、上官婉儿在二堂闲聊着，听到他们的谈话内容后，雷善明走到近前，说道："齐大人，多亏有这位老先生指点，才抓住了那贼人。从他身上搜出了杨大嫂给的赎金，人赃并获。"

"那又怎样！老先生没来之前，你不也是一样能破各种案件嘛。行了，此事不必再议，两位，请回吧。雷捕头，既然嫌疑犯抓到了，就抓紧审问，拿了口供后，本官要尽快升堂审问，给百姓和苦主们一个交代，给朝廷一个交代。"齐县令说话间正气凛然，看得人直起鸡皮疙瘩。

虽然看到齐县令的状态有些古怪，但狄仁杰心里明白，要是雷善明不出现，事情也许还有转机，雷善明看似帮忙说话，实则破坏了齐县令收受贿赂的最后可能。

雷善明叹了一口气，转向狄仁杰说道："老先生，在下钦佩您的推理能力。不过您来衙门当差的事儿，在下怕是帮不上忙。"

狄仁杰笑了笑："无妨，如果有需要老朽之处，尽可以到客栈去找我们。"

"您二位初到此地，人生地不熟，不如我带你们去客栈，以后有事找你们，也容易找到。"雷善明说道。

"那自然好，就麻烦雷捕头了。"

从第一眼见到狄仁杰，雷善明就有一种熟悉的感觉，在他的脑海中似乎有狄仁杰的身影，却想不起任何相关联的实质性事件，之所以要带两人去客栈，就是想弄清楚自己究竟为何会对狄仁杰有这种感觉。

雷善明把审讯的事儿交代给手下的捕快，便把狄仁杰二人带到龟兹最好的客栈，安顿好后却迟迟没有离去。狄仁杰看出他的心思，笑了笑，说道："雷捕头有事？"

"您认识我？"

狄仁杰笑了笑并未回答问题，反而问道："此处没有别人，有话尽管讲。我问你，从前的事儿你什么都不记得了吗？"

雷善明皱着眉头想了一阵，最终摇了摇头，苦笑一声："我好像没有从前，看样子，您知道我的从前。"

"时机未到，时机未到。"狄仁杰念叨着。

雷善明笑了笑："我夫人也经常这样说。"

狄仁杰立刻问道："尊夫人可是一头幽蓝色头发？"

雷善明脸上的肌肉抽了抽，看着狄仁杰的眼神逐渐带了质疑："看来你知道的还不少。"

"有时候，忘记过去也是一种幸福，不知道也罢。"

"为什么你们都这样说？"雷善明心中有了怒气，声音陡然大了起来。

从目前的情况来看，"绝地旱魃"一案后，的确是水蓝救走了雷善明，并隐居在龟兹，成为了夫妻。水蓝不愿意提起过去，可能是因为雷善明曾经和化名小露的刘晓雅有过一段感情，也可能是不想让雷善明回想起身份，重新回到狄仁杰身边，陷入危险的政治旋涡当中。

想到这里，狄仁杰还是决定尊重水蓝的决定。

双方僵持了一段时间，雷善明才叹了一口气，惨笑一声："也许我的过去不堪回首吧，那就这样吧，现在这样也挺好的。如在下以后有需求，还请老先生能指点一番。"

"这个没问题。"

雷善明又说了一番客套话，这才转身离去。

上官婉儿凑近狄仁杰，小声问道："现在咱们当不成捕快了，怎么查案子？"

狄仁杰一笑："没当捕快也一样可以查案。你听听，外面是谁的声音？"

上官婉儿竖起耳朵仔细听了听，客栈大堂中噪声一片，根本听不出什么来。

"你忘了那个快嘴的捕快老侯了。"

上官婉儿打开窗户，看向楼下的大堂，果然看到老侯和另外一名捕快在喝酒："这才什么时辰，刚抓的人都不审，就跑来喝酒吃饭，怪不得这里治安不好。"

狄仁杰上前关上窗户："小地方嘛，比不了神都洛阳，走吧，爹请你吃点好吃的。"

上官婉儿哼了一声："你有银子吗？还说请我，到最后还不是我拿钱。"

……

自打发生绑架案以来，龟兹衙门就一直处于紧绷状态，今天终于把凶手抓捕归案，众人都松了一口气。还没等天黑，捕快老侯就拉着虎子来到酒楼，要了一盘花生米、一壶老酒，两人边喝边聊着。老侯的抠门在衙门是出了名的，用他的话说，反正两斤酒下肚，吃什么都要吐出来，还不如不吃。

老侯眼尖，看到店伙计不断地给旁边一个桌子上菜，说道："哎，不知道这又是哪个败家子，点了这么多菜，要是给咱们弄一盘就好了。"

虎子知道老侯有占人便宜的习惯，急忙按住他的手："人家还没吃，咱们拿过来不好。"

老侯咂了咂嘴，把虎子的手抖开："我没想拿人家的菜，就那么一说。看一下、闻闻味儿还不行吗！"

"哎哟，这不是捕快大人吗。"狄仁杰带着上官婉儿从楼上下来，换上了一套相对好一些的衣袍。

虽然是狄仁杰在和老侯说话，但老侯的眼睛却没看狄仁杰，反而盯在上官婉儿的身上，口水差点没流下来："嘿嘿，是二位贵客呀。"

"嗯……"狄仁杰和老侯几乎同时发出了声音，随后狄仁杰一笑，伸手示意老侯先说。

"来者即是客，要是不嫌弃，不如坐下来喝两杯。"老侯用袖子擦了擦满是油渍的凳子。

狄仁杰看了看老侯面前只有一盘花生米的桌子，笑了笑，眼睛有意无意地瞟了瞟旁边一桌子的菜："老朽也是这个意思，看来咱们想到一起了。"

老侯张大嘴巴看向旁边的桌子："这桌菜是您点的？"

狄仁杰点点头，却没说话。

老侯看向虎子："兄弟，我就说今天是哥哥的缘分之日吧，把菜端着，两桌合成一桌，咱们陪老先生和妹妹喝一个。"

老侯说完话，便和狄仁杰相互礼让着坐到旁边的桌子旁，虎子看着快吃空了的花生米，嘴里叨咕着："剩的花生米用手指头都能数得过来，还说两桌合成一桌，侯哥这脸皮可不是一般的厚啊。"

老侯也没客气，端起酒杯敬了狄仁杰一杯，随后就用手直接抓起一根羊排啃了起来。上官婉儿虽有些厌烦老侯，但知道狄仁杰想利用老侯的快嘴打听案情，这才勉强坐了下来。

酒过三巡后，老侯算是彻底放开了，索性蹲在椅子上，真的如同猴子一般吃东西。

狄仁杰笑着又敬了他一杯酒，这才缓缓说道："看来捕快大人今天很高兴。"

老侯嘿了一声："之前不是发生了两起绑架案嘛，今天凶手落网了，我们才轻松一下，平时很忙的，为这个……这个……边关的民脂民膏什么的，操碎了心。"

虎子见老侯说错了话，急忙在一旁小声提醒着："是民生，为了民生，不是民脂民膏。"

老侯挥了挥手，完全不在乎是否说错了话。

狄仁杰和上官婉儿相视一笑，随后又问道："是什么案子，让大人们这么操心？"

老侯抹了抹嘴上的油："你们想听？"

"想啊，很想啊。"狄仁杰急忙答道。

老侯却并不甘心只有狄仁杰答话，油腻腻的眼神又瞟向上官婉儿。

上官婉儿只得点了点头，勉强说道："想听。"

老侯哈哈地笑了一阵："既然妹妹想听，那我就添油加醋地讲讲。哦，忘了问妹妹的名字了。"

看到上官婉儿满脸不快，狄仁杰急忙接道："老朽怀英，这是我女儿，婉儿。"

老侯眼睛贼溜溜地看了看二人，又转向虎子："有姓怀的吗？"

第七章 分尸

数天前的早晨,一名胡商被人绑架,绑匪的条件是十二个时辰内筹集三十根金铤,若拿不出就撕票。胡商家根本就拿不出三十根金铤,无奈之下,家眷只得到衙门报案。由于龟兹地理位置偏远,又是兵家必争之地,原本负责断案的县尉并未到位,所有的案件都由捕头雷善明负责办理。

经过请示后,雷善明下令封了城,挨家挨户地搜查。可惜的是,案子在十二个时辰内没破。到了时限后,苦主在自家门口发现了一根奇怪的树枝,便送到衙门。雷善明根据树枝分析研判,最终在城外的一个树林中发现了人质的尸体,诡异的是,尸体上还放着一朵花,花的样子很奇怪,好像是一只猴子的手,捕快们就称其为猴爪花。人质死了,凶手也没抓到,苦主为此还来衙门闹过,大骂衙门的人无能,这才导致她家人被害。

……

老侯的口才很好,把案子发生的过程和细节描述得很清楚,尤其是那朵猴爪花,被他说得非常诡异。

"树林是不是产安息香的白花树?"狄仁杰打断了老侯的陈述。

狄仁杰得到的信封中有安息香,他曾分析过安息香很可能与案情有关,可能是人质被藏匿的地点,也有可能是下一起案件的犯罪预告。

老侯和虎子对视一眼,两人脸上都露出惊讶之色:"您是怎么知道的?"

发现胡商尸体的那片树林位置很偏,平时很少有人去,更没人在意树是什么品种,也只有办案的衙役和捕快才知道。

上官婉儿端起酒杯敬了老侯一杯酒,弄得老侯早就把刚才的问题忘在脑后,喝下酒后,她才问道:"老侯大哥,案发现场除了这朵花之外,还有没有其他线索?"

上官婉儿的媚术一流,哪怕只是声音,也把老侯迷得七荤八素,他立刻摇了摇头,有些肥肉的腮帮子左右晃荡着:"除了尸体外,现场只发现了这朵花。"

"这不可能,一定还有线索。"上官婉儿说道。

老侯挥了挥手:"我们勘查现场是认真的,绝不会遗漏任何线索。"

"那第二起案件呢?"狄仁杰担心上官婉儿把老侯逼急了,急忙转移了话题。

老侯喝了一口酒,啃了大半个羊腿后,才缓缓说道:"第二件案子就更悬了。"

……

第二起案子的人质是洛阳戍边来的一名普通农户杨维希,男性,三十五岁,家里有一儿一女,妻子怀了第三胎。杨妻今早报的案,说是早晨孩子闹着要吃烧饼,男人出门去买烧饼,就一直没回来,杨妻只好挺着肚子到街市寻找,找了一圈儿也没找到人,回到家后,发现门缝中夹着一张纸,上面写着"两天时限,用五根金锭换你丈夫的命",杨妻觉得不对劲儿,结合之前胡商绑架杀人案,心里暗道不好,遂到衙门报了案。

这次雷善明并未请示县令,直接封闭了全城,在城门处严查,以防止绑匪把人质弄出城。

第二件案子的疑点和第一件有些类似,就是绑匪索要金额过大。第一起案子中,胡商家虽说相对富裕一些,却无论如何也拿不出三十根金锭来。第二件案子的受害者是戍边的农户,戍边户会得到朝廷的一些补偿款以及免收三年赋税,但补偿款不会太多,五根金锭对于农户来说就是天文数字,绑匪摆明了是想要撕票。

捕快们的全城搜捕还没进行多久,杨妻又来报案,说是绑匪降低了条件,两锭银子,晌午时在城门附近交易,只要拿了银子,就会放了杨维希。

五根金锭和两锭银子是天壤之别,就算绑匪索要的赎金有变化,也不会变化这么大。雷善明和老侯等人觉得此事必定有异,却不敢赌,只得让杨大嫂按照绑匪的要求去做。

雷善明负责跟踪杨家大嫂，老侯则是带着捕快在城门继续盘查过往人、车等，若不是闫继业在城门闹事，也许雷善明会在绑匪和杨大嫂交易时，将他抓个人赃并获。

……

"也就是说，雷捕头当时是在跟着杨妻，准备在交易时抓捕凶手？"上官婉儿问道。

老侯点了点头："大约是这样吧。"

"在雷捕头的追击之下，他反而进了城，除了能摆脱雷善明的追击之外，其实还有一个目标，就是杨大嫂手上的赎金。"上官婉儿分析道。

"绑匪不应该这么愚蠢。"狄仁杰小声嘀咕着。

西下的太阳把光芒从窗户射进大堂中，刺得老侯有些睁不开眼睛，却没耽误他吃喝，他一边点头一边吃着羊排，喝下一大口酒后又打出一个大大的饱嗝，看得虎子在一旁直着急，不时地用胳膊撞他一下，提醒他要注意身份。

狄仁杰思索后向老侯问道："绑匪前后两次都是用什么手段通知到人质家属的？"

老侯嘿嘿一笑，说道："就知道您的身份不简单，您是……"

他嘴里叼着一块肉，盯着狄仁杰，嘴里最后那个词却始终不说出来。狄仁杰听得头皮一麻，心中暗道：难不成自己和上官婉儿的身份被老侯看出来了？

老侯咽下那口肉："您是上天派来帮助我们的大救星，对不对？"

狄仁杰和上官婉儿都松了一口气，异口同声地答道："对，对。"

"绑匪是用字条通知杨大嫂的，第一次用的是普通的信纸，上面写着'两天时限，用五根金铤换你丈夫的命'，字迹工整，字体算不上飘逸，但笔锋凌厉。第二次用的是黄草纸的字条，用木炭写着'两锭银子，午时，城门口，得钱放人'。字迹非常潦草，嗯……跟虎子写得差不多。"老侯说道。

"说字就说字，为啥一到坏处时就拐到我身上。"虎子不满地嘀咕着。

狄仁杰向窗外看了看："也许时间还来得及。捕快大人，上一名受害者胡商的尸体在哪？"

老侯摆了摆手，说道："怀大叔，您年长，叫我老侯就行。胡商的案子未结，尸体缝合后就一直放在县衙后堂，不过臭得很，近不了身啊。"

狄仁杰头脑飞快地转着，却一直未说话。老侯头脑机灵，仿佛知道了狄仁杰的想法，便试探着问道："您不会是想去看尸体吧？"

虎子急忙在一旁推了老侯一下："这哪行，县衙岂是寻常百姓说进就进的，要是让齐大人知道了，还不把你开除回家！"

狄仁杰见状忙摆了摆手："我没那个意思，只不过酒过三巡，眼皮有些重了，不如你们接着喝，我先回房了。"

老侯显然还没讲得尽兴，有些舍不得狄仁杰走，尤其是舍不得上官婉儿离开，但见对方态度坚决，也只得收起兴头，说了句："那这账……"

狄仁杰给上官婉儿使了个眼色。上官婉儿掏出一锭银子，放在桌子上："结账的事儿就劳烦老侯大哥了，剩下的银子再点几个菜，带回家给嫂夫人和孩子。"

老侯眼睛一亮，拿起银子放在鼻子下闻了闻，一股若有若无的香气钻进鼻孔，弄得他春心荡漾，口水差点没流出来："没……没有，我还没有嫂夫人和孩子……嘿嘿……嘿嘿……"

上官婉儿莞尔一笑，扶着狄仁杰离开。

虎子使劲儿推了一把老侯："我说老侯，你这是见色起意呀，你都成婚多久了，嫂夫人和孩子都不要了？"

老侯眼睛一瞪："我说了吗？"

虎子眨巴一下眼睛，说道："哎，你刚才一直盯着人家看，眼珠子都快掉到人家身上了。"

老侯梗着脖子说道："小朋友，你懂不懂啊，人家长得漂亮，你不看就是不尊重。看一眼是尊重，一直看……一直看……就是……一直尊重！"

老侯说完便掂着银子向掌柜走去。虎子挠了挠脑袋，想了好一阵，才自言自语着："一直尊重……好像也有道理呀。"

上官婉儿扶着狄仁杰走到楼梯时，悄声问他："你不是想天黑后去后堂验尸吧？"

狄仁杰假装回头朝着老侯两人挥了挥手，小声回答着："你去不去？可能会碰到诈尸的那种？"

"诈尸？听着就起鸡皮疙瘩。我肯定不去，绝对不去！"

……

狄仁杰从未想过他会在月黑风高之夜翻墙进入衙门的后院，好在上官婉儿轻功极佳，先行背着一个包袱跳了进来，探查有没有异状，在确认后院没有任何人的情况下，才给狄仁杰发暗号。狄仁杰就没那么轻松了，好不容易拖着沉重的身体上了墙，一不小心便从墙头滑了下来，要不是有上官婉儿接着他，这一下便会将他摔个半残。

"你看，我就说没我不行吧。"上官婉儿嘴上说着不来，但好奇心还是大过了恐惧。

"验尸可不像你想象中的那样刺激。"狄仁杰一再提醒着，他并不希望上官婉儿跟来，毕竟验一具腐臭的尸体是件极不愉快的事儿。

自打武则天滥用佞臣以来，朝堂之上杀戮颇多，上官婉儿见得多了，但仅限于听说，从未真正见过死人。她担心半夜会有人来后院巡查，便说了声"我去安排一下"，随后身形一闪，便离开原地不知去向。

狄仁杰借此机会观察了下后院。后院一共两个门，其中一个是通向二堂的，还有一个看样子是通向后花园的，整个后院连一盏灯笼都没有，非常安静。后堂的门是锁着的，窗户也都紧闭着，偶尔会闻到从窗户缝和门缝中钻出来的尸臭味。

狄仁杰曾经和盗神钟嘉盛学过开锁，他看了看后堂大门的铜锁，从包袱里掏出一截铁丝，在锁眼里捅了捅，刚打开房门，就见一道人影来到身边："搞定了，一旦有人进入后院，咱们就会知道。"

"想不到上官大人还有这等手段。"狄仁杰赞道。

狄仁杰这些年断了不少大案要案，夜探这种事儿也做了很多次，总会有人保护着他，先是李元芳，再是汪远洋、袁客师、齐灵芷、狄福、小莲等人，现在又变成了上官婉儿。

刚一进入后堂，一股难闻的尸臭味便直冲鼻腔，上官婉儿微微皱着眉头，手捂在鼻子上，尽量用嘴呼吸。为了尽量减缓尸体腐烂的速度，后堂的门窗封闭，房中又阴又冷，令她不由自主地打了一个寒颤，她急忙晃亮了火折子，房间中一下有了亮光。

狄仁杰从上官婉儿手里接过包袱，从里面拿出一个小瓶，打开后一股生姜的味道传了出来。狄仁杰把瓶里的生姜混合着陈醋抹在布条上，最后递给上官婉儿。

"以碎姜混合三年以上的陈醋敷在布条上，可以最大程度地遏制尸臭味，避免尸毒侵体。"狄仁杰自己用布条蒙住口鼻，随后向尸体走去。

上官婉儿用布条蒙住了口鼻，生姜和醋的混合味道很冲，要不是强忍着，怕是会打出很多喷嚏来，却果然闻不到尸臭味。

狄仁杰仿佛对后堂非常熟悉，径直从一个柜子里拿出一册验尸报告来。

"好神奇，你是怎么知道验尸报告放在那里的？"上官婉儿好奇地问道。

"是大周律例规定的，仵作验尸后必须做好详细的记录，并存放于县衙后堂，以供办案人员查看。"

"发现死者时，他双腿被一根绳子绑着，倒吊在一棵树上，躯干和脑袋并未分离，竖直地立在地上，双臂也被割了下来，放在身体两侧。好残忍的手段……奇怪的是，现场的血液并不多，呈滴状散落，未发现喷溅的血液。死者双眼满是血丝，鼻腔和耳朵有血液流出，下眼睑和嘴唇部分有发绀现象，观其颈部，并未发现勒痕，其后脑部位有严重的淤肿，切开头皮后，并未发现头骨损伤，死因……"狄仁杰说到这里把验尸记录递给上官婉儿。

记录上面写着"可能是后脑受到钝器击打而死"，上官婉儿看了一眼，问道："这有什么问题？"

"大周律例规定，验尸记录不比推理分析，讲究的是证据确凿，不能出现可能、也许之类的词语。"

上官婉儿发出一声感叹："你怎么这么精通大周律例？"

狄仁杰一本正经地说道："因为关于通判这部分的律例是我编撰、修订的。"

第八章　诈尸

受害者胡商的尸体已用线缝合好，黑色的线和煞白的皮肤形成鲜明的对比，如同一只破碎后又缝好的木偶一般，令人不由自主地起了鸡皮疙瘩。尸体右下腹部有绿色痕迹，并朝着周边扩散，尸水顺着木板流到地面上。

狄仁杰扭转死者的头颅，观察着后脑的伤痕，又用手指比量了一下，扒开死者的眼皮，见双眼满是血丝，摸了摸死者的喉结部分，并未发现喉骨骨折。脚踝部分有绳索勒过的痕迹，但皮肤并未破损。腹背部和脸部有着明显的尸斑，臀部和腿部有少量尸斑。双腿腿根和双臂的切口整齐，并未发生肿胀现象。

上官婉儿看得直皱眉头，尸体却突然发出一声"呃"的叫声，吓得她花容失色，急忙退后两步，惊恐地指着尸体："诈尸啦，真的诈尸啦！"

见狄仁杰并未慌张，她的情绪才慢慢平复下来，问道："都说尸体长了绿毛会变成绿毛僵尸，不会把咱们俩都害了吧？"

"人死后腹中会产生大量气体，气体上冲到喉部，造成尸体发出声音的假象。死者右下腹部的绿色叫尸绿，并不是绿毛。人死后肌肉松弛，粪便、尿液等会排出体外，不过只有右下腹的盲肠部位例外，由于结构的原因，此处的粪便无法排出体外，腐烂时，会产生大量的腐败气体，导致右下腹产生绿色，不是绿毛僵尸。"狄仁杰不慌不忙地解释道。

"哦，那死者生前右下腹部受到击打，也可能会产生类似于绿色的淤青，该怎么区分？"

"这个容易，淤青是由于皮下出血导致，只要切开绿色部分的皮肤，有淤血的就是淤青，没有淤血的就是尸绿。"狄仁杰说道。

"明白啦，你们这些人可真是，研究死人比研究活人还起劲儿。"上官婉儿这才松了一口气，抹了抹额头上的冷汗，却不敢再凑近。

上官婉儿叹了一口气，再吸气时又闻到了那股尸臭味儿，于是她学着狄仁杰的样子，如法炮制了一大块布，折叠了两层后，蒙在原本的布条上后，感觉好了许多。

"你有什么看法？"狄仁杰问道。

上官婉儿转过头，正要说话，却发现狄仁杰看着另外一个方向，她眼珠转了转，小声试探着："你……不会是她又来了吧？"

狄仁杰并未理会上官婉儿，自顾自地沉浸在只属于他自己的世界里。

……

钟晓霞背着手绕着尸体转了一圈，从包袱中拿出银针包，取出三根银针，分别插在尸体的喉部、胃部和腹部，拔出来看了看，说道："死者脑后有肿胀，头骨无骨折，属于非致命伤，伤口无木刺、石头残渣等，由此推断，凶器可能是金属棍或者是光滑木棍。再观死者胸腹部，腹部已产生尸绿，无明显伤痕，可以排除胸部受到重创而亡。死者下眼睑、嘴唇、指甲根部皆有发绀现象，口腔中无粥状物，以银针刺喉、胃部、腹部，银针无发黑现象，应该属于窒息而亡，但其颈部没有勒痕，口鼻部位也没有被蒙住或堵住的痕迹，结合死者倒吊在树上的线索，可以推断出死者因长时间倒吊着，五脏六腑移位，压迫肺部和心脏，最终导致心肺衰竭，这才表现出窒息的状态。"

狄仁杰捏开死者的嘴，拿着蜡烛凑近看了看，发现死者口中有些不明物质："你看！"

钟晓霞仔细看了一番，说道："据我判断，很有可能是残留的呕吐物。"

"还有么？"

"当然，狄仁杰也不会认为本神捕就这么点儿本事吧！"钟晓霞歪着头看向狄仁杰。

狄仁杰点了点头，示意她继续分析。

"双腿和双臂的切口整齐而无肿胀，现场无喷溅血迹，可以判断为死后分尸，用的是薄而锋利的刀。江湖人物大多用腰刀和长剑，所用的匕首、短刀等短兵器也不会这么薄，因此凶器可能是一把屠宰用剔骨刀或者是阉割用的刀具，又或者是大夫做手术用的刀具，也可能是仵作用的解剖刀具，比如这把。"钟晓霞说罢，从包袱中拿出刀具牛皮袋，抽出一把锋利的解剖刀，又找出一副牛皮手套，一只递给狄仁杰，一只自己戴上，随后用解剖刀挑开其中一条大腿的缝线，拿起大腿仔细地看着断面。

"这一点与案发现场呼应上了，根据记录，案发现场并无喷溅血迹，只有滴落血迹，也说明死者是死后被分尸。"狄仁杰补充道。

"切口非常整齐，未伤及骨端的软骨，这说明凶手对人体结构非常了解，下手又准又稳，结合刀具锋利这项，凶手很可能从事过屠夫、大夫、劁猪人、仵作等职业。"钟晓霞说道。

"哎哟，精彩，精彩，不愧是大理寺女神捕，果然有独到之处，刚才分析的这些信息也和洛阳案对应上了。"狄仁杰夸赞着。

钟晓霞脸上一红，低下头去："你有什么看法？"

狄仁杰走到尸体的脚部，拿起放在一旁的绳子，在死者脚踝上比划着。

发现尸体时，绳子紧紧地勒进死者的皮肤中，加上死者渗出的体液浸染了绳子，令仵作无法解开绳子，只得用解剖刀小心翼翼地割断绳子。若是解开的绳子，就很难还原凶手系绳子的手法。

狄仁杰比划了一阵，终于把绳索恢复了原本的状态，说道："绑死者的绳子是麻绳，绑绳的手法是水手结，打结的手法相当熟练。龟兹是典型的内陆型城镇，附近没有大的湖泊和河流，会打水手结的人少之又少。"

"没错，没错，洛阳恶魔之手系列案里，其中第六例案件中，女性死者双手双脚被绑缚，用的就是水手结，洛阳附近水域颇多，能打水手结的渔民数不胜数。不过，会打水手结的也不一定就是船家，这也是当年咱们分析出来的结果。"钟晓霞说道。

在洛阳恶魔之手案中，一共有二十二名女性受害者，除了三名按时付了赎金存活下来之外，其余受害者死状均极其惨烈，导致整个洛阳城的女性连大门都不敢出，直到多年后，一提起恶魔之手，洛阳民众还闻之色变。

"六年前的洛阳案中，死者大多数都是被凶手徒手打晕，足以说明凶手武功很高。从这名死者后脑的伤痕来看，凶手很可能身体上出了问题，或者是受了伤，导致身手差了很多，这才使用钝器击打受害者后脑。凶手性情高傲，若身手依然如六年前般，绝不可能采用偷袭的方式。"狄仁杰分析道。

钟晓霞思索片刻，点了点头，赞同了狄仁杰的看法。

狄仁杰继续说道："从目前的线索可以判定凶手为男性，曾经身强体健，现在则身体状况较差，可能从事过渔业、屠宰业、大夫、劁猪人、仵作等职业，拥有极强的反侦破能力和很高的智商，按照当年咱们分析的凶手年龄在三十五岁左右，现在他应该是一名四十岁上下的男性。"

"还有一点，凶手是左撇子，这点在这个案子里也有所体现，你看死者两条腿的切口。"钟晓霞指着大腿根部说道。

凶刀虽锋利，却还是留下了些许痕迹，从切口刀势的走向来看，凶手是从左腿外侧和右腿内侧开始切的，明显是左撇子，这点也和洛阳案对应上了。

钟晓霞把手套摘了下来，放进工具皮箱中。

狄仁杰从包袱中拿出一个瓷瓶，打开塞子，向钟晓霞的手上倒去，瓶子里的药水可以很好地祛除尸臭味，还能防止尸毒对人体的侵害。

"线索呢？犯罪预告的线索，是什么？"钟晓霞边搓着手边问道。

狄仁杰支吾了几声，感觉有些不对劲儿，却想不到哪里不对劲儿，只好说道："就目前县衙的勘查来看，未发现任何犯罪预告，需要到发现尸体的现场看看。好在杨维希案的时限是两天，时间还来得及。"

"两天也没用，你之前也说过，绑匪要价这么高，就没想着让人质活着回来。"钟晓霞摇着头说道。

"那就在时限内救出人质。"

……

当狄仁杰抬起头说这句话时，只看到了一脸惊愕的上官婉儿。

"呃……你没事吧？"狄仁杰问道。

上官婉儿并未说话，指了指狄仁杰倒在地上的水。

"哦，这种药水很容易配置，洒一些也没关系。"狄仁杰满不在乎地说道。

"你刚才是直接倒在地上的！"上官婉儿斜着眼睛看狄仁杰。

狄仁杰摊了摊手："是吗？倒在手上也会洒在地上的。"

对于狄仁杰的异状，上官婉儿已经见怪不怪，于是摇了摇头："好吧，好吧，就算你……你俩刚才分析得都对，可咱们只知道发现死者的现场是一片白花树林，龟兹地区这么大，到哪里去找白花树林？"

狄仁杰一拍脑门："哎哟，你看我这脑子，都糊涂了。"

"糊不糊涂我不知道，但脑子肯定是有问题的，唉，这样下去，我怕是很难再回神都洛阳了。"上官婉儿说话间有些惆怅。

皇城有皇城的苦，但也有它的好。民间虽自由，偶尔享受一下也就罢了，时间久了，也会想念物质极大丰富、俯览天下的皇城生活。

狄仁杰正要说话，突然看见上官婉儿脸色一变，她扭头看向窗外，随后立刻掐灭了火折子，小声说道："来人了，快走。"

上官婉儿拉着狄仁杰就要出门，狄仁杰却甩开她的手，快速地把物品收进包袱内，这才离开。眼见巡逻的衙役走了过来，两人来不及离开，只得躲在墙角拐弯的地方，屏住呼吸。

两名衙役只是例行巡逻，看后院没有异常，便打着哈欠离去。

"哎哎，够刺激的呀。"上官婉儿心跳得厉害，满脸兴奋地说着。

"做贼的感觉？"

"差不多，在皇宫里可体会不到……那……现在怎么办？"

"先回客栈，胡商案闹得沸沸扬扬，应该能打听得到现场的位置。"狄仁杰说道。

"都这个时辰了，大多数人都睡了，你找谁打听？你的脸色也不好，也得休息，今晚就这样吧，其余的事儿明天早晨再说。"

狄仁杰叹了口气，看了看满天星辰："好吧。"

第九章　误判

保密是自古以来就有的，大到军队打仗的战略部署要保密，国家对外谈判底线要保密，商业上货物交易底价要保密，小到手艺人的手艺要保密，家里有了丑事要保密。秘密无处不在，保密也就无处不在。

但大多数秘密往往很难守住，掌握秘密的人每一次说出秘密都会嘱咐相关人要注意保密，但实际上每个人对下一个人都是这么说的。因此，秘密变得尽人皆知。

在案件未破之前，办案人员应该对案情进展等严格保密，但知晓案情的衙役、捕快等人，往往会忍不住告诉家人，家人也忍不住告诉街坊邻居，就这样，案情就会传遍整个龟兹城。

果然如狄仁杰所料，趁着吃早饭的工夫，狄仁杰仅用了十个铜钱就从店伙计处得知了发现胡商尸体的地点。

龟兹土城历经了无数风沙和战争的洗礼，古老的城墙和城楼遍布伤痕，却依然在这片土地上矗立着，显示着它顽强的生命力。朝阳照在它身上，令原本的土色染上了一层金黄色，与绿洲形成了鲜明的对比。牛羊、马匹肆意地在草地上享受着绿色，丝毫未感受到人间疾苦。

牧羊人悠闲地坐在草地上，嘴里叼着一根草，时不时地看向远方，也许他怀揣着一个难以企及的梦，也许只是单纯地想着邻家那个婀娜多姿的姑娘。

白花树林中散发着独有的香气，刚刚升起的朝阳仿佛充满了活力，令树干上溢出的褐色树脂更加晶莹剔透，如同一颗颗宝石。

白花树很高，加上树冠大、树叶多，导致透过的光很少，哪怕是在白天，树林中也显得有些幽暗。林中地上长的大多是矮小的灌木，野草很矮，几乎贴着地皮，土壤是黄色的，看起来有些贫瘠。

倒吊死者的那棵树的横树杈不高但很粗壮，树杈上还有一截打了结的麻绳。隐约还可以看到地面上有些血迹，随着时间的推移，血已经变成了黑色，一些不知名的蚊虫在上面飞来飞去。

由于长时间未下雨，土地很硬实，未留下任何脚印。

树林中鸟语花香，空气十分新鲜，上官婉儿仿佛忘记了是来查案的，在树林中看看这里，摸摸那里，感受着与皇城不一样的原生态。

"勘查现场是你的专长，仔细点儿，千万别漏了。"狄仁杰自顾自地说道。

要是有外人在场，都会以为狄仁杰是在与上官婉儿说话，但上官婉儿却知道他在和那个"她"说话，所以她并未理会。

狄仁杰走到横着的树杈下，抬头向上看了看，又踮起脚向上够了一下，横树枝距离他的手还有两尺左右的距离。他又蹲在地面上观察着，地面和野草上有很多滴状血点，还有一些不明物质，树根下有一大摊血迹。

"咱们先还原一下案发现场的情形。"狄仁杰冲着一旁的空地说着。

……

"好，我先说。"钟晓霞小心翼翼地蹲在滴状血滴旁，说道，"凶手先是把人倒吊起来，使人质脑部充血失去意识，肺部和心脏受到其他脏器的压迫，呼吸不畅，心脏跳动无力，导致五脏六腑缺血坏死，血液聚集在大脑无法回流，造成脑部血管出血，窒息加上大脑出血，最终导致人质死亡。"

"我补充一点，咱们验尸时，发现死者口中还有些不明物质，应该是死者的呕吐物，大脑受到血液压迫，时间久了，表现出眩晕、恶心等症状，会引起死者呕吐。"狄仁杰指着地面上的不明物质说道。

"如果呕吐物被吸入人质肺部，将会引发肺炎，就算及时治疗，也会丢掉半条命。"钟晓霞疑惑道。

"也就是说，就算能按时付了赎金，死者侥幸活下来，也会留下严重的后遗症，丧失劳动能力。"狄仁杰说道。

"这和当年洛阳案几乎一样，一些人家及时付了赎金，人质回来后，都有严重的后遗症，有的半身不遂，有的疯疯癫癫，有的丧失了劳动能力，总之受害者都受到了不同程度的侵害，这也是这件案子令人恐惧的地方。"钟晓霞说道。

不按时付赎金死得惨不忍睹，按时付赎金活得生不如死！

"这个疯子！"狄仁杰说话间咬牙切齿，恨不得将其抓到后凌迟处死。

"先说说勘查现场的结果吧，刚才我把周边都看过了，没发现线索，看来龟兹的捕快们勘查得很仔细，没那么不堪。"钟晓霞说道。

狄仁杰摊了摊手，说道："我一直有个疑问，凶手是如何把人吊在树上的，又是如何把绳子系在树枝上的？"

钟晓霞看了看横树枝上的绳头，系的是死扣。

凶手打晕死者，并将其拖到树林中，用水手扣绑住死者双脚，如果想把死者吊起来，最好的办法是把绳子绕过横树枝，再拉着绳子的另一端系在主树干上，这样才能完成把人吊起来的动作。

但现在的情况是，绳子另一端系在横树枝上，横树枝的高度远远超过狄仁杰的身高，这样就意味着凶手要使用凳子、梯子等物，或者爬上横树枝，这样才能把绳子系在横树枝上，但两者的难度都很大，结合之前推断的，凶手身体可能并不像洛阳案时那么强壮，最大的可能性就是……

"两人以上作案！"狄仁杰和钟晓霞几乎同时说道。

"凶手还有一个或者数个帮凶，一人抱着人质协助另一人把绳子系在树枝上。"狄仁杰拍了拍脑门，脸上尽是惭愧之意。

多人作案的案件中，由于人的能力不一，很容易在现场留下诸多线索，再加上凶犯们各自揣着心思，作案后分赃不均很容易导致内部斗争。因此，在洛阳恶魔之手案中，狄仁杰始终坚信凶手只有一人。

但从现在的线索来看，凶手不但是多人，而且这些人有组织、有纪律，绝非散兵游勇。

"当初我一直咬定凶手是一个人，方向有了错误，这才导致凶手始终逍遥法外。"狄仁杰懊悔地说道。

"谁能不犯错呢？反正都过去了，要想想现在该如何扳回这一局。"钟晓霞劝解着。

狄仁杰缓缓地点点头，头脑中不断地闪现着洛阳案的细节。

"你想到了什么？"钟晓霞问道。

狄仁杰的确想到了一个极可怕的可能，却没有任何证据，只得摇了摇头。

"现在最大的问题是，没有预告犯罪的线索。"钟晓霞说道。

"这不符合恶魔之手组织作案的特征……会不会是咱们疏忽了？"狄仁杰空捋了两下胡子，又反驳了自己的意见，"捕快勘查了一轮现场，咱们也勘查了一轮现场，的确未发现线索，那凶手留下的线索呢？"

上官婉儿走了过来，疑惑地向狄仁杰四周看了看："我说狄大……爹，你不会一直在这里嘀咕吧？犯罪预告线索呢？是什么？"

狄仁杰看了看四周，除了一脸疑惑的上官婉儿，再无钟晓霞的影子，叹了一口气："先回去吧，让我再想想。"

……

大唐地大物博，各地都有独特的美食。回到客栈后，热情的店老板给他们准备了丰盛的食物，面对着满桌子的烤肉和巨大的馕、马奶酒、哈密瓜、葡萄等美食和水果，狄仁杰却提不起半点胃口，脑子里一直想着案子。

捕快老侯和虎子挎着腰刀走了进来，左右环顾后，他眼睛一亮，径直走向狄仁杰两人，拱了拱手后便自顾着坐在狄仁杰旁边："哎呀，这店家对你们是真好，准备了这么多，吃不完怪浪费的。"

说归说，但老侯心里清楚得很，店家热心是因为上官婉儿的银子。

狄仁杰笑了笑："那不如一起。"

"那就一起喽。"老侯朝着有些腼腆的虎子招了招手。

虎子是新捕快，涉世未深，脸皮还比较薄，总干蹭吃蹭喝的事儿还有些不好意思。老侯却不同，他是老江湖、老捕快，脸皮厚得很。

"怀老先生，您的推断能力是在哪里学来的？"老侯没话找话地问着，眼睛却一直盯着桌子上的食物和上官婉儿。

狄仁杰摆了摆手："不值一提，吃东西，吃东西。"

"哎！"老侯得了狄仁杰的同意，也不客气，自顾自地吃了起来。

"不过，你们抓的那人不是绑匪，只是个小偷儿。"狄仁杰说道。

"怀老先生，衙门的兄弟们都佩服您呢。我就想问问，您是怎么推断出他是小偷儿的，还有他的落脚点？"虎子好奇地问道。

狄仁杰笑了笑，说道："雷捕头将他锁住后，我特意观察了他，发现他右手食指和中指又长又细，两指相交处有一些老茧，这说明他的这两根手指常常被使用，他被雷捕头踩在脚下时，眼睛贼溜溜地盯着我腰间的玉佩，由此我判断此人应该是个小偷儿，专门在街市上从人身上偷东西的贼，这也是他能在短时间内打开镣铐的原因。"

虎子钦佩地看着狄仁杰："有道理。"

"当初此人逃跑时，是婉儿绊了他一脚，他鞋底沾的泥土落了下来，我捡起仔细观察，发现泥土中带有绿色。龟兹盛产绿盐，便推断可能与绿盐有关。他既然是小偷儿，一般会选择无人之处作为藏身之所，所以我推断出，他的藏匿处应该是一处废弃的场所，并且与绿盐有关。"

"原来是这样，神了您！"虎子伸出大拇指赞道。

"不过，小偷儿也可以是绑匪呀，毕竟证据在那里摆着呢。"老侯吃了一口菜，吧唧着嘴说道。

原来，杨大嫂家连两锭银子都拿不出来，只得求助雷善明。雷善明便从县衙府库中支取了两锭银子借给杨大嫂，还特意在银子上做了记号。

在洛阳案中，恶魔之手从始至终都未露过脸，但狄仁杰对他的性格、能力了如指掌。像小偷儿这般的低劣手段，早在洛阳案时就会被狄仁杰等人抓住了。不过，狄仁杰现在的身份是普通百姓，无法和老侯等人讲清楚，只得干咳了两声。

"这厮骨头硬得很，挨了大刑，也只承认利用绑架事件获取赎金的事儿，对绑架杀人的罪只字不提。"老侯喝了一口酒。

"怀先生您不知道，这家伙开锁、解绳子的本领厉害着呢，中间逃跑了好几次，好在我们头儿用分筋错骨的手法错开了他的几处关节，又用绳子五花大绑，再辅以手铐脚镣，他这才老实起来。"虎子说道。

狄仁杰听了虎子的话若有所思，喃喃自语着："绳子，绳子……"

上官婉儿看向狄仁杰，问道："爹，您又想到了什么？"

狄仁杰小声说着："杨维希案的犯罪预告可能是绑胡商双脚的那条绳

子。"

老侯和虎子并不明白犯罪预告是什么意思，听得有些云里雾里的。

"凶手费了大力气，把绑尸体的绳子在横树枝上系了一个死扣，让衙门的人解下尸体时无法解开绳子，只得用刀割断，并把死结留在树枝上，是在告诉我们，犯罪预告就是那根绳子。"狄仁杰说道。

上官婉儿没说话，却看向捕快老侯。

按照老侯的资历和经验，要是没有突然从半路杀出来的雷善明，捕头一职非他莫属。现在他要想翻身，只有破了目前这两起案件，就算无法顶替雷善明的捕头位置，也可能调到附近的县衙当捕头。当他第一次见到狄仁杰推理时，就觉得这位气质非凡的先生并不简单，几句简单的推理就帮他们抓到了小偷儿。老侯预感可以从怀先生这里弄到更多的线索，助于破案。

"齐大人每天都有睡午觉的习惯，如果不是弄出特别大的动静，他一般都不会醒。"老侯的话已经说得很明白。

第十章　系列案

世界上没有完美的犯罪。在遇到恶魔之手系列案之前，狄仁杰一直是这样认为的，但恶魔之手案彻底改变了他的看法。

洛阳恶魔之手系列案中，凶手之所以能逍遥法外，除了以上条件之外，还有最重要的一条，就是任何受害者从未见过绑匪。据幸存下来的受害者陈述，绑匪通过偷袭把受害者打晕，再灌上蒙汗药，蒙上其眼睛，堵上耳朵和鼻子，只留下嘴巴供人呼吸。更为奇怪的是，所有幸存的受害者均不记得被绑架期间的事儿，有的甚至连以前的记忆也消失了。

龟兹案处于系列案的初期阶段，还未出现幸存者。但雷善明和老侯等人却意识不到这是一起系列案，直到一件件案子接连发生。

由于关闭了门窗，后堂的光线很暗，好在老侯出去把风之前特意点了蜡烛。上官婉儿本想着跟狄仁杰寻找麻绳线索，但一闻到令人作呕的尸臭味儿，便随着老侯、虎子出了后堂。

狄仁杰拿着绳子，放在烛台前仔细地看着。女神捕钟晓霞不知什么时候出现在狄仁杰身边，静静地看着他。

狄仁杰无意中用余光看到了她，被她的突然出现吓了一跳，险些把麻绳扔在烛台上："你什么时候来的？怎么一点声音都没有，吓我一跳。"

钟晓霞笑了笑，说道："找到了？"

"嗯，是麻绳，胡商案中绑着他的麻绳。之前咱们一直以为绑架预告一定和恶魔之手放在一起，却没想到是麻绳。"狄仁杰说道。

"你为何断定预告是麻绳呢？"

"洛阳案中，凶手除了恶魔之手和线索物品之外，连一个脚印都不会留在现场。胡商被杀的现场你也勘查过，同样没有任何痕迹。除了那朵恶魔之手外，还有什么是属于凶手的？"狄仁杰问道。

"也就只剩下麻绳了。"钟晓霞说道。

在案件中，恶魔之手只有象征意义，代表着屠杀和恐惧，却对破案无益，只有洞悉了犯罪预告，才能解救下一起案件的人质，也就是杨维希。

"你看看麻绳的材质。"狄仁杰说道。

"这是由四股麻编成的麻绳，可能是由大麻槿制成的，最好去问下做麻绳生意的农户。"钟晓霞说道。

狄仁杰点了点头，示意她继续说下去。

"麻绳多由黄麻、剑麻、大麻槿制成，黄麻、剑麻多产于长江以南地区，北方种植的很少。大麻槿适应沙土地，耐寒、怕涝，可以适应安西地区的土壤和气候。大麻槿的纤维柔韧性非常好，多用于编织麻袋、渔网、麻绳等。通常来说，编麻绳的方法有两股、三股、四股的编法，四股编法的麻绳粗而耐用，可以用来制作渔船上的缆绳。"钟晓霞说道。

"水手结、渔网、缆绳……"狄仁杰小声地叨咕着。

"你的意思是，这麻绳是凶手自己编的？"钟晓霞问道。

狄仁杰摇了摇头："也不好说，但既然凶手留下了这条线索，只能尝试着排查。"

"留给人质的时间不多了。"

两人默默地盯着绳子，心里却焦急万分。从杨维希被绑架起，凶手只留下了赎金的金额，除此外，再没联系过苦主杨大嫂，更何况，一个戍边的农户，连两锭银子都拿不出来，怎么可能拿得出五根金铤。因此，绑匪从一开始就没打算让人质活着回来。

狄仁杰转身向外走去，经过证物桌时，他停了下来，伸手把捆绑死者的麻绳揣进怀里。

……

时间是一个很奇怪的东西，明明是同样一段时间，有时让人感觉度日如年，有时却是光阴如梭。

与美女在一起的时光总是过得飞快，老侯的眼睛几乎就没离开过上官婉儿。他听到狄仁杰在后堂中一个人嘀嘀咕咕的，就有些好奇地凑近窗户，想听听狄仁杰说的是什么内容。上官婉儿只得没话找话，有一搭无一搭地和老侯敷衍着。

一旦让老侯等人知道狄仁杰的那种状态可是不妙。

而老侯的心里只有一句话反复着：要是能娶到这样漂亮的媳妇就好了。

好在狄仁杰很快打开房门，上官婉儿这才松了一口气。老侯也松了一口气，他急忙拉着狄仁杰向外走："快走，齐大人快起床了，让他看见就不好了。"

四人来到街上，狄仁杰急忙问道："老侯，龟兹城中有多少家做麻绳生意的？"

老侯几乎不假思索地答道："大大小小都算上共十六家，不过都是小作坊，没有太大规模的。"

"有没有种植大麻槿的？"狄仁杰又问道。

"有些洛阳戍边的农户种植大麻槿，这玩意容易活，不用太费心打理，城南很多沙土地种的就是大麻槿。"老侯对答如流。

"范围太广了，逐一排查怕是来不及。"狄仁杰愁眉苦脸地说着。

"您的意思是凶手可能是其中之一？"老侯兴奋地问道。

狄仁杰摇了摇头，又问道："杨维希是做什么的？"

上官婉儿险些笑出声来，小声说着："农户啊，当然是种地的了。"

经过狄仁杰的提醒，老侯像是明白了什么，说了声"稍等"，便自顾着跑入县衙，等再出来时，手上拿着一本农户缴税的记录簿，翻开其中一页，是关于杨维希的缴税记录："万岁通天元年十一月，缴纳麻一百二十捆，铜钱四百五十文。"

"是了是了，果然和大麻槿有关！"老侯惊道。

"如果麻绳是线索，绑匪不可能把藏人质的地点选在做麻绳生意的小作坊。既然杨维希是种植大麻槿的农户……"狄仁杰说到这里看向上官婉儿。

两人几乎异口同声地说道："大麻槿地！"

"杨维希家的农地在哪里？快带我去。"狄仁杰向老侯说道。

"他的农地在哪，我是真不知道，不过，咱们可以去他家，问问杨大嫂。"老侯脸上露出喜色，仿佛看到了捕头的位置在向他招手。

龟兹城原本没有这么多人，大周大将军王孝杰奉命率大军击败了吐蕃，相继收服了安西地区。为了稳定边关，武则天便在龟兹、碎叶、于阗、疏勒设立军事重镇，派遣三万大军常驻安西，并征集洛阳周边的农户前往安西四镇戍边屯田，原本人口稀少的四镇逐渐繁荣起来。

戍边农户无法分配到城中的民宅，大多居住在城周边，每户人家都会分到一块土地，种粮食、缴税，有些农户对分到的土地面积不满意，便又开垦荒地。对于县衙来说，农户只要按时缴纳赋税就可以了，至于他们是否新开垦荒地，县衙也是睁一只眼闭一只眼。

戍边农户带来的先进的种植技术，让安西地区的物产逐渐丰富起来，与中原地区的交易更加频繁，人们的生活逐渐富裕起来，和周边几个国家的关系亦趋于稳定。

凡事都有两面性，有阴必有阳，有好必有坏。

对于大周而言，安西四镇的繁荣稳定自然是好事，但对于龟兹当地人来说，中原的种植技术破坏了珍贵的绿洲土地，粮食多了，畜牧业却受到了巨大影响，因此当地人对戍边民众并不友好，甚至数次因为农耕和畜牧的问题发生矛盾。

说着说着，捕快老侯用手一指："怀先生，这就是老杨家。"

眼前的是一间比较小的宅院，与周边的宅院有一些距离，院墙很矮，破旧的大门紧闭着，从支离破碎的窗户可以看到一名女子正哄着孩子。

……

"娘，爹都出去一天了，怎么还不回来呀？"一个小女孩甜甜的声音传了出来。

"爹说要带我到集市上去吃肉，他肯定会回来的。"小男孩说道。

"乖，他很快就回来了，到时候给你们带很多好吃的。"女人的声音有些颤抖，却强忍着哄着孩子。

"我想让他现在就回来，他说要带我到小溪抓鱼的。"小女孩撒娇道。

"嗯，等他回来，咱们一起去。"

……

"杨大嫂，我是县衙老侯。"老侯敲了敲破旧的大门，大门晃了又晃，要是他再用些力，两扇大门怕是会立刻倒塌。

女人应了一声，随后走出房间，警惕地向门外看了看，看到身穿捕快服饰的老侯和虎子，这才松了一口气，急走了几步，打开大门，问道："捕快大人，我家男人有消息了？"

看到满脸焦急的女人，老侯低下头，支支吾吾没敢应声。

"大嫂，我们是想问问杨兄弟的情况。"狄仁杰看出老侯的窘境，立刻圆场道。

"您是？"女人抬起头看向狄仁杰和上官婉儿。她眼圈有些红肿，脸颊挂着两条泪痕。

"呃……这……"狄仁杰不敢表明真正身份，但以普通百姓的身份又不方便继续询问。

"杨大嫂，你家分到的地在哪儿？"虎子问道。

女人一怔，显然是没听明白。

"农地。"老侯补充道。

"我们戍边来得比较晚，好一些的地都被人占了，分到的那块地根本连自家都不够吃，当家的在城北看中了一块地，不过那里只适合种大麻槿，好在我们来时带了一些大麻槿的种子。"女人说道。

老侯心中一喜，看向狄仁杰："果然，果然。"

狄仁杰立刻向女人问道："种大麻槿的地在哪里？"

女人支吾了几声，眼神不停地闪烁。

官府是按照拥有的土地面积来收税的，要是官老爷们看到他家的那片地，定会多收很多赋税，因此女人才有些不情愿。

狄仁杰经常微服私访民间，深知民间疾苦，也大约猜出了女人的苦衷，便给老侯使了个眼色。

老侯会意，立刻说道："杨家大嫂，杨维希很可能被藏匿在大麻槿地，现在人命要紧，其他的并不重要……税收什么的，都好说。"

听了老侯的话后，女人还是犹豫了一阵，毕竟他只是个捕快，在县衙根本说了不算，过了好一阵，她才下定决心，说道："在城北，出了城后一直沿着官道向北走，走出三里后，有一个岔道口，沿着岔道向西北再走三里地就是了，周边都是草地，大麻槿很高，一眼就能看到。岔道口西北不是官道，路不太好走，你们小心些。"

在生长条件满足的情况下，大麻槿能长到一丈左右，花朵大多以红色为主，远远望去，红彤彤一片，在以绿洲为主的龟兹，的确很容易看到。

"大嫂保重，我会把杨维希带回来的。"老侯冲着女人抱了抱拳。

"可那两锭银子不是给绑匪了嘛……"女人疑惑道。

"那厮是骗子，我已经把他抓到县衙了。衙门审问完成后，会请您去一趟县衙认人。"老侯说完便与众人离开，径直朝着城北走去。

第十一章　陷阱

大麻槿地有五六亩，现在已经到了开花的季节，远远望去，红彤彤的一大片，与周边的草地形成了鲜明的对比。远处的山脉中不时地传来一两声狼嚎声，除此之外再无其他声音，安静得令人有些压抑。

几条很窄的通道横贯整片地中，通道仅能供一个人行走，大麻槿种得很密，加上其中杂草丛生，别说是人，连猫狗这等大小的动物都很难在其中行走，大麻槿的叶子很茂密，几乎把阳光隔绝在外，地里的光线并不好。

"虎子，咱俩分开寻找，一定要小心，如果遇到凶手，千万不可与之正面对抗。你们二位就在这等着。"老侯吩咐着。

狄仁杰抱了抱拳，说道："老侯，婉儿轻功武功都不弱，不如让她也帮您找找，说不定还能获得一些其他的线索。"

老侯犹豫一番，最终还是点了点头："虎子，你从东面的入口进入，我和婉儿妹妹走另外一个入口。"

上官婉儿看着眼前黑压压一大片大麻槿，几条窄的通道如同怪兽的大嘴一般，一旦进入就会被吞噬掉，让人不由得心生恐惧。但狄仁杰已经把话扔出来了，当闺女的哪能不听，只好硬着头皮跟着老侯走进大麻槿地中。

……

"喂，你怎么不跟着进入搜查？"钟晓霞不知什么时候站在狄仁杰身旁，小声地问着。

狄仁杰从思考中缓过神来，看着大麻槿地说道："我总感觉哪里有些不对劲儿，但又说不上来。"

"既然说不出来，那就别说，有这个时间不如进入查查，也许会有收获。"钟晓霞劝道。随后她拍了拍腰间的刀，说道："放心吧，有我保护你呢，保证凶手伤不到你一根汗毛。"

狄仁杰神色一怔，随后苦笑一声，说道："那我要多谢你喽。"

钟晓霞笑着哼了一声，率先走了进去，从腰间把腰刀摘了下来，向后伸着。狄仁杰摇了摇头，只得疾走两步，伸手抓住刀鞘尾部，两人一前一后地走了进去。

一阵风吹来，大麻槿的叶子发出沙沙的声音，花朵在火把光芒的照耀下散发出诡异的红色，时不时地有一些不知名的动物从脚下穿过。

"好像竹林一般。"钟晓霞感叹着。

大麻槿和竹子非常像，两者的种植密度相当，高矮、粗细皆相似。当年洛阳案时，两人也曾经探查过一片竹林，只不过当年走在前面的是狄仁杰，说"放心吧，有我保护你呢，保证凶手伤不到你一根毫毛"，钟晓霞回应的话便是狄仁杰刚才说的"那我要多谢你喽"。如今，两人却对调了位置，甚至连说的话也对调过来。

"啊！"走在前面的钟晓霞突然向后一跳，几乎扑进狄仁杰的怀里，脸上满是惊恐之色，手指指向大麻槿根部的位置。

狄仁杰也吓了一跳，用火把向前探了探，看到地面上盘着一条蛇，蛇的身体是黑色的，每隔一段还有一条橘色条纹，头部是白色的，形状如同烙铁一般，吐出的蛇芯子呈红色，冷血动物特有的两只眼睛死死地盯着两人的方向，一副随时会发起攻击的样子。

哪怕进了大理寺，钟晓霞终究是个女人，天生害怕蛇、鼠、蟑螂等物。

狄仁杰细看之下，倒吸了一口凉气。早年他作为钦差出使吐蕃时曾经见过这种蛇，据养蛇人说，这种蛇叫白头蝰，剧毒，主要以麝鼩和鼩鼱等小型动物为食，只在吐蕃才有，按说龟兹地区不应该有这种蛇类出现，可它却的的确确出现在了眼前。

狄仁杰并未移动脚步，用随身的匕首割断一根大麻槿，去掉叶子和分枝后，当一根棍子用，慢慢走上前，小心翼翼地把白头蝰挑开。白头蝰并未对狄仁杰发动攻击，被挑开后，转头向大麻槿地深处逃开。

狄仁杰松了一口气，随后放开钟晓霞，两人又继续向前探查着，但受到白头蝰的影响，不再大大咧咧，变得小心翼翼起来，生怕一个不注意被蛇咬到。

"狄大人，你发现没，大麻槿地好像没人打理呀。"钟晓霞提醒道。

狄仁杰又观察了一番，才点点头："地面杂草丛生，大麻槿种得过密，肯定没间过苗，还有一些大麻槿枯萎了，也没有及时清理，还真像你说的，这片地没人打理。"

"杨大嫂说过，官府给他们家分的那块地不好，因此杨维希才自己开垦了这块地，既然以此为生，为什么不精心打理呢？"钟晓霞疑惑道。

狄仁杰回想起老侯提供的缴纳税款的记录："万岁通天元年十一月，缴纳麻一百二十捆，铜钱四百五十文。"

按照这片大麻槿地的打理程度，杨家很难缴上这么多数量的麻和铜钱，可杨维希为何会全额缴税呢？

钟晓霞摇摇头，她是个孤儿，没有产业，没有土地，也谈不上缴税的事儿，因此对税收一窍不通。

两人又在地里搜索了一阵，并未发现任何有用的线索，艰难地通过狭窄的通道后，看到上官婉儿和老侯也走了出来，相互之间晃了晃火把。

"先去和他们会合吧，看看探查的结果如何。"狄仁杰说着，却未得到钟晓霞的回应，他向四周看了看，除了大片的大麻槿之外，哪里还有钟晓霞的踪迹，正疑惑着，听到捕快虎子"哎哟"一声，他抬头向虎子的方向看去，依稀见到虎子坐在地上，脱了布靴，拉起裤脚，在小腿上用力地挤压着。

"不对劲儿！"狄仁杰想起刚才的遭遇，心中暗道不妙，急忙跑了过去。

虎子的小腿上有两个清晰的伤口，一看就知道是蛇咬伤的，他用力地挤着伤口，伤口只有少量的血冒出。老侯只看了一眼，便急着说道："糟了，是毒蛇。"

"啊！"虎子听后吓了一跳，随即身体开始哆嗦了起来，脸变得煞白，呼吸变得急促起来。

狄仁杰急忙蹲在他身前，边观察着他的伤口边问道："虎子，刚才咬你的蛇是什么模样？"

虎子咽下了几口吐沫，眼珠转了又转，才缓慢地说道："是……是一条白色脑袋的蛇。"

不知是他的舌头真麻了，还是出于心理作用，他说话时有些含糊不清，反应比平时慢了很多。

狄仁杰掏出丝帕，撕成条后系在一起，紧紧地绑在虎子大小腿结合处，掏出银针包，把银针扎在了虎子腿上的几处穴道。不大一会儿，几滴毒液混合着血液从伤口处冒了出来。

"我用布条暂时封住了你腿部的血脉，又用刺穴法帮你把深入血液的蛇毒排出，不过，蛇毒并不能完全清理干净，需要找专治蛇毒的郎中才行。布条每隔一刻钟松开一阵，以免腿部血流不畅坏死。"狄仁杰忙完才松了一口气，排出了大部分蛇毒后，虎子性命无忧，但这条腿能不能保住，还要看后期治疗是否得当。

老侯皱着眉头说道："奇了怪了，龟兹附近很少有蛇，更别说毒蛇了！"

从老侯的话不难听出，他也遇到毒蛇了，只是当时碍于上官婉儿在身边，怕吓到她没敢出声。

狄仁杰脸色一变，说道："这种蛇叫白头蝰蛇，多在吐蕃境内出没，龟兹应该不会有这种蛇。"

事情果然有蹊跷。

"哎呀，我不行了，我脑袋有些迷糊……不是……全身都迷糊！"虎子咿咿呀呀地叫了几声，身体一软便瘫倒在地。

狄仁杰急忙给虎子搭了脉，其脉搏虽比平时略快，却极为平稳，观其呼吸也正常，便知他是心理作用作祟，于是从怀里掏出一个小瓷瓶，从中倒出一颗红色药丸，说道："这是解毒丸，是我重金从一位江湖奇人手里买的，只有三颗，可解百毒，如今事情紧急，你先吃一丸。"

虎子拿过药丸，一下子送进嘴里吞了下去，转眼之间就有了精神头儿，站起身拍了拍身上的土。

"爹，您可有收获？"上官婉儿问道。

狄仁杰却没有半点反应，眼睛一直盯着大麻槿地，太阳已向西倾斜，阳光变得有些晃眼，突然，他吁出一口气："上当了。"

当年的洛阳案中，凶手在受害人尸体旁留下恶魔之手花和下一名受害人的线索，将大理寺众人耍得团团转，却从未伤害过捕快。可眼前这起案子却不同，龟兹地区本无白头蝰蛇，却在线索指向的大麻槿地里出现了这么多条，明显是凶手故意设计坑害众人。

"究竟是怎么回事？"老侯急忙问道。他和虎子带狄仁杰来这里查案本就是私自行动，要是有收获也就罢了，可现在不但没有任何收获，反而让虎子被毒蛇咬伤，要是县令齐大人追究起来，怕是会扒了他这身捕快衣服。

狄仁杰摆了摆手，冲着老侯说道："老侯，救人要紧，其他事我再和你说，先把虎子送到医馆医治。"

说罢，狄仁杰给上官婉儿使了个眼色。上官婉儿又掏出两锭银子："侯大哥，这些是医疗费，要是不够，我再补给你。"

"治疗个蛇毒用不了这么多，用不了。"说归说，但老侯还是把手伸向银子，拿银子时还在上官婉儿的手上蹭了一下，随后便背着虎子离去。

上官婉儿警惕地看着大麻槿地，生怕一不小心被毒蛇咬到。

"放心，白头蝰蛇生性胆小，只要它感觉不到威胁，不会轻易攻击人类。"狄仁杰说道。

上官婉儿这才松了一口气："你那个解毒丸分我一颗呗。"

狄仁杰摇摇头："哪有那么多解百毒的解毒丸，就是普通的顺气丸，虎子的大部分症状都是心理作用，要是不化解掉，自己会把自己吓死。"

上官婉儿白了狄仁杰一眼："真够狡猾的。"

她的话一语双关，可以说狄仁杰用普通药丸骗虎子，也可以说成狄仁杰不舍得给上官婉儿，这才出言骗她。狄仁杰眉头紧皱，大脑飞速运转着，并未回应上官婉儿的话。

"刚才你说上当了是怎么回事？"上官婉儿又问道。

"凶手留下麻绳，并预料到咱们会沿着线索查到此处，便提前弄了些毒蛇放在大麻槿地里，咱们来搜查，就会有可能被毒蛇袭击。"狄仁杰说道。

"你的意思是凶手知道咱们俩来了？"

狄仁杰摇摇头："凶手要是知道我来了，定不会用这种低劣手段，明显的破绽嘛。"

"明显的破绽你不也中招了。"上官婉儿说道。见狄仁杰未搭理她，便又问道："刚才探查大麻槿地的就你一个人吧？"

上官婉儿的意思是一直陪着狄仁杰的"钟晓霞"是否出现，可狄仁杰依然只是"嗯"了一声，看了看下落的太阳："时间不多了。"

上官婉儿脸上没有任何焦急，在她眼里，杨维希这样的人是下等人，命不值钱，死与不死对她的权力没有任何影响。狄仁杰则不同，在狄仁杰眼里，人命就是人命，无高低贵贱之分。他会竭尽全力挽救任何一个生命。

不过，明天天亮之时，两天的期限就到了，人质必定会被绑匪杀死。

"没希望了吗？"狄仁杰从怀里拿出麻绳念叨着，随着他的手慢慢举高，阳光掠过麻绳，刺痛着他的眼睛。

……

"线索一定还在麻绳里，之前是咱们分析的方向出了问题。"钟晓霞看到狄仁杰满脸的疲惫，脸上露出了心疼之意。

狄仁杰收回目光，但由于太阳光长时间的直接照射，他有些看不清钟晓霞的脸，只得咧嘴一笑。案件遇到阻碍时，钟晓霞就会出现在他身边，提供专业知识的同时，还会鼓励他。

"咦，麻绳里是什么？亮晶晶的。"钟晓霞眼尖，指着麻绳的缝隙说道。

狄仁杰看向麻绳，但除了麻绳纤维什么也没看到。

"你换个角度看，要借着阳光照射才能看到。"钟晓霞提醒着。

狄仁杰手未动，上身和头部扭动着，脸几乎贴在钟晓霞的脸上，甚至感受到她呼出的气。

"真的有东西。"狄仁杰脸上又露出兴奋的神色，拿着麻绳不断地在手心上摔打几下，果然，手心上出现了一些白色的颗粒，他闻了闻，颗粒没有任何味道，犹豫后伸出舌头在白色颗粒上舔了一下。

"是盐，是盐！麻绳是引子，盐才是线索。"狄仁杰高兴得像个小孩子般，双手抱向钟晓霞的胳膊，待他定睛看向钟晓霞时，却只看到了上官婉儿那张精致而惊愕的脸。

他急忙松开手，脸上一红。

上官婉儿清了清嗓子，问道："看来狄大人找到线索了。"

"应该还来得及，你轻功好，快去追老侯，把线索告诉他。"狄仁杰深吸一口气，平复了一下兴奋的情绪。

"线索是盐？"

"对，盐，也许是盐场。"

第十二章　不死将死

龟兹有很多民众来自洛阳周边地区，对六年前的"恶魔之手"案的恐惧还在，但生活还要继续，夕阳西下，人们纷纷从农地里结伴回城，一路上边走边聊，好不热闹。

上官婉儿的轻功绝佳，在城门口追上了背着虎子的老侯。老侯只觉得一阵香气扑来，眼前一花，上官婉儿便出现在眼前。

"好快的身法。"老侯赞道，眼神中除了油腻，还有满满的钦佩。

不知是蛇毒发作，还是劳累了一天，虎子趴在老侯的背上睡了过去。

"狄……爹让我告诉你，杨维希可能在盐场或者盐号之类的地方，总之是和盐有关。"上官婉儿差点说漏嘴。

老侯神情有些犹豫，毕竟狄仁杰的第一次推断已经让虎子中毒，要是再次中了凶手的圈套，后果怕是更加严重："呃……这……"

狄仁杰气喘吁吁地跑了过来，要不是靠强悍的意志力撑着，怕是早就瘫倒在地了。

上官婉儿一脸焦急，指了指就要落山的太阳："时间不多了，不管怎样，也要试一试。"

老侯看了一眼狄仁杰，说道："怀先生，我先把虎子送到医馆，然后咱们再商量如何？"

"你耽误的每一刻时间，都会让人质受到凶手的侵害，时间越久，伤害就越大。"上官婉儿焦急地说着。

老侯叹了一口气。

"老侯，龟兹城有没有盐场？"狄仁杰平缓了气息后问道。

由于工艺问题，盐在古代的产量很小，价格一直居高不下，再加上盐商垄断、哄抬价格，导致普通民众吃不起盐，为了百姓能吃上平价盐，历朝历代官府都会介入盐业的管控。既让百姓吃上平价盐，同时又可以在其中征得大量的税收，一举两得。

盐是朝廷税收的主要来源，铁是战略型物资，受到官府的管控，富产盐铁的地方大多设有盐铁转运部门，私下买卖盐铁是犯法的，轻则坐牢发配戍边，重则杀头。龟兹地区有几处湖泊是咸水湖，盐资源丰富，附近的山区蕴藏着大量铁矿。丰富的盐铁资源，使龟兹成为了兵家必争之地。

"有，大小一共三处盐场，分别在城东、西、北各有一座，东、西两处较大的盐场由官方经营，北面的盐场早年比较大，后来咸水湖面积慢慢缩小，产盐量下降，质量也得不到保障。前些年，大周收复了安西地区，见盐场已经趋近于废弃，官方就放弃了经营，转而承包给民间的盐商，盐商每年缴纳一定数量的税收，而所产的盐只供当地民众食用，不得进入全国盐市流通。"老侯说道。

狄仁杰缓过劲儿来后，便上前查看虎子的状况，搭了脉后，向老侯说道："老侯，你赶紧送虎子去医馆，其他事再说。"

"哎。"老侯从狄仁杰的语气听出虎子的状况不好，头也不回地背着他向医馆走去。

"爹，怎么办？"上官婉儿看着离去的老侯有些着急。

"如果是盐场，凶手会选择在哪里呢？"狄仁杰小声嘀咕着，声音比平时要尖细很多。

上官婉儿无奈地摇摇头，狄仁杰的声音一变，估计是又要犯病了。

……

在狄仁杰的世界里，钟晓霞始终是美丽的，当天边的彩霞照在她的脸上时，会和她甜美的笑容融为一体，在这一刻，她不是大理寺女捕快，只是一名心思单纯的少女。

"狄大人，你看晚霞多美。"

狄仁杰看向钟晓霞，心神一震："是啊，很美。"

钟晓霞转向狄仁杰，俏皮一笑，说道："看来狄大人不仅仅只会探案，偶尔也懂得欣赏美景。"

狄仁杰尴尬地轻咳了一声，说道："说说案情吧。"

"狄仁杰就是狄仁杰，三句话不离老本行。"钟晓霞从狄仁杰手里接过那段绳子，扭动了几下，在手上拍了拍，几颗亮晶晶的盐粒落在手心，她抬起手冲着霞光的方向看着。

"如果是官方盐场出产的食盐，质地较纯，颗粒晶莹剔透，而私人盐场所出的盐含杂质较多，因此白中带灰，看起来有些发乌，颗粒也比官盐大一些。"钟晓霞提醒道。

私人把控的盐场将利益最大化，品相和口感都会列入其次，因此在品质上不如官方盐场的好，但因其价格便宜，亦同样有市场。

"没错，麻绳中的盐粒品质较差，还有一股涩的味道，因此可以断定是私人承包的盐场晒出来的，城北盐场。"狄仁杰说道。

说到这里，两人对视一眼，脸色逐渐凝重起来，不约而同地说道："盐场打更人要出事。"

无论是官方盐场还是私人承包的盐场，为了防止有人偷盐，都会雇人看守，官方盐场一般都是由当地府衙派人，多为衙役等人员，人手多、防卫能力较强。而私人承包的盐场，为了节约成本，一般都会雇用年纪稍长一些的人看守，而且看守人员多为一到两人，防卫能力较弱。

一旦凶手要把盐场当作杀人质的地方，盐场的看守势必也会遭殃。

……

一夜的时间说长不长，说短也不短。

狄仁杰想不到的是，城北的盐场不但难找，而且距离非常远，加上他们没有交通工具，等他和上官婉儿赶到时，已是丑时末，此时距离交付赎金的时间还有两个时辰。

借着皎洁的月光，可以看到远处是一个面积不大的湖，围绕着湖的就是盐场。

就算盐场的规模缩小很多，依然可以从盐田的规模和数量看出它曾经的辉煌。湖水不足原本的十分之一，原有的大部分盐田都已荒废，只有靠近盐水湖的几块盐田存放着白花花的盐粒。

在唯一通向盐田的路上，有几间小房子，是当年官方管理盐场时建的，其中一间房子亮着微弱的灯光，应该是打更人住的。

上官婉儿小心翼翼地走到门前，轻轻地顶了顶房门。房门是虚掩着的，轻轻一顶便推开一条缝，一股血腥味儿从其中冒了出来。

"小心！"上官婉儿眯着眼睛向里面望去。

一名年长的打更人躺在地上，身下汪着一摊血，血早已凝结，呈现出红黑色，他的胸口没有半点起伏，睁开的双眼和微微张开的嘴没有丝毫生机。

房间不大，其中除了生活用品，没有多余的陈设，几乎一眼便能看遍整个房间，除了死者之外，并没有能藏人的地方。

狄仁杰急忙上前，蹲在老人身前查看着，手刚刚搭上老人的脖颈，便叹了一口气。尸僵已经蔓延到全身，人早死透了。

打更人头部有一处外伤，头皮裂开，部分头骨碎裂，看样子是被人从正面击打所致。窗户前的桌子上还有一些饭菜和酒碗。饭菜很简单，两个馒头和一盘菜，菜还剩下大部分，其中一个馒头只咬了两口，碗中的酒还是满满的。

"应该是昨晚申时末，打更人吃晚饭的时间，凶手把人质转移到这里，进入房间后，趁着打更人不备，用钝器击打其头部，导致打更人死亡。"狄仁杰分析道。

"白天盐田有人干活儿，因此凶手才选择在工人离开后进入盐田。"上官婉儿说道。

"快去盐田，也许人质还活着！"狄仁杰立刻站起身向外走去。

上官婉儿施展轻功率先冲出房间，飞速奔向盐田，当狄仁杰出了房间，她已经在盐田中探查了。

狄仁杰加快脚步向盐田奔去。他的医术非常高明，尤其是银针渡命术，只要人还有一口气，他就能把这口气留住，就算救不了人质的性命，至少也可以知道凶手的一些信息。

狄仁杰还未到盐田，便听见上官婉儿喊道："爹，人在这儿。"

……

白色的盐田本是浪漫的，是优雅的，极为宽阔的，但其中渗着红色的鲜血，再加上一朵妖异的恶魔之手，便多出了一些恐怖的味道。

　　借着火折子的光芒，可以看到原本平坦的盐田上多出了一个人形的长条凸起，凸起是由盐堆起来的，恶魔之手插在盐堆中，红色的花体、黄色的花蕊与雪白的盐形成了鲜明的对比。盐堆有四处鲜血渗出，从位置来看应该是大腿根部和肩部的位置，从盐堆渗出的血液只染红了很窄的一片区域，各自染红的区域之间并无连接，在盐堆的一头儿露出了一个人的脑袋，看状态应该是趴在盐堆中，为了呼吸，他把头偏向一侧，嘴巴和脸上沾了很多盐，表情中充满着痛苦、恐惧和不甘，还有一丝兴奋、狂躁，头部周围有一些痕迹，显然人质曾经为生存而努力挣脱盐堆，却因为某种原因无法挣脱。

　　"还没死，不过他的气息很弱！"上官婉儿说话间警惕地看着四周，但四周一片平坦，除了湖水就是盐田，不可能藏得住人。

　　"别动他。"狄仁杰急忙蹲下，用手按在杨维希的脖子上，身体还有温度，但脉搏很弱，再看其双眼，灰蒙蒙的，对外界完全没有反应，显然是进入到了深度昏迷状态。

　　狄仁杰急忙从怀里掏出银针包，快速地在人质的头上扎了七针。

　　上官婉儿脸上一喜，说道："这就是传说中的银针渡命术？人质有救了。"

　　狄仁杰微微摇了摇头，叹了一口气："银针渡命术是通过穴位激发人的潜能，让人逃出鬼门关，前提条件是人有潜能才行，他的生命力几乎消耗殆尽，大罗金仙来了也没用，能不能张口说话，还要看他的意志力。"

　　上官婉儿把火折子凑近人质的头部，看到那张死灰的脸，她几乎吓了一跳。

　　"糟了。"狄仁杰轻轻扭动着人质的头部，发现其喉部有个创口，创口上还插着一根空心植物管茎。从创口的位置来看，是喉咙靠下端的部位，就算还能保住一口气，他也无法说出话来。

第十三章　凶手的疏忽

远处传来马的嘶鸣声和马蹄声，捕快老侯的声音也传了过来："雷捕头，那边有人。"

"一队守住出入盐场的道路，另外一队小心搜索整个盐场，人不要散开，其余人跟着我。"雷善明吩咐着。

当雷善明和老侯等人来到盐堆时，狄仁杰又长长地叹了一口气，伸手将死者眼睛合上。他抬起头，看向远处的天边，第一缕光芒露出山尖。时间正好两天，分毫不差！

雷善明急忙上前，推开狄仁杰，用手按在人质的脖子上摸了摸，感受不到一丝脉搏，但人质的身体还是温热的，显然是刚刚死去。

雷善明缓缓站起身，疑惑地看着狄仁杰和上官婉儿："你们是不是得给本捕头个交代。"

他的意思很明显，除了凶手之外，没人知道人质的下落。狄仁杰思路敏捷，又懂推理分析，现在又出现在现场，种种迹象表明狄仁杰是凶手的可能性很大。

老侯清了清嗓子，支支吾吾地解释着："雷捕头，这件事可能是我没说清楚，其实……"

事出紧急，再加上老侯藏有私心，并未把和狄仁杰接触的全过程都说出来，只把绑胡商的绳子里有盐粒和相关的推理分析说给了雷善明。

雷善明将信将疑，但事关一条人命，他不得不召集人马，对三个盐场逐一进行排查。东、西两座盐场距离龟兹较近，便先排查了两处，之后才来到这处私人盐场。

老侯话说到一半又停了下来，他不愿意当着其他捕快的面把事情说破，便把雷善明拉到一旁，小声地解释了一阵，其间雷善明不时地看向狄仁杰，等老侯说完，他脸上的质疑之色才慢慢褪去，狠狠地瞪了老侯一眼，再次来到狄仁杰面前时，他抱了抱拳："怀先生，雷善明是个粗人，冤枉您了，请您海涵。"

狄仁杰挥了挥手，表示不介意。

老侯向狄仁杰问道："怀先生，你和婉儿来时，人质应该还活着，有没有留下什么话儿？"

狄仁杰摇了摇头："我们来时他只剩下一口气，已经陷入深度昏迷状态，不过，就算他清醒，也无法说出任何话。"

狄仁杰从上官婉儿手中接过火折子，靠近死者的头部。

雷善明看到了死者喉部的伤口，嘴里骂了一句。

狄仁杰脸色铁青，眼神有些闪烁，嘴唇轻微颤抖着，缓和了好一阵后，才算平静下来，说道："雷捕头，老朽早年当过通判，懂些勘查、侦破之术，如果您相信我，请你和兄弟们沿着进来的脚印退出去，再把仵作请来，让他沿着你的脚印走进来，另外告诉兄弟们，只在周围守着，不要进入这块盐田中，任何人别破坏现场。"

狄仁杰的语气十分诚恳，态度谦逊，加上雷善明原本就对狄仁杰有种亲近的感觉，驱散了雷善明心中最后一点质疑，他点了点头，冲着两人抱了抱拳，带着人小心翼翼地倒着离开盐田。

盐田里都是未晾干的白色食盐，就算凶手事后做了清理，也可能留下一些线索，要是众捕快不分青红皂白地冲进来，就会破坏现场。

"要不要先把尸体弄出来？"上官婉儿问道。

经过上官婉儿一提醒，狄仁杰眨了眨眼睛，小声说道："听闻上官大人擅长丹青，在下一直未能见识，可否帮下官把现场画下来？"

"这自然没问题，不过，没有笔墨纸砚，咋画？另外，我需要站在高处，才可以画出现场全貌。"上官婉儿蹲得双腿酸麻难忍，要是再坚持一阵，怕是会摔倒在地。

狄仁杰点点头，双手扶着她慢慢站起身："相信上官大人能解决这些问题，那就劳烦您沿着自己的脚印退出现场。"

上官婉儿原地活动了一下腿脚，气血顺畅后，酸麻劲儿去了大半，这才慢慢地沿着脚印退出现场，到了盐田之外，她向四周看了看，湖附近只有入口那几间房子是制高点，但一想到房子里还有一具死尸，她就浑身不得劲儿。

"这狄仁杰，让我画什么不好，偏偏要画案发现场！"上官婉儿发着牢骚，眼珠一转，又想到一种可能，"他故意把我支开，是不是又要和那个'她'讨论案情？"

她看向案发现场，发现狄仁杰沿着整块盐田转了一大圈，时而蹲下抓起一把盐，时而俯下身子用嘴吹着盐地，最后才蹲在尸体前，并未发生以往的怪异，这才松了一口气："可能是我太紧张了吧！"

她一步一回头地走向入口的房间。

……

狄仁杰把手缓缓地伸向死者杨维希的脸部，还未碰到，就听到身后传来钟晓霞的声音："狄大人！"

"哎哟，我说钟神捕，你出现时能不能提前和我说一声，每次都差点把我心脏吓出来！"狄仁杰扭头看到钟晓霞背着手站在身后，不由得叹了一口气，抚了抚胸口。

"哼！"钟晓霞一撇嘴，脸上露出不高兴的神色。

"得！"狄仁杰急忙站起身，冲着钟晓霞鞠了一躬，说道，"我错了行吧，都怪我胆子小。"

钟晓霞被他逗得扑哧一声笑了出来，眼角瞥到死者脸上时，她立刻收回笑容，指了指雪白的盐地："刚才我已经把整片盐地都勘查过了，除了那个黑大个儿、上官婉儿、老侯、三名捕快、你的脚印之外，再无其他痕迹，看来凶手和洛阳案一样狡猾，作案后都进行了细致的清理。"

钟晓霞勘查现场的能力很强，她若是没找到，狄仁杰也不必费心思再找一遍。

"不过……"

狄仁杰立刻来了兴致，问道："不过什么？"

"凶手疏忽了一件事，就是盐地未干透。"

狄仁杰眼睛一亮，立刻明白了钟晓霞的意思，补充道："有人踩上未干透的盐会将下面的盐压实，就算用其他盐覆盖上，只要去掉后覆盖的那层，就可以看出其足迹。"

"没错。"

狄仁杰从地上抓起一些盐粒，冲着已经升起的太阳看着，盐粒在阳光下散发出朦胧的光："这里的盐和麻绳里面的盐粒完全一致，也可以证明这起案件的凶手就是当年洛阳案的凶手。这个盐场的盐主要供给当地人用，取得的渠道比较广泛，这条线索算是断了。"

"既然是同一个凶手，那么下一起案子的线索呢？"钟晓霞指了指插在盐堆上面的那朵恶魔之手。

盐堆上只有一朵恶魔之手，周边再无他物。

"难不成在盐堆之下？"狄仁杰挠了挠脑袋。

胡商绑架案中，凶手留下的预告线索是绑住胡商绳子里的盐粒，对比六年前的洛阳案，线索要隐蔽得多，埋杨维希的盐堆上除了一朵恶魔之手外，再无他物，因此他才判断预告线索可能在盐堆之下。

"那就得扒开盐堆。"钟晓霞蹲了下来，正要伸手，却被狄仁杰阻止。

"先等等，仵作还没来，另外，我还请上官大人把现场画下来，现在弄开盐堆，怕是不妥。"

钟晓霞眼珠转了转，说道："你俩刚来时，杨维希还活着，有没有留下什么信息？"

"没有。"狄仁杰指了指死者的喉咙。

钟晓霞摊了摊手，蹲在尸体前，指着杨维希的头部说道："从死者的面部表情来看，他死前遭受了巨大的痛苦，应该是其身体有外伤，盐和伤口接触，导致他极其痛苦。"

从到现场以来，狄仁杰就觉得四处渗出来的血迹有些古怪，却又说不上来，经过上官婉儿的提醒后，这才有了让她把现场画下来的想法。不过，他也是担心上官婉儿留在现场会影响现场勘查，甚至会破坏现场，这才将其支走。

狄仁杰微微扭动死者的头颅，仔细观察着死者的喉咙。

喉部偏下的位置有一处伤口，伤口处还有一根空心的植物秆支撑着，他用手摸了摸，说道："死者喉咙下部被割开，出血量很小，从位置来看，应该是割断了气管，再以空心管支撑伤口，令人质保持呼吸，肺部气体从伤口处直接进出，不经过喉咙，这样既能让人质活着，又无法出声呼救。"

钟晓霞脸色极为凝重："凶残又精妙的手法。"

"脖子上的血管非常丰富，遭受伤害后很容易令血管破裂，大出血死亡。但你看这处刀口极细小，切口整齐，出血量甚微，这说明凶手对人体结构非常了解。"狄仁杰说道。

曾经的洛阳案中，凶手亦展现过精妙手法，在刚发生的胡商绑架杀人案中，狄仁杰也提及过这点。单从作案手法来判断，胡商案和杨维希案是同一人所为！

"另外从他的皮肤褶皱程度来看，应是包裹他的盐令身体脱水。"钟晓霞说道。

狄仁杰点点头，说道："你看他的表情，我一直疑惑，既然他伤口泡在盐里，痛苦是必然的，但他的表情中却还带有一丝狂躁和兴奋之色，他挣扎着想出来，脸上有些盐实属正常，但嘴里为什么会有盐？"

钟晓霞答道："脱水严重会导致人高烧、狂躁、妄语、产生幻觉，直到昏迷。我在医馆时，经常看到得痢疾的人要是补水不及时就会这样。他嘴里的盐，可能是产生幻觉后才啃食的，这点可以通过解剖尸体得到验证。"

死者杨维希被困了十二个时辰，滴水未进，啃食盐巴只能让他的口渴加剧，若非癫狂，怎肯有此行为！

第十四章　不懂断案的捕头

酒是没有思想、没有生命的，但到了文人墨客的口中，就成了促进产生各种各样奇思妙想的琼浆玉液，拥有了生命和灵魂。

而对于仵作老赵来说，酒就是命，满足这具摇摇晃晃的躯体的液体，一顿没酒心里发慌，两顿没酒抓耳挠腮，三顿没酒生无可恋，哪怕是早晨喝粥之前，也要灌下一口烈酒，再把剩余的烈酒放进粥里搅拌均匀，这样喝起粥来才有味道。无论任何时间，他只要一张口，就会呼出一口浓烈的酒气，脸上布满了饮酒过度导致的血丝，双眼始终是通红的，走起路来一摇三晃。他的肩上搭着一个皮箱，应该是仵作用的刀具箱，令人惊奇的是，刀具箱随着老赵的身体来回晃动，却始终不掉下来。

还未走到盐田，狄仁杰就注意到摇摇晃晃的仵作老赵，要不是在一旁的几名捕快时不时地扶他一下，怕是早就跌倒在地了。雷善明不满地看了老赵一眼，在他的脚即将迈入盐田时，一把拦住了他："你少喝点就不行吗，走路走不稳，破坏了现场怎么办？"

狄仁杰无奈地瞥了老赵一眼："那就先让仵作大哥稍休息一会儿，雷捕头，凶手用浮盐掩盖了自己的脚印，劳烦您仔细寻找，小心将浮盐去掉，即可得到凶手的足迹。"

雷善明有些犹豫，看了一眼眯着眼睛晃荡的老赵："好吧。"

老侯虽说只是个捕快，却眼尖手快、八面玲珑，向盐田外部走去时，看到远处门房上的上官婉儿向他招手，便立刻挥了挥手回应着，随后向门房跑去。

"哎，晓……"狄仁杰把目光从雷善明身上收回来，却发现钟晓霞不知去向，疑惑地挠了挠头。

捕快老侯来到门房附近，和上官婉儿交流了几句后，朝着狄仁杰的方向喊着："怀先生，婉儿说她的画完成了。"

上官婉儿飞身从房顶下来，落地时竟然没有一点声音。老侯自身的功夫不咋地，但能分出武功的好坏，上官婉儿这一纵身，他便知道单凭这份轻功就足以傲视江湖。但他心中更是疑惑，上官婉儿看起来三十多岁的年纪，就算从小练功，也很难有如此成就，难不成是天分极高的练武奇才不成！

上官婉儿早年在宫中为奴时，为了取悦武则天，便努力学习琴棋书画、舞蹈等，机缘巧合之下，在宫中拜了一名舞技极佳的宫女为师。这名宫女的舞技得益于高明的轻功，因此她才能做出其他舞女做不出来的动作。传说有人看见过这名宫女曾在荷花池中的荷花叶上跳舞，一曲完毕后，连鞋底都不会湿。

上官婉儿大多数心思都用于取悦武则天，下了狠心练习舞蹈，想不到竟然在无意中练成了绝世轻功，不过她也仅限于轻功，搏杀的武功还赶不上一名普通的卫士。

她把手中的木炭扔在地上，抖了抖手上的窗棂纸，满意地点了点头。

原来，她在门房找不到笔墨纸砚，只好拿了一截烧焦的木炭当笔，又撕下窗棂纸，用一块木板垫着，这才完成了画，虽说笔墨不如意，但简单的碳素线条还是画出了神韵。

老侯好奇，歪着头看向画。上官婉儿却身体一转，把画收了起来，歪着头看向老侯："不让你看。"

说罢，上官婉儿便朝着盐田的方向走去。

老侯看着离去的上官婉儿一声叹息："这妮子。"

……

狄仁杰举起手朝着上官婉儿挥了挥，示意已经听到了，随后朝着仵作老赵招了招手："仵作大哥，您觉得好点了，就沿着雷捕头的脚印慢慢走进来。"

仵作老赵虽说是酒鬼，头脑却不笨，知道衙门的人对他喝成这个样子都反感，向狄仁杰抱拳施礼，尽量控制着身体不要晃，小心翼翼地沿着脚印走了进来，边走边说："你放心，我走路稳着呢。"

上官婉儿也来到盐田边，和捕快们站在外围，却不愿踏进盐田一步，生怕一旦破坏证据，狄仁杰会怪罪她。

仵作老赵来到狄仁杰身边，才发现并不认识眼前的人，眯着眼睛问道："敢问您是……"

"老朽怀英，早年当过几年通判，带女儿来龟兹走亲戚，碰上了这起案子，正好捕快老侯邀请我，技痒之下，这才来现场帮他们。"狄仁杰不敢直说，只得假借老侯的名义。

"那是同行啊，失敬失敬。"老赵听到对方不是什么大官儿，遂放下心来，"既然当过通判，那仵作这活儿您应该也熟悉，阴气太重，不得不喝点儿，情有可原吧？"

仵作老赵给自己找了一个合适的理由，蹲在尸体旁解释着，随后打开皮箱，拿出小铲子和小凿子等物，开始清理尸体上的盐。

狄仁杰曾任大理寺丞，和很多仵作打过交道，自然明白这个道理，可大理寺的那些仵作只是喝一些酒驱寒、壮胆，老赵所说的喝点却不是只喝一点儿，完全属于酗酒成瘾，两者有本质上的区别。不过，各人有各人的生活，只要不影响到办案，没人愿意管那么多。

"老赵，尸体旁可能会有其他的证物，一定要慢慢来。"狄仁杰提醒着。

"得嘞，您就看我的吧！"别看老赵平时晃晃悠悠，一旦进入工作状态，脑袋也不晃了，手也不抖了，原本通红而无神的双眼突然散射出精光，一旁的狄仁杰也是暗暗称奇。

经过一个时辰的清理，盐堆被扒开，分散在四周，将尸体所在地方围成了一个盆地，尸体完全呈现出来。死者全身赤裸地趴在盐地上，两个肩关节和两个髋关节各有一处刀伤，盐堆上的四股鲜血正是从这四处流出来的，全身上下布满了细小伤口，但出血甚微，皮肤褶皱得厉害，显然是凶手在出手时避开了所有主要血管。

"咱是在这里验尸，还是抬回衙门？"老赵眨巴着眼睛向雷善明的方向问道。

但雷善明专注于寻找脚印，根本没听见老赵的问题。

狄仁杰略加思索后，大声说道："按说应该取得苦主同意才行，不过一旦动了尸体或者延误，有些线索就没了，破不了案子，苦主依然会怪罪。要不，咱就在这儿验尸。"

"有道理，不愧是当过通判的，不过……"老赵看向雷善明的方向。他毕竟只是一个仵作，在没取得苦主同意的情况下，哪敢擅自动死者的尸体。

雷善明听到了狄仁杰的话，也明白他的意思，思索了一阵后，朝着老赵喊道："老赵，怀先生说的有道理，先行验尸吧，等事后我再和苦主解释。"

有了雷善明的话，老赵不敢再犹豫，从箱子里拿出一把锋利的小刀，小刀在阳光下闪出寒光，令人不寒而栗。

狄仁杰被刀身反射的阳光晃了眼睛，仔细看了一下老赵手里的刀，他想起尸体肩关节和髋关节处的狭窄伤口，心中一动，问道："仵作大哥，龟兹城中能有你手中这把刀的有几人？"

老赵拿出磨刀石磨了几下刀，在刀刃上吹了一口气，又朝着尸体拜了拜，一本正经地做着仪式。由于和死人打交道，仵作这行忌讳相当多，做仪式主要是为了表示对死者的尊敬，取得死者的同意，避免破坏了死者的尸体后，死者的鬼魂会来报复。

仵作算是手艺人，基本都是以师傅带徒弟的形式传授技艺的，规矩也是这时候传下来的。

恭恭敬敬地做完了一切后，老赵才说道："我师傅也有一套这样的刀具，比我这套还好。其他人嘛……医馆，大夫也有，再就是那些劁猪人，手上的家伙不锋利不行啊。"

"仵作、大夫、劁猪人、屠户……"狄仁杰嘀咕着。

老赵摸了摸那四处伤口，瞬间明白了狄仁杰的意思，手上一抖，瞪大眼睛问道："怀先生不会怀疑我吧？"

怀疑任何人是狄仁杰的破案之道，但为了不让老赵分心，他只能敷衍地答了一句："哪里话，您是仵作，县衙的人，怎么会做杀人这种事，不可能怀疑您哪！"

老赵也不傻，听出狄仁杰是在敷衍他，便不再追问。

"雷捕头，龟兹城中有多少大夫、劁猪人、屠户和仵作？"狄仁杰冲着远处趴在盐地上寻找足迹的雷善明问道。

雷善明在盐地寻找了半天，也没发现任何痕迹，但耳朵却竖着，一直在听着狄仁杰两人的对话："怀先生，这个……我得回县衙查查才能知道，人数应该不少。"

狄仁杰见雷善明找了半天，也没有任何收获，心中更是起疑："老赵，这里就拜托您了，我去帮雷捕头。"

"没问题，没问题，你忙你的去。"老赵有种预感，眼前的这个和他年纪差不多的男人非常厉害，在仵作之道上甚至超过他。老赵每次和狄仁杰对视时，都有一种在当年学艺时和师傅对视时的感觉，随时可能被对方训斥，这种感觉让他有些束手束脚，完全失去了自信。

狄仁杰从仵作的皮箱中拿了两把猪鬃毛刷子，走向雷善明。

狄仁杰与老侯等人喝酒聊天时，顺便打听了衙门的现状，得知在雷善明担任捕头之后，龟兹城的治安得到了很大的提升，莫说是恶性案件，就连鸡鸣狗盗之事也少了很多。但从雷善明目前的表现来看，人品问题不大，但专业技能上，甚至可能赶不上捕快老侯。

"怀先生，盐地这么大，不好找。"雷善明见狄仁杰来到身边，便站起身打招呼。

狄仁杰应了一声，用手敲了敲有些发硬的盐地："盐田中所晾晒的盐经过太阳暴晒后，表面会率先失去水分，进而呈板结状，凶手用盐来覆盖其足迹，后覆盖的盐板结程度比较低，状态相对松散一些，颜色也会与板结的盐有所不同……"

狄仁杰说到这里停了下来，询问似的看向雷善明。

"呃……"雷善明挠挠脑袋，却不知道该如何接话。

"死者三十岁左右，喉咙部位有一处创伤，创口红肿，以……小麦秆撑之，以供其呼吸，创口细小但边缘平滑整齐，并未伤及大血管，因此出血量很少。"仵作老赵大声地汇报着。

狄仁杰满意地看仵作老赵一眼，随后耐心地向雷善明说道："失去水分完全板结的盐呈纯白色，而带水的盐则有些发乌，在光照充足的情况下，很容易区分。另外，还可以用猪鬃毛刷来区分，板结的盐只能刷下来一些盐粒，但形状不会变化太大，而相对松散的盐……"

"一扫就会散开。"雷善明的用词有些不当，但意思是对的。

狄仁杰点了点头："凶手踩过的地方，盐会变得很实，只要把遮掩的浮盐去掉，就可以得到凶手足迹的轮廓。"

"死者全身皮肤褶皱，应是失去大量水分所致。肩部关节处和大腿根部关节各有一处创伤，红肿，创口长度约半寸……"仵作老赵的声音很大，但明显气不够用，喘息了两口后，才又喊道，"创口处流出大量鲜血，以手指捏关节处……嗯……手臂和大腿的筋脉应该是断了，导致人质失去了活动的能力。"

"得到足迹之后呢？有什么用处吗？"雷善明小声问道。

到了此时，狄仁杰才知道雷善明的刑侦水平一般，甚至连入门级别都算不上，他之所以能破案，要么出于偶然，要么背后有高人指点，要么就是靠刑讯逼供。

"足迹可以帮助咱们得出凶手的身高、体重、身体状态等线索，这样就可以缩小嫌疑人的范围。"狄仁杰虽说有些失望，却依然耐心地解释着。

"具体的呢？"雷善明双眼放光。

"你先按照我的方法把凶手的足迹找出来，我再告诉你。"狄仁杰说道。

"好。"雷善明有些不甘心，却不敢再问，只得蹲下身子继续寻找。

第十五章　刑讯

老赵每一次大声禀报验尸结果，沙哑的声音都会响彻整个盐田中："死者口腔中有大量食盐，还有些许黏液状物质，以银针试之，银针如常，并无发黑现象，再以银针探喉、腹等部位，并未发现异常。"

狄仁杰沿着自己的脚印来到老赵身边，蹲下来仔细地观察着尸体，见老赵突然没了动静，便说道："老赵，我看我的，你继续。"

仵作老赵不情愿地点了点头，看起来明显比刚才心理压力大了很多："死者……那个死者……全身皮肤上的细微伤一共一百二十八处，伤口仅伤及皮肤。唉，全身这么多伤，裹在盐里，生前遭了不少罪呀！"

狄仁杰看着尸体上遍布全身的细微伤口，不禁叹了一口气。

"至于死因……可能是……可能是……"仵作老赵苦着脸，不断地眨巴着眼睛。

死者喉咙处有伤口，却被凶手以空心植物秆撑住，呼吸顺畅，并非致命伤，肩部和大腿根部的伤口细小，虽弄断了手筋脚筋，流出些许鲜血，却也不致命，又不见其有中毒的迹象。

凭借他的验尸水平和见识，无法判断出人质的死因，这才犹犹豫豫不敢说出来。

"死因可能是脱水引起的多脏器衰竭，得需要剖开死者腹部。"狄仁杰说道，声音却有些尖锐。

仵作老赵好像得到了启发，立刻说道："有理，我这就动手。"

狄仁杰仿佛未听到仵作老赵的话，自顾自地说着话。

……

老赵的手法很娴熟，打开死者的腹部和胸部后，便用工具支撑着皮肤和肋骨，露出其中的内脏。心脏、脾、肾脏、肺都呈暗红色，肝脏的颜色是有些暗红色中带着灰黄色，死者的胃胀得很大。老赵用刀将胃割了下来，切开后发现其中有少量的胃溶物和大量的盐。

"死者生前因为脱水产生幻觉，啃食了大量的食盐。盐分更快地进入血液中，令脱水更加严重，同时加重了心脏的负担，导致心跳加剧，最终心肌衰竭，导致所有器官衰竭而死，这也证明了咱们最初的推断。"狄仁杰说道。

"正是这样。另外，肩部和腿根部这四处伤口很细小，却精准地切断了胳膊和大腿的筋脉，割破的血管既保证持续出血，又不至于出血量过大，把人质的死亡时间精准地控制在两天左右，比起洛阳案来，凶手的技艺更加精进了。"钟晓霞说道。

在洛阳案中，根据尸检结果，得出大多数受害者没能挺到交付赎金的时限，有些案件中，就算家属在规定时间内筹齐并付了赎金，人质依然是死亡的结果，那时的凶手，对于人质的死亡时间控制远不如现在精准。

"凶手身上有如此多的伤口，浸在盐中，会痛苦难当。如果只是酝酿一个杀死人质的局，这是多余的行为，凶手这样做显然是想让人质承受很多的痛苦，说明凶手与人质有仇。"狄仁杰分析道。

"这就意味着凶手和死者之间有既定的社会关系，甚至可以说是熟人，而不单单是绑匪和人质之间的简单关系。"钟晓霞接着说道。

狄仁杰沉思一阵，用手把胃溶物中的食盐小心翼翼地分离出来，发现除了盐之外，再无他物，脸上顿时显出悲伤："给孩子买了两个烧饼，自己却舍不得吃上一口。"

"为何会这样？按说戍边来的农户有补偿，三年内免征税，免服兵役，不应该苦到这种程度啊。"钟晓霞问道。

狄仁杰鼻子里哼出一声。

武则天最初确定戍边政策时，为了让民众心服口服，便把王公大臣等也列在戍边范围内。龟兹等戍边地虽说也比较繁荣，但与洛阳等超级大城市却无法比较，物资匮乏、交通不利，加上随时可能到来的周边异族大军，没人愿意到这种偏远之地生活。

戍边的确有补偿，不过大部分的王公贵族、大臣、巨贾还是不愿意去，为了逃避戍边，就买通负责戍边的官员，把本属于他们的戍边名额分配给普通民众，戍边补偿却不少拿，经过各层的克扣后，真正到民众手中的补偿款所剩无几。

没有补偿款的民众来到边关城市后，本就生活困难，加上边关城市的衙门分配土地时也会夹杂着私心，好一些的土地大多分配给有实力的大户人家，普通人家只能分配到相对贫瘠、相对偏远的地，养活自己都很难，更别说为戍边军队提供粮草了。

杨维希家正是诸多普通戍边民众中的冰山一角。

皇帝的初衷是好的，是为了中原地区的稳定，但到了执行层面时，上到官员，下到稍微强势一些的地主、土豪，大多数人都藏着私心，都在尽力为自己谋取利益。只有那些无权无势又无财的普通民众，拿着最少的补贴款乖乖地戍边，过着有今天没明天的日子。

钟晓霞只是大理寺捕快，精于破案之道，对官场上的事并不了解，这才有此一问，见狄仁杰有些不快，立刻转移话题："凶手留下了什么线索？"

狄仁杰目光移向死者手里的两个烧饼，从死者手上轻轻地取下一个，详细地端详了一番后，皱着眉头说道："就目前来看，除了这两个烧饼，现场并没有其他线索。"

钟晓霞从狄仁杰手上接过烧饼看了看，说道："这只是普通的烧饼，没什么特殊的，按说凶手不会留下这么简单的线索吧。"

在洛阳案中，凶手对每一名受害者都是有预谋的，与线索相关的物品都是提前准备的，从未有过使用受害者物品当作线索的事情，这一点从胡商绑架案中也可以看出。现在凶手作案手法更加娴熟，对于人质的死亡时间控制更加精准，留下的线索更加隐蔽和巧妙，从理论上来讲，不应该是人质购买的烧饼。

"那犯罪预告究竟是什么？"狄仁杰看着老赵把死者内脏一样一样地取出来，头脑却飞速地运转着。

身为仵作，老赵本来胆子很大，加上喝了酒，几乎无所畏惧，却被狄仁杰的异状弄得心里一紧，不由自主地咽了一口吐沫，轻声问道："怀先生，您没事吧？"

狄仁杰缓过神来，看了看四周，雷善明还趴在地上寻找着足迹，而老赵手上托着死者的心脏递向他，一股血腥味直冲鼻腔，弄得他胃里一阵翻腾，头脑突然眩晕起来，额头上的汗唰的一下冒了出来。

"怎么会这样？"狄仁杰急忙跑到盐田边，一股酸水吐了出来。

尸臭味是极其令人厌恶的，仵作也好，捕快也罢，只是碍于职业，不得不强忍着。

狄仁杰断案无数，腐烂得更厉害的尸体也接触过，却从没有过今天这样的情况。他吐了几口后，感觉身体像是被掏空了一般，软绵绵的，转头看向雷善明和仵作，却只看到一片白花花的盐田和刺眼的阳光，他感到眼皮子有千斤重，在合上眼皮的一瞬间，他似乎看到了一个美丽的身影抱住了他……

"钟晓霞，是你吗？"

……

朝廷要求百姓戍边，原本是有补贴的，但执行层面的偏差，令其变成了民众的噩梦。在这个男尊女卑的时代，男人是一个家的顶梁柱。戍边已经令一个家庭生计艰难，要是再失去了顶梁柱，这个家便散了。

杨大嫂早已把眼泪哭干了，她脸上尽是悲伤，轻轻地捧着肚子，抚摸着即将到来的小生命，静静地坐在县衙的院子里。她的世界已变成一片黑暗，犹如下着暴风雨的大海里的一叶小舟，没有目标，没有方向，只能在惊涛骇浪中苟延残喘。

两个孩子还小，不懂得何谓生死，县衙对他们来说是个陌生而严肃的环境，开始时他们还依偎在母亲身边，见母亲不哭了，对环境也熟悉了，便在院子里嬉笑追闹着。

雷善明本就不擅长安慰人，面对哭成泪人的杨大嫂，他大脑一片空白，不知该如何应对。

"要是水蓝在，也许她会有办法劝解。"雷善明心里想着。一想到妻子水蓝，他心中满是愧疚，自打案子发生以来，他就吃住在衙门，真正做到了三过家门而不入。

"杨大嫂……"

杨大嫂缓缓地抬起头，看向雷善明的眼睛里满是哀伤，她缓缓地站起身，朝着他作了作揖。

杨大嫂的表现令雷善明内心中生出了更多愧疚，不敢与其对视，把头低了下去："那勒索的贼人需要您去确认一下。"

听到"勒索的贼人"这几个字，杨大嫂眼睛里立刻充满杀气。在她眼里，那贼人就是杀死她丈夫的凶手，该千刀万剐，再温柔的女人，在面对杀夫之仇时，也不免怒火中烧。

……

正如狄仁杰判断的那样，雷善明断案的手法之一，或者说唯一的手法就是严刑逼供，在雷善明的眼里，犯罪者都是异常狡猾的，只有严厉的刑罚才能让他们乖乖地认罪。

那贼人此刻正被绑在柱子上，身上布满了皮鞭留下的伤痕，江湖上都叫他赵老歪，并不是因为他长得歪，而是行事风格比较歪、心思歪。至于他的真名是什么，恐怕只有他和他的父母才知道。

"底层人何必为难底层人。"赵老歪浑身伤痕累累，却还不忘了给捕快们灌心灵鸡汤，企图用阶层和捕快们拉近关系。

捕快的地位的确不高，但毕竟是个正经职业，绝不是赵老歪这样的小偷儿能比的。捕快们本来已经打得很累了，听他这样一说，瞬间怒气爆满，皮鞭抡得呼呼响，精准地落在赵老歪身上最柔弱的地方，换来他一声声的惨叫。感觉不解气，捕快们还把烧红的铁签子扎入赵老歪的手指甲中，剧痛不断地冲击着他，几乎让他背过气去。

见雷善明走了进来，捕快们打得更加来劲儿了，铁签子插了又拔，烧红了再插，惨叫声连雷善明听了都觉得有些瘆得慌。捕快老侯走上前抱了抱拳："头儿，打了小半天了，这厮就是不招。"

赵老歪心里清楚得很，绑架杀人，招了就是死罪，不招的话，最多按照勒索罪处理，两锭银子，蹲个几年大牢就出来了，因此，无论老侯等人如何刑讯，他都不会说，打死也不说！

不过，经过捕快这一番的用刑，他的双手已经废了，以后再也不能做小偷儿了。

"他曾是公门中人，什么都懂。"雷善明一句话道明真相。

老侯拎起烧得通红通红的烙铁，准备给赵老歪施大刑。赵老歪原想着挺过这通鞭打，这事儿就能过去了，想不到老侯却来真的，要是再不招，自己怕是要死在刑柱上了。

"雷捕头，雷捕头，你这帮兄弟刑讯逼供啊，我冤枉啊。"

"少废话，你招不招吧！"老侯把烙铁逐渐伸向赵老歪的下腹部。

第十六章　奇怪的梦

在刑讯的领域，不怕遇到狠人，就怕遇到变态。

见老侯嘴角那一抹邪魅的笑容，雷善明急忙伸手拦住他，走到赵老歪身前，问道："为什么要绑架杀人？"

老侯也没闲着，用嘴不断地吹着变得暗红的烙铁。

赵老歪咽下一口吐沫，露出一脸苦相："雷捕头，我就是一小偷儿，胆子小着呢，哪敢犯绑架杀人的案子，您可以到江湖上打听打听，我赵老歪做事儿是歪了点，却决计不敢杀人。"

雷善明一声冷笑："我早就摸了你的底了，不过，到目前为止，你的嫌疑最大。"

赵老歪原本并不老，长得也不歪，曾是一名衙役领班，过着清贫而平凡的日子。后来他嫌衙役的活儿又累又苦，赚钱太少，社会地位低，便开始利用职务之便谋取私利，口头禅是"有事儿兄弟你说话"，但大多情况都是收了钱不办事，钱都被他吃喝嫖赌用了。时间久了，坏名声就传了出去，早年被他坑过的人聚集起来，找到衙门告状。

县令原本对这种事情都是睁一只眼闭一只眼，只要不触及他的利益，是绝不会过问的，但现在这么多人来找赵老歪算账，要是不给个交代，很可能会影响他的官途，无奈之下，只得将赵老歪从县衙中除名，关进牢房三个月，这才平息了众怒。

赵老歪丢了官家饭碗，索性利用被关的这段时间，和牢房里的一个小偷儿学了手艺，出狱后便走上了歪路，他做事不讲究，哪怕是在小偷儿的"行业"里，也不算"盗亦有道"。

在小偷儿这个"行业"里，有着一条潜规则叫三不偷：一不偷老人，二不偷残疾人，三不偷穷人。赵老歪却从不遵守，只要他看上的，管他什么三不偷，一律偷到手，因钱是偷的，来得容易，花得也容易，吃喝嫖赌样样都沾。因此江湖上都称他为赵老歪，意思就是手歪心思也歪。

他身为衙役，非常清楚衙门的运作方式。

对衙门来说，案件会被分为三个等级处理。一种是可以忽略不计的，比如小偷小摸、偷鸡摸狗等行为，这类案件危害较小，衙门若是较真去破这类案件，投入的成本过高，得不偿失。一种是可办可不办的，比如打架斗殴、经济纠纷、金额较大的盗窃案等，要是案件受害人涉及权贵或者有利可图就办，否则就不办。还有一种是必须办的，比如绑架、杀人、造反等恶性案件，这类案件大多社会影响巨大，上级府衙和民众盯得比较紧，要是不办，会影响官途官运，若引起民愤，很可能会官位不保。

对于必办的案件，如果到了限期仍然没破案，捕快们往往会找一些无钱无势的混混、人渣，挑断手筋脚筋，再给其喂下哑药，令其无法发声，最后屈打成招，顶替"凶犯"受到极刑处理。选择一些没有背景的混混、人渣作为替罪羊，主要是因为这些人大错不犯小错不断，进出县衙的牢房如同出入自己家一般，给百姓造成了很大的困扰。处理了这些人，不但可以完成破案任务，还可以为百姓除害，而且事后绝不会有人追究，可谓一举两得。

他在做衙役时亲身经历过这种事，却想不到今天他居然沦为了别人的替罪羊："雷捕头，雷哥，我真是冤枉的呀，我可不想当替罪羊。"

"既然你明白，那我也不多废话。"老侯走到赵老歪身边，一边用烙铁手柄使劲儿地戳着他的伤口一边说着。

赵老歪疼得龇牙咧嘴，却不敢出声，只是恐惧地盯着老侯手里的烙铁，听到老侯的话后，心里更凉了。老侯变着法地折磨他，还不担心报复，是因为他认定自己死活也出不去了。

雷善明一身正气，只是偶尔刑讯逼供，却不会干找"替罪羊"顶包这等缺德事。再看老侯，他笑里藏刀，骨子里透露着狡诈，真到了交差的那天，他肯定会把自己卖了当替罪羊。

"除非你能提供有用的线索，帮我抓到凶手。"老侯见雷善明并未制止自己，便继续说着。

雷善明用余光看向杨大嫂藏身的方向，见她点了点头，这才说道："老侯，这里就交给你了。"

一旦雷善明离开，这些捕快便会狠狠地折磨他，直到他受不了而认罪，赵老歪早就被打怕了，立刻说道："行，行，您放我出去，我去找线索，肯定帮您把凶手找到。"

老侯邪魅一笑，又把烙铁放进火炉里："放你出去？凭你的轻功，放你出去容易，再抓你，怕是比登天还难喽。啊，对了，我还没问你这一身轻功是从哪里学来的。"

赵老歪当初在牢房里和那个小偷儿学手艺时，还学到了一些武功，这厮居然很有练武的天分，原本稀松平常的武功，居然被他练到了极致，要不是雷善明的武功大成，单凭这些捕快，还真的抓不到他。

"你们……你们……雷捕头，雷捕头，你评评理呀！"赵老歪也急眼了，扯着嗓子嘶吼着。

雷善明并未理会赵老歪的哀求，径直走了出去，领着杨大嫂出了牢房，来到县衙院子的空地，两个玩闹的孩子见母亲来了，立刻扑了过来，抱着她的腿摇晃着。

"雷捕头，他正是拿走那两锭银子的人。"杨大嫂咬牙切齿地说道。在她心中，已经认定了这人就是害了她丈夫的人，要不是碍于律法，她恨不得冲过去将他碎尸万段。

"还无法断定他就是凶手，就目前的线索而言，他只是借着绑架事件骗取赎金的骗子。"雷善明解释道。

"那凶手呢？是谁？"杨大嫂平日里温柔似水，可此刻她的眼神里尽是杀意，两个孩子感受到母亲的愤怒，遂变得小心翼翼。

"案子还没破……"雷善明的回答有气无力。

杨大嫂突然笑了起来，笑声中带着凄惨："早在六年前的洛阳就发生过这样一起案件，连大理寺都未能破案，更何况龟兹这等偏远小镇的衙门，我也不怪你们。"

"杨大嫂,案子一定会破的。"

杨大嫂一脸质疑地看向雷善明,咄咄逼人的眼神令他有些不自在。

雷善明张了张嘴,却还是没能说出话来,之前他还保证要把杨维希活着带回来,可他带回来的却是一具并不完整的尸体,甚至都不敢让杨大嫂去认尸。

见雷善明不说话,杨大嫂抹了抹眼泪,带着两个孩子离开了。

一名捕快跑了进来,向雷善明抱拳施礼:"头儿,按您的吩咐,兄弟们把城里所有的刲猪人、大夫、屠户都带回来了,在大堂候审。"

"多少人?"雷善明急忙问道。

"一共二十二人。"

雷善明点了点头,说道:"我从杨维希被害现场取得了凶手的脚印,你挨个核对一下,核验完成后,先把人关在大牢里,没我的命令,任何人都不能释放。"

"明白。"捕快得了命令便转身离去。

院子里只剩下雷善明一人,他一直盯着院子中的绿色植物愣神。从第一次见到狄仁杰,他就觉得这位老人不一般,从容、淡定、智慧,骨子里带着极度的自信,只是简单的推理分析便让他轻而易举地抓住了小偷儿赵老歪,又抢在他们之前找到了人质杨维希,他预感怀先生是破眼前这件案子的契机。在勘查杨维希被害现场时,他听到了狄仁杰的分析,便采用了笨办法,一股脑把所有的嫌疑人都抓来,只要和现场的脚印对上了,就是凶手!

雷善明毕竟是捕头,负责龟兹的通判之事,要是让人知道他是依靠外人破的案,怕是于面子上也过不去。好在老侯一心觊觎他的捕头位置,为了破案立功,几乎黏在怀先生身边,为破案提供了不少信息。无论是审讯还是取证,老侯都冲在一线,在捕快中的威望越来越高,甚至已经威胁到雷善明捕头的地位。

"也好,就随他去吧。"雷善明深吸了几口气,眨了几下眼睛,缓解一下长时间不眨眼带来的酸涩,随后走向大堂。

……

"站住。"狄仁杰和几名大理寺捕快正飞快地追着一个人，树林中坑坑洼洼，还有一些横在地上的树干、大石头等，对他们造成了不小的阻碍，令追捕格外困难。

反观被追击的对象，仿佛丝毫不受任何阻碍，遇到障碍只要轻轻一纵身，就可以奔出很远。好在狄仁杰意志力强大，不断地向前追着，他一直想看清那贼人的真面目，却发现那贼人只是一味地向前奔跑，从不回头看他们。更令人惊讶的是，那贼人轻功绝佳，而狄仁杰等人凭借的完全是双腿和意志力，但双方的距离却始终未变。

随着时间的推移，他越发感到体力有些透支，汗水不停地从全身各处冒出来，浸透了衣袍，令他迈腿更加吃力，但心中那股强悍的意志力依然催动着他的双腿。

"狄大人，你休息一下，那贼人交给我们。"钟晓霞在一旁说道。

狄仁杰已经力竭，听到钟晓霞的话后，心中那股劲儿终于泄了下来，双腿一软瘫倒在地，不住地喘着粗气，再抬头时，钟晓霞和几名大理寺捕快已经不见了踪影，整座森林变得很安静，甚至连鸟儿的叫声也没有。

"不对劲儿，不对劲儿，怎么可能一点声音都没有。"狄仁杰勉强提腿向前走着，却惊讶地发现无论他怎么走，他身边的景色都一成不变。

"钟晓霞，你们在哪儿？"狄仁杰的声音不停地在森林中回荡着。

声音怎么可能在茂密的森林中回荡！

正当他疑惑着，突然听到远处传来钟晓霞的惨叫声，他心中一惊，正要前往查看，却发现自己的双腿陷入了泥潭中，任他如何使力都无法逃出。

"钟晓霞，钟晓霞……"

……

狄仁杰猛地坐了起来，嘴里还念叨着"钟晓霞"，眼神却是散乱的，眼珠不停地左右摆动，汗水已经湿透了他的衣袍。人虽醒了，但精神却还沉浸在刚才的梦境中。

上官婉儿拿着一条热气腾腾的毛巾替狄仁杰擦汗："你可醒了，都睡了一天一夜了，一直喊着那个人的名字。"

狄仁杰终于缓过神来，急忙接过上官婉儿手上的毛巾，自顾自地擦了

第十六章　奇怪的梦

起来，脸上露出抱歉的神色："多谢上官……女儿。"

上官婉儿一笑，说道："'上官女儿'这句话好奇怪。你醒了就好，缓缓神，咱们下楼吃点东西吧。"

狄仁杰突然想起自己身在龟兹，是来查恶魔之手一案的，他脸色一变，用毛巾在脸上胡乱抹了一把，掀开被子便要下床，双脚刚一沾地，就觉得一阵虚弱感传遍全身，虚汗唰的一下冒了出来。

上官婉儿看到狄仁杰脸色煞白，关心道："你的脸色这么差，还是先缓一阵吧，查案的事儿还有我呢。"

论天分，上官婉儿绝不比狄仁杰差，但断案不但需要天分，还需要经验和专业知识，更何况，恶魔之手案的元凶狡猾异常，作案几乎滴水不漏，绝不是上官婉儿可以对付的。

狄仁杰摆了摆手："凶手不会休息，受害人还会继续出现，时间不等人啊。县衙那边怎么样了？"

上官婉儿耸了耸肩："不知道，一直看着你，怕你出事，老侯也没来客栈，所以……什么都不知道。"

"真的难为你了。"

上官婉儿是武则天身边的红人，现在却让她亲自伺候狄仁杰，的确是难为她了。

"都说狄大人办案不要命，今天算是见识了。不过，你也得注意点身体，身体垮了，还破什么案。"

狄仁杰听了上官婉儿的话似有所悟："有道理，有道理，身体垮了，还作什么案。"

上官婉儿被狄仁杰的话气笑了："我说爹爹，您还没到老态龙钟、耳聋眼瞎的年纪吧，我说的是身体垮了，还'破'什么案，不是还'作'什么案。"

上官婉儿如同小女孩儿般的模样令狄仁杰也笑了起来，他的笑是由心而发的："我知道，我知道，哈哈哈哈……"

经过上官婉儿这样一调侃，狄仁杰的心火泄了大半，心情也好了起来。

心情好，头脑便灵活了起来。狄仁杰想起这两天老侯不断地出现在他身边，还不时透露一些案情，想必是要利用他来破案，至于目的，很可能是为了和不懂通判之道的雷善明争夺捕头的位置。

"管他呢，只要有利于破案就好。"

第十六章　奇怪的梦

第十七章　凶器

龟兹衙门虽是小衙门，但捕快们该做的工作还是做得不错。他们把这些人分别关押，单独进行了简单问讯，并记录了相关内容，以便雷善明查看。

二十二名嫌疑人中，有十六人是屠户，三人是大夫，两个劁猪人，还有一名是上一任的仵作，也就是仵作老赵的师傅。

最有作案条件的仵作老赵师傅是最先被排除嫌疑的，他身患中风，右半边身子完全失控，口眼歪斜，口水不停地从嘴角流下来，能控制的左手也是抖个不停，这种状态连生活都无法自理，更别说作案了。

两名劁猪人其中一人是从洛阳来的戍边户，一人是本地户，因为龟兹地区以畜牧业为主，猪马牛羊都需要阉割，因此不愁生计。三名大夫其中两名是本地人，另外一人是从洛阳戍边而来，是龟兹城中为数不多可以动刀的大夫。

嫌疑人中屠户最多，也是因为龟兹地区多畜牧业，饮食以牛羊肉为主。十六人中有十二人是本地人，另外四人是洛阳戍边户。

老侯有些抠门，也爱占便宜，却不妨碍他拥有良好的记忆力。趁着吃饭的工夫，他一字不差地向狄仁杰介绍着嫌疑人的情况，最后还分析道："怀先生，眼前这个案子和当年的洛阳案相似，就意味着凶手是洛阳人，而非本地人，凶手会不会是随着戍边民众来到这里的呢？"

当年洛阳案中，凶手对洛阳的地形地貌、人文特征等非常熟悉，显然是在洛阳生活很久的人，因此老侯分析得也算符合条理。

想到这里，狄仁杰缓缓点了点头，示意老侯继续说下去。

老侯见狄仁杰点头赞同自己，便来了劲儿："嫌疑人中，除了仵作老赵师傅外，六人是洛阳周边的戍边户，其中包括四个屠户、一个劁猪人、一个大夫，我和兄弟们对这六人调查过，四个屠户昨天全天都在肉铺守着，有很多证人，晚上吃饭的时间有两人去了怡红楼，另外两人在家，喝了酒就睡了，家人可以证明，他们的刀具标好名字后都放在县衙后堂了。"

按照行业规则，证人不可以是家人，因为家人很可能会为嫌疑人说谎。

"大夫是善本堂的，最擅长的就是动刀，病人身上长个什么东西，只要过了他的刀，就绝不会再复发，刀快手快，出血少，动刀后恢复快，是远近闻名的大夫。如果单从手法来看，他最符合条件。"老侯说道。

"此人叫什么名字？"狄仁杰问道。

在他的印象中，洛阳周边有名的医者都应征入宫，经过培训合格后，成为太医院的一员，主要为皇帝、王公大臣服务，要是有这么厉害的医术，不太可能让其戍边才是。

"大夫叫余东磊，开的药方也非常灵验，据说是祖传的手艺，他还曾任过太医，每次去他的医馆看病时，他都是现场开方子，一边口述一边在纸上写，几十种药材的方子，几乎是倒背如流，厉害着呢。"老侯答道。

狄仁杰摇了摇头，他的医术在神都洛阳也是出了名的，最擅长治疗疑难杂症。在闲暇之余，狄仁杰也会到太医院与太医们探讨医术，却对这个名字没有一点印象，至少在这点上，余东磊撒了谎，或者说他用了假名字。

"据他说，在昨天早晨到现在，他出了三次外诊，都是重病不能下床的，所以他一天都没在医馆。"老侯说道。

狄仁杰听后心中一动，问道："他多大年纪，还有他的体貌特征。"

"今年三十有六，身体比我略高些，身体比我壮实一些，体重应该和怀先生差不多吧。还有，虽然他走路是尽量掩饰，但能看出来他的左腿是有问题的，相貌嘛，就普通人一个，不过这人特别高傲，说话的时候喜欢半仰着脸。"老侯说道。

龟兹当地以肉食为主，因此大多数人都是身体强壮，老侯的体型虽比不上狄仁杰，比起一般人来也不差。

"那个劁猪人是单身汉，没有固定的铺子，住在南城，要是有需要，养殖户都是直接找他。从昨天早晨到现在，他去了两个养殖大户家干活儿，据他说，昨天干到天黑才回家，如果所说属实，也就没有了作案时间。"老侯说道。

狄仁杰点了点头，应了一声："老侯，能不能趁着齐大人睡午觉的工夫，咱们先去后堂……"

"能。"还没等狄仁杰说完话，老侯便答道。

"虎子怎么样了？"

"幸好有您的解毒丸，大夫说他没什么大碍，休息一两天就没事了。"

上官婉儿听到此话，又质疑地看向狄仁杰，意思是你就是舍不得给一颗解毒丸。狄仁杰耸了耸肩，表示非常无辜。

……

看着后堂的桌案上摆放着很多刀具，有大有小，有厚有薄，有的光亮如新，有的锈迹斑斑。雷善明看了一遍又一遍，却没能看出任何名堂来。在他眼里，刀具便是刀具，即便用它作了案，事后进行清理便没了痕迹，还能查出什么名堂来。

杨维希的尸体已经缝合完毕，那条盖住尸体全身的白布与渗透出来的血迹形成了鲜明的对比。胡商的尸体放在角落里，散发着浓浓的臭味。仵作老赵坐在杨维希的尸体旁，软软地靠在椅子上睡了过去，不时地打着呼噜，能坐在尸体旁睡得这么香，除了老赵这样的酒鬼外，恐怕再无他人了。

"真是没心没肺。"雷善明瞥了一眼老赵，叹了一口气，又想起了妻子水蓝。

水蓝虽是女性，在断案之道上却颇有天分，雷善明办案遇到困难时，她总能从繁杂的线索中挑出有用的，并加以分析，为他破案提供了关键线索，要不是有水蓝的帮助，单凭他的能力，是无论如何都做不到捕头这个位置的。

雷善明极爱面子，既想依靠水蓝破案，又不能让众人知道他破案靠的是妻子。因此，他每次都会以琢磨案情为借口，将证物带回家中，让水蓝帮助分析，需要验看尸体时，他就会趁着夜晚，偷偷地把水蓝带到衙门后堂中。

发生胡商绑架案后，雷善明依照以往的惯例来求助水蓝，想不到的是，一向耐心的水蓝却将他数落一顿，让他多学习断案之道，不能总是依托别人，他毕竟是捕头，不是武师，不能总以大老粗、不懂破案之道而自居，不能一天到晚只顾着练武。

话是实话，却深深刺痛了雷善明的大男子之心。从来没和水蓝发过火的他破天荒地发了火，甚至还将家里唯一的一张桌子一掌拍烂，最后放下狠话，绑架案一天不破，他就一天不回家。

女人喜欢男人有时间多陪她，更希望她的男人志在四方，成为她心中那个顶天立地的英雄。

水蓝这样刺激雷善明，实则是为了他更好地成长进步，只有他自身过硬了，才能有很好的前途，而不是总依托于他人。

"唉，早知道这样，平时多向她请教就好了。"雷善明有些后悔，却依然碍于面子不去向水蓝请教，然而，让他想不到的是，他的大男子主义，将会令水蓝陷入巨大的危机。

老赵不合时宜地打起了呼噜，令雷善明更加心烦，推了他几下，才勉强让老赵睁开眼睛。老赵擦了擦嘴角的口水，双眼无神地看着雷善明："雷捕头，有什么吩咐？"

"这里没事了，回去吧。"

老赵听到这话立刻站起身向外走去，他已经出来大半天时间，一直在工作，一滴酒都没沾，心里痒痒得很，巴不得早点回家喝上两口。

雷善明把一把刀具随手扔在桌案上，转身离开后堂向牢房走去，与其在这里什么都看不出来，还不如去审问嫌疑人，说不定还能找到突破口。

雷善明离开后院后，老侯才从暗处走了出来，朝着狄仁杰两人招了招手，三人迅速进入后堂中，又轻轻地掩上了门。

三人进入后堂后，雷善明从后堂和二堂之间的月亮门后走了出来，看了看后堂的方向，心中若有所思，犹豫了一阵后，才向大堂走去。

……

狄仁杰先是查看了杨维希的尸体，尸体缝合得很好，除了白色的缝线之外，几乎看不出曾经被解剖过，面部也进行了整理，已经看不出当初情绪复杂的面部表情，取而代之的只是一片死寂，可见仵作老赵的手艺还是不错的。

狄仁杰又来到桌案前，逐一查看了刀具。刀具形状皆不相同，但都出奇地锋利，只是用手指轻轻地荡过，也能感受到刃部散发出的寒气。其中仵作老赵师傅的那套验尸工具，果然如老赵所说，无论从质地还是锻造手艺上看，都属上品，连狄仁杰看了都赞不绝口，刀具上涂着一层鹧鸪膏，用来保护刀具不生锈，他凑近了闻闻，发现鹧鸪膏已经有了股腐败的味道，显然不是新涂上去的，这说明这套刀具已经很久都没动过了，结合仵作老赵师傅的身体状况，可以分析出他非常爱护刀具，但自打中风之后，身体条件不允许他再保养刀具，这才有如此状况。

屠户的剔骨刀虽说薄而锋利，但刀身相对较宽，无法造成杨维希身上那样又窄又薄的伤口，另外，杀猪是粗活儿，就算是有天分的屠户，也不可能如凶手般手法精准。

当他看到余东磊的那套给人动刀的家伙后，瞳孔突然一缩。余东磊的刀具薄而长，刀身宽度约半寸，刀具前端尖锐而锋利，让他第一时间就想到了杨维希肩部和大腿根部的四处伤口，若为凶器，单刀直入，刀身的长度和锋利足以切断人质的手筋脚筋。

劁猪人的劁猪刀是柳叶形状的，尾部带一个弯钩，弯钩内圈如同刀刃一般比较锋利，刀身宽度与死者身上的四处伤痕较为符合。若为凶器，应该是以刀刃切开创口，再以尾部弯钩勾断手筋脚筋。

"单从作案工具来看，大夫余东磊和劁猪人都有嫌疑。"狄仁杰吩咐道。

这两人都说没有作案时间，但在狄仁杰面前，撒谎是没有用的。

"你看看这些刀，哪些符合作案条件？"狄仁杰说道。

"啊？我？"老侯疑惑地看向狄仁杰。

上官婉儿看到狄仁杰的状态，知道他又犯病了，要是让老侯看到，就算不吓个半死，怕是以后也会以为狄仁杰是神经病，再无合作断案的可能，便急忙拉着老侯向外走："老侯大哥，这里的气味儿让我有些头晕，你陪我出去透透气。"

老侯被上官婉儿拉着，只感到一股幽香钻入鼻孔，不由得心神乱颤，大半个魂魄飞到半空，也顾不上狄仁杰的问题，乖乖地跟着上官婉儿离开了后堂。

钟晓霞从狄仁杰身后走出来，轻咳了一声："这回没吓到你吧？"

"当然没有。"

"婉儿越来越懂你的心意了。"钟晓霞话语中满是醋意。

"这都哪儿跟哪儿，我都多大岁数了，你还说这些，快看看这些刀具吧。"狄仁杰急忙避开话题。

钟晓霞走到桌案前，几乎不假思索地捡出三套刀具，一套是老赵师傅的，一套是余东磊的，另外一套是劁猪人的，说道："杀猪刀和剔骨刀虽然锋利，但除了刀刃之外的部分太宽，无法造成死者身上的细微伤口，可以排除。这三套刀具可以造成死者身上的伤口，不过，仵作老赵师傅的刀具已经很久没动了，加上他的身体状况，可以排除嫌疑。大夫余东磊的这套刀具嘛，从理论来说，是最符合的，劁猪人的刀具也可以造成这样的伤口。"

钟晓霞边说边走到尸体旁，掀开白布，拿着三套刀具分别在尸体的伤口上比量着。

在普通人看来，大夫余东磊等三人的刀具无非就是窄一些、薄一些、锋利一些，从锻造专业角度来看，越是窄、薄的刀具，打造的难度就越高，太软了不锋利，太硬了则很容易断，需要的材料和工匠的手艺都非常严苛，寻常的铁匠根本锻造不出来，因此数量极少。

狄仁杰缓缓点点头，拿起余东磊的刀具，放在鼻子下闻了闻，又闻了闻劁猪人的刀具，两套刀具上面的气味有所不同，余东磊的刀具是给人动刀用的，因此刀身表面没有一丝铁锈，因为使用了高度酒消毒的缘故，不但没有血腥味道，还留有一些酒的香气。而劁猪人的刀具除了刀刃部分外，整个刀身上满是锈迹，刀身上血腥味道很重。

相对于动物血液来说，人血的血腥味相对较淡，无论是酒的味道还是动物血液的血腥味道，都可以很好地掩盖人血的味道。

观察死者杨维希身上的伤口，刀口细微，而且伤口处很干净，没有沾染任何锈迹，基本可以排除劁猪人那套刀具作案的可能。

第十八章　足迹分析

钟晓霞又从一旁的桌案上拿起一沓资料，看了看说道："这是拓下来的鞋印。"

狄仁杰接过后仔细看了一阵，不时地用手量着鞋印的长度和宽度："可惜，鞋印拓得不够细致，另外，脚印深度和步跨等数据都没做记录，还得重新到现场测量。"

说到在现场拓脚印，狄仁杰立刻想起雷善明。

"我看这个雷善明徒有虚名，对通判之法是一窍不通啊，不过倒是和你认识的那个雷善明很像，一个傻大个儿。当初在城门时，我观察过他的武功，和李元芳的煞天气功、灵蝠五式非常像。不过，当捕头不但需要高明的武功，更需要有通判、侦破的能力，按照他的能力，是怎么当上这个捕头的呢？"钟晓霞说道。

"他能当上捕头一定有他的道理。从他的状态来看，他是真的失忆了，对我没有半点印象。不说他了，还是讨论一下案情吧。"狄仁杰说道。当他转向钟晓霞时，却发现她已不见了踪影，而上官婉儿却把门打开一条缝儿，身形一闪钻了进来，随后关上门，冲着狄仁杰做了一个噤声的手势。

还没等狄仁杰反应过来，就听院子里传出齐大人的声音，说话间明显有不耐烦的情绪："我说老侯，本官让你看着雷善明，他跑去刑讯犯人，你怎么跑这里来了。他那力气，万一失了手打死了人可就不妙了。"

老侯有些支支吾吾地答道："卑职……卑职来查看证物和受害人尸体。"

"那你查完了没有呢？"齐大人明显没好气。

"刚刚查完，正准备去向雷捕头禀报结果。"

"还禀报个屁。你是怎么搞的，就因为两起小小的绑架案，在没有证据的情况下就把人都抓来，你看看，家属们都不干了，聚到衙门口讨要说法。"齐大人翻着白眼说道。

老侯被训得一愣："这……不是我安排的。"

齐大人咂了咂嘴："不管是谁安排的……本官知道是雷善明，他是新手，胡来倒也罢了，你是衙门的老人了，怎么连这点事都不懂，没证据抓什么人呢，看着上级犯了错误，也要及时制止嘛！"

"要不……都放了？"老侯试探着问道。

"案子是你俩办的，具体情况本官都不知道，怎么定夺，你看着办吧，反正得把门口那些家属弄走，别扰乱了衙门的秩序。本官这顶乌纱帽来得不容易，你要是给我弄丢了，我要你小命！"齐大人冷哼一声。

老侯苦着脸说道："要是雷捕头给你弄丢了呢？"

齐大人气得嘴一歪："那也要你的命！"

齐大人见老侯不再说话，便甩了甩大袖子气呼呼地离开。

随着老侯一声长叹，又一阵脚步声传来，来人的声音很年轻："侯哥，很多嫌疑人家属聚集在衙门口，高声呐喊讨要说法，雷捕头不知道去哪里了，齐大人不管，兄弟们有些顶不住，您看……"

"多少人？"

"得有上百人，其中应该有些看热闹的，衙役已经都做了登记了，这是相关的人员名册。"

老侯随手翻了翻，便递给捕快："先稳住他们，我再查查证物，一会儿再去大门口。"

捕快抱了抱拳便离去。

等捕快走远，老侯才推开门走了进来，冲着狄仁杰摊了摊手，说道："不分青红皂白就骂了我一顿，怀先生，您说我冤不冤？"

上官婉儿立刻问道："爹，这些嫌疑人怎么办？"

老侯也看向狄仁杰，脸上满是求助之意。

狄仁杰略加思索，说道："从目前的线索来看大夫余东磊的嫌疑最大，劁猪人其次，其余人没有嫌疑。"

老侯立刻说道:"刚才我看了一下来闹的家属名册,正好没有余东磊和劁猪人的。不如先把其他人放了,这两人安排在县衙客房软禁起来,如果有家属再来,也不至于留人口舌。"

老侯不愧是老捕快,想得倒是周全,既达到囚禁的目的,又不至于得罪人。

狄仁杰听后点了点头:"我和婉儿再去一趟杨维希被害现场,有些线索还需要再勘查。"

"好,二位出了后堂向右拐,一直走就是后门,我先去大门那儿安抚一番,随后与你们会合。"老侯说完便转身离去。

"好,那就有劳了。"狄仁杰说话的声音有些发尖。

上官婉儿下意识地看向他,见他并无异状,这才松了口气,率先向外面走去。

后堂中阴气太重,加上诸多刀具上的血腥味与尸臭味混合在一起,令人产生不悦的感觉,若不是为了破案,上官婉儿是绝不肯多待一刻的。

……

残阳如血,盐白如絮。

经历过之前的勘探现场,老侯和上官婉儿不敢轻易进入盐田中,只是站在周边,狄仁杰一人进入盐田,蹲在标记好的脚印前查看着。

"哎,狄大人!"钟晓霞突然站在狄仁杰面前,把趴在脚印前的狄仁杰吓得一哆嗦。

狄仁杰向四周看了看,见其他人并未注意到现场,这才松了一口气,说道:"小心些,别破坏了现场。"

"怎么会!"钟晓霞蹲在脚印前,用手丈量着脚印长度、深度以及每个脚印之间的距离,又量了量狄仁杰的脚印和步跨。两者的步跨大约相当,但凶手的脚印深度要比狄仁杰的深一些。

雷善明的处理手法并不专业,导致脚印只有大约的轮廓,脚印底部也变得坑坑洼洼。

"对比狄大人的脚印和跨度,凶手的身高大约与你相当,却要比你重一点点。"钟晓霞说道。

狄仁杰摇了摇头，说道："你疏忽了时间的变化。"

"时间的变化？"

"对，时间的变化会影响盐的板结程度，从而使踩踏后造成的深度不同。按照打更人的死亡时间来算，凶手应该是昨晚进入的盐场，那时盐的板结程度没有现在结实。如果我俩体重相当，我的脚印也会比他的浅。"狄仁杰解释道。

"那就是凶手的体重和您相当？"

狄仁杰点了点头。

"那就奇怪了，当年的洛阳案中，您也曾经分析过，凶手应该比您高一些，瘦一些，体重略轻一些，因此，步跨要大于您，脚印踩在土地上的深度比您浅一些。"

狄仁杰又空捋了一下胡子，说道："你再重新分析一下步跨。"

钟晓霞眼珠转了转，突然眼睛一亮，似乎是明白了狄仁杰的意思，说道："结合之前的分析推理，凶手一定是身体出了状况，腿脚不如从前灵活，运动少了，导致身体胖了，体重相当，步跨也和您现在相当。"

"正解。"狄仁杰赞许地看向钟晓霞。

"这些条件岂不是和余东磊都相符？"钟晓霞说道。

狄仁杰微微点头，随后又指向脚印底部："你看鞋的纹路，想到了什么？"

"纹路是因为纳鞋底造成的，前脚掌和后脚跟部分纳线比较密集，从纹路的清晰程度来看，这双鞋应该很新，做工很精良，另外，从鞋印的形状和边缘的痕迹来看，可能是靴子。寻常百姓平日里连好一些的鞋都舍不得穿，更别提穿靴子了，也就过年时，会拿出双新鞋来穿。"钟晓霞说道。

在这个手工业并不发达的年代，一双质量上乘的靴子绝对是奢侈品，一般都是王公贵族、官员、富商、员外、军中的将领和骑兵等人才会穿，寻常百姓很少有穿靴子干活儿的。

在洛阳案中，凶手留下的也是靴子的痕迹，当时狄仁杰也怀疑凶手很可能有官方的背景。

"那个……犯罪预告找到了没？"钟晓霞问道。

狄仁杰摇了摇头。找到下一起案件的线索主要是为了提前保护受害者，便于提前设计埋伏抓捕凶手，之前的洛阳案中，狄仁杰和大理寺的同僚们正是如此做法，却被凶手耍得团团转，甚至连凶手的影子都没抓到，要不是有线人提供线索，怕是凶手会继续作案。

"首先得解决咱们的身份问题才行，要不，查起案来举步维艰啊。"狄仁杰揉了揉酸胀的太阳穴。

"那个傻大个儿和老侯都是契机。"钟晓霞说道。

狄仁杰听后一乐："你说说，他们怎么是契机？"

钟晓霞说道："老侯的心思都放在如何破案立功，升迁捕头一事上，他懂通判之术，却不精通，现在的案子对他来说难度很大，他想要破案，只能依靠你。雷善明又不懂通判、断案之法，处处受挫。你在城门和杨维希案展现了一定的推理能力，又有当捕快办案的想法，傻大个儿走投无路时，自然就会帮你实现当捕快的愿望。"

"有些道理，看来你不但会办案，还精通人的心理。"

"还不是和你学的嘛，记得你曾经说过，根据现场的线索和作案手段，除了可以还原犯罪嫌疑人的相貌体征之外，还能还原他作案时的心理状态。为了弄清这个心理状态，我可是花了不少银子向算命先生请教呢。"钟晓霞说道。

算命先生利用易学之术给人算命，除了要背诵易学知识外，最重要的就是看透人的心理，两者结合后再算，十有八九会中。

狄仁杰收回目光，转头看向钟晓霞："好啦，你……"

他看了看四周，盐田中已经没有了钟晓霞的影子，遂挠了挠头，起身向上官婉儿和老侯走去，边走边嘀咕着："难不成真如上官大人所说，我脑子有病了？"

第十九章　县令的难题

唐朝建立之初定都长安，皇帝宽容的政策令经济快速增长，人口不断聚集，使长安成为第一个百万人口的大城市，但问题也随之而来。由于粮草物资转运不便，加上人口暴增，导致长安时常闹饥荒，有时甚至连皇帝都吃不饱，为了缓解窘境，每逢灾荒之年，唐高宗便将都城迁往东都洛阳。

长安与洛阳之间建设了很多行宫，方便皇帝和大臣休息。县令齐大人曾经在商州行宫中当过官，大多数朝中的权贵他都认识。他第一次见到狄仁杰和上官婉儿时，就认出了二人，尤其是上官婉儿眉心的那朵梅花，但凡官职高一些的都知道。

一个曾是当朝宰相，一个是皇帝身边的红人，能使得动这两个人的一定是皇帝，他们极大可能是奉旨行事。不过，二人好像刻意隐瞒了身份，并想用二十两银子当龟兹县衙的捕快，齐县令胆子再大也不敢收，更不敢答应他们当捕快的请求，因为当捕快是需要一系列的考核的，狄仁杰年纪太大，上官婉儿又是女性，一旦破格录用，又不能公布两人身份，定会引起其他捕快和衙役的不满。更何况，录用得太容易，还会让两人怀疑齐县令是否看破了他们的身份。

令齐大人不明白的是，一向清廉的狄仁杰居然想通过贿赂的方式当捕快！

得知两人下榻的客栈后，齐大人便派了人日夜暗中保护，生怕两人的安全出了问题。更令齐大人不解的是，龟兹虽说有些政局不稳，却牢牢掌控在大周军队之下，眼下最大的两件事就是农牧之间的矛盾和刚发生的绑架案。

农牧之间的矛盾早在六年前洛阳民众戍边时就开始了，经过数年的调解后，大的矛盾已经消除，零零散散的小冲突也由明转暗，对龟兹的稳定几乎没有影响。而刚刚发生的绑架案对只想掌控天下社稷的武则天来说，只是微不足道的小案子，比不了外族入侵、王公诸侯造反等大案、要案，不太可能惊动狄仁杰和上官婉儿这等人物。

这个时代的通信系统还不够发达，虽说六年前的洛阳恶魔之手案震惊洛阳，但也只是震惊了洛阳，当时还在商州当官的齐大人对此事并不了解，也就不知道此案的严重性。从狄仁杰要当捕快的事情来看，很可能就是为了这件绑架案。

既要满足两人查案的需求，又不能暴露两人的身份。

"怎么办？怎么办？"齐大人在书房里来回踱步，如同热锅上的蚂蚁一般。

门外传来一阵沉重的脚步声，随后雷善明的声音传来："齐大人，卑职有事请示。"

当官的都有掌控欲，都希望下属凡事多请示汇报，可齐大人却是个例外，他更希望各级部门都能解决各级所在的问题，而不是什么问题都向上请示。

齐大人一想到雷善明的能力仅限于武功高强，通判、缉捕等事大多要向他请示，他就头痛不已，叹了一口气后，他调整了一下面部表情，让自己看起来轻松自如、充满自信，这才打开门，把声音压得很低、很富有磁性："雷捕头，什么事需要请示本官哪？"

"齐大人，从目前的线索来看，大夫余东磊和劁猪人李二虎的嫌疑较大，刚才老侯说这事儿让我定夺，我有些犹豫不定，这才……"

"案子是你办的，人是你抓的，抓谁放谁可不就由你来定夺嘛。等你把证据弄齐了，本官才能行使通判权力。"齐大人在官场上混迹已久，踢皮球的本领绝不是雷善明可比的，两句话又把球踢了回去。

"这……"雷善明被对方说得无言以对。

"本官问你，绑架案进展到什么程度了？"

审问嫌疑人本身就是个累活儿，需要和嫌疑人斗智斗勇斗心理，有一样不行就会被嫌疑人看破，案件便会陷入死局中。雷善明自诩为粗人，也的确是粗人，审讯的手段简单残暴，除了逼问、喝问之外，就只剩下刑讯，遇到胆小的嫌疑人还好，若遇到抵死不招的，他就毫无办法了。

余东磊等人被莫名其妙地抓到县衙，本就心里恼火，加上雷善明不善审讯，令众人起了抵抗之心，除了剿猪人还算积极配合外，其他人几乎一个字都不说，弄得雷善明上不去下不来，好在有其他捕快找了个台阶，雷善明这才借机会出了牢房。

想起轻松找到骗杨大嫂赎金的骗子的藏身地点的怀先生，他心中一动，下定决心找县令提起招人的事儿。

"案件还没有更进一步的进展。"雷善明学着老侯的语调说着。

这是典型的官话套话，说出来看似很圆满，实则就是废话。

齐大人身居官场多年，怎能听不出其中的道道，哼了一声后说道："行了，少扯这些没用的，我告诉你雷善明，当初选择用你，也是因你连续破了好几桩案件。若此案你破不了，这捕头的位置你便是做到头了。"

"卑职明白，如果这件案子破不了，不用大人说，卑职也再无立足之地。不过，目前县衙既要维护农牧之间的稳定，又要办案，听说有两班兄弟直接被大人调用了……"

雷善明口中被调用的两班捕快，正是齐大人指派暗中保护狄仁杰和上官婉儿的，但又不能明说，只得以最近治安不好，客栈又是鱼龙混杂之地为由多加监视，决不能出任何乱子。

"有话直说。"齐大人瞥了雷善明一眼。

"卑职想增加些人手……"雷善明小心翼翼地说着。

齐大人听后眼睛一亮，心道：正愁着不好解决狄仁杰和上官婉儿的事儿，这傻大个儿却来了，真的是想啥来啥。

但齐大人老奸巨猾，心里的欣喜不表现出来，故意问道："招谁？你也知道，这里是边关小镇，畜牧、农耕，哪个都比当衙役、捕快赚得多，要不是服役制度强行让这些人当差，你问问，还有谁会留在县衙。"

"齐大人还记得那对父女吗？父亲叫怀英，女儿叫婉儿。"雷善明问道。

齐大人心中骂道：这个蠢货，狄仁杰字怀英，每次微服私访时都自称怀英，婉儿是上官婉儿，这两人都是一人之下万人之上。

表面上他却呵呵一笑："哎哎哎，雷捕头，你家里可是有娇妻的，怎么，看上那女孩儿了？"

雷善明表情严肃地抱了抱拳："齐大人，卑职从未这样想过，只是这段时间因案情接触这对父女较多，且老先生早年当过通判，有些能耐。不过齐大人您不用发愁，他俩的工钱可以用我的来顶。"

齐大人勉强点点头："可说好了啊，衙门不能再多出一文钱。另外，这两人老的老、弱的弱，查案过程中可不能出事，伤了残了，咱衙门可赔不起。"

原本以为齐大人会拒绝，想不到却答应了，事情顺利得有些出奇，但此时的雷善明也顾不了许多，面色一喜，连忙抱拳施礼："那就多谢大人了，卑职这就去办。"

"以办案为主，如果对办案无益，人员越少越好，免得给府衙增加财政负担。"齐大人挥了挥手，随后不再理雷善明，径直走到书架前，拿起一本书假装看了起来。

雷善明抱了抱拳，随后转身离去。

齐大人看着雷善明离去的背影，嘴里念叨着："傻也有傻的好处，要是老侯，怕是没这么大的胆子，也不可能用这么大的代价请两个人来破案。哎呀，天无绝人之路啊。子曰……子曰什么来着……这脑子，一到关键时刻就是想不起词儿来……"

……

听到雷善明的邀请，狄仁杰和上官婉儿不敢相信地看着对方手里捧着的捕快服饰和腰刀。刚刚他们还在为身份的事儿发愁，却想不到转瞬之间便实现了愿望。

雷善明端着的双臂有些发酸，向二人问道："怀先生可是不满意工钱？"

狄仁杰缓过神来，笑了笑，从雷善明手上接过衣袍和腰刀："满意，很满意，只是有些意外，大起大落了些。"

雷善明呵呵一笑，耸了耸肩。

上官婉儿摸了摸捕快衣袍粗糙的布料："难不成雷捕头要在这里看我们

父女二人换衣裳不成？"

雷善明连忙抱拳施礼，迅速退了出去，并关上房门。

上官婉儿一笑，拿起腰刀抽出来比划两下："爹，你看我有捕快的样儿吗？"

"像，不过这件事儿倒是蹊跷。"狄仁杰皱着眉头说道。

上官婉儿思索后缓缓地点了点头。

狄仁杰摆了摆手，小声说道："先别想了，快换上吧，办案要紧。"

"好吧。"上官婉儿抱着衣袍走向屏风。

……

狄仁杰换上了捕快的衣袍，把弄着腰刀。上官婉儿穿着捕快的衣袍，从屏风后走了出来，现在的她少了一分温柔知性，多了一分英姿飒爽。

"怎么样？"上官婉儿转了一个圈。

"不错，不错。"狄仁杰看着上官婉儿却有些失神。上官婉儿的装扮让他又回忆起了大理寺唯一的女捕快钟晓霞。

钟晓霞的性格、相貌与上官婉儿有些相似，也有些不同，上官婉儿身上的气质是高贵的，犹如不食人间烟火的仙子，给人敬而生畏的感觉。而钟晓霞更似邻家少女，更接地气。

"哎，到底行不行呀？"上官婉儿来到狄仁杰面前，盯着他失神的眼睛看着。

狄仁杰被她吓了一跳，急忙向后退了一步："闺女呀，这身衣服挺适合你的，不错，不错。"

他特意把"闺女呀"这三个字说得很重，又给她使了眼色，以提醒上官婉儿的身份。上官婉儿又要反驳几句，却听见一阵咳嗽声从院子里传来，雷善明的声音随后传来："两位，可以了吗？"

两人走出房间，向雷善明抱了抱拳。

雷善明急忙抱拳回礼，态度极为恭敬，郑重其事地说道："怀先生，雷某知道您有本事，还请您鼎力相助，帮我破了眼前这件案子。"

狄仁杰点了点头，摸了摸已经穿在身上的捕快衣袍，说道："雷捕头放心，怀某必定全力以赴。"

"看您的脸色有些不好，是否……"雷善明关心道。

狄仁杰摆了摆手："无妨，既然换上了这身衣服，就从现在开始吧。"

雷善明点了点头，犹豫后问道："怀先生，您为什么要查这件案子？"

狄仁杰毫不犹豫地答道："我之前说过，我早年曾当过通判，断案有瘾，就像老饕遇见了美食，不吃难受，哈哈。"

雷善明听到这个解释也跟着笑了，不管如何，能破了案子，在水蓝面前挽回一局才是最重要的。

上官婉儿大多数时间生活在皇宫中，身边除了女皇武则天外，就是那些一门心思勾心斗角的嫔妃，和觊觎皇位的李氏王侯和武氏王侯，生活单调乏味又风险极高，一个不慎，就可能陷入到两派争斗的政治旋涡中。这次难得出宫，还来到了拥有异域风情的龟兹，这对上官婉儿来说，绝对是一次精彩的经历。

她一直不满意狄仁杰对自己的定位，始终认为她也可以成为像狄仁杰一样的神探，而不只是武则天身边的一枚棋子。令她想不到的是，一向自负的狄仁杰居然给她分配了任务——找出杨维希案中的预告线索。

无论怎样，两人获得了捕快的身份，至少不用再偷偷摸摸地查案了。

第二十章　破案之道

上官婉儿在武则天身边时，批阅的都是国家大事，见的都是贵族、大臣、诸侯这等级别的人物，而这些人的眼里，只有政治和利益，时间久了，她洞悉了一切，也就觉得索然无味。

捕快算不上官儿，但对上官婉儿来说，却新鲜感十足。带着兴奋之心，上官婉儿一来到县衙，便向书吏要了胡商和杨维希案的资料，但两起案件的调查才刚刚开始，线索不够用，她又偷着给洛阳府尹刘守正写了一封信，让他把洛阳案的相关资料快马加鞭地送到龟兹，以便于查阅。

身体虚弱的狄仁杰也未休息，而是立刻投入到角色中，陪着雷善明等人到民间走访，主要是调查大夫余东磊和劁猪人的行踪，却正好遇到奉命调查余东磊和劁猪人行踪的捕快老侯。三人碰头后，狄仁杰便把在盐场勘查的结果陈述出来。

老侯听后则是眼睛一亮，说道："怀先生，按照您对足迹的分析，劁猪人和余东磊的身高体貌都符合条件，剩下的就是找到他们的作案条件和动机了。"

狄仁杰点点头，问道："老侯，你走访有什么收获吗？"

老侯狡黠一笑，走到狄仁杰身边，小声说道："经过卑职调查，这两人都说了谎。"

雷善明一听，眼睛一瞪："都说了谎！"

老侯虽说有些油滑，办起案来却不敢含糊。在老侯眼里，衙门的活儿也是分等级的，一种是可以蒙混过关的，一种是可办可不办的，一种则是必须完成的。而眼下这两起绑架杀人案是必办的案子，只要破了案，升官发财便不再是梦。

"先说余东磊吧，他的确出了三次外诊。我走访了三个病患家庭，其中两个说他的出诊时间还不到半个时辰，另外一个，他只留下了一个方子，然后就离开了，我又走访了余东磊所在的医馆，掌柜说余东磊只是在早晨到医馆拿了药箱和一些药材，其余时间都不在医馆。"老侯说道。

狄仁杰点了点头。

老侯接着说道："刚才我又去了余东磊家核实，他夫人说他早晨出去后，直到戌时才到家。这说明有很长一段时间，他既不在病患家诊断病情，也不在医馆坐堂，又不在家中。盐场打更人被害的时间是昨晚申时末，他完全有时间杀了打更人，再安排好杀害杨维希的一切，消除痕迹后，从容不迫地离开现场，回到家中。"

"终于逮到他了！"雷善明咬着牙说道。

"还不能太早下结论。"狄仁杰看了看西下的太阳，向老侯问道，"劁猪人呢？"

"劁猪人更离谱，我走访了街坊邻居，他们说劁猪人这几天晚上都不在家，我拜访了他在口供中说的那户牧民，也就是龟兹最大的养殖户闫知微家，就是之前大闹城门的那个闫大少的父亲。据管家说，劁猪人天还没亮就到牧场了，只劁了三头羊、一头牛，然后就领了工钱离开了，走的时候天刚刚亮。这一天既没回家，也没像他说的，一直在闫家干活儿。"老侯说道。

"劁猪人的行踪核实了没有？"狄仁杰问道。

"还没来得及。"

狄仁杰皱着眉头一言不发，心里暗道：闫知微，这个名字怎么感觉那么熟呢！

洛阳案的凶手狡猾异常，又具备很强的反侦查能力，如果凶手不想留下线索，就绝不会在现场留下任何线索。眼前这些线索来得太过容易，太容易得来的反而让他心中有些不安。

除了断案之道，狄仁杰的政治、军事能力也很强，他之前经历过数次大的军事行动，尤其是和吐蕃、突厥等游牧民族的战争。游牧民族都是骑兵，来去都是一阵旋风，发动军事侵略的主要目的也不是为了占领城市，而是为了掠夺，抢了就跑，绝不会在城镇中多待一刻。等大周军队赶到事发地点时，游牧民族早就带着物资撤退到草原深处了。

大周将帅为了能获得朝廷的褒奖，往往会夸张地描述一番，在不损一兵一卒的情况下，打败侵略者，缴获马匹、牛羊若干头，实则缴获的马匹都是游牧民族获得新马匹后弃之的老弱病残。

"没有代价的胜利只是假象，任何一场真正意义上的胜利都会付出巨大代价，都是众将士浴血奋战，用生命换来的，来之不易，来之不易。"这是狄仁杰这些年的征战经历总结出来的，世界万事万物虽不同，但事物的本质是相同的，军事之道是如此，经商之道是如此，破案之道亦是如此。

破案过程中，来得太过容易的线索，如果不是凶手的疏忽，就可能是转移视听的陷阱。

见狄仁杰很久没说话，雷善明便小心翼翼地问道："怀先生，您没事吧？"

狄仁杰的眼睛终于眨了眨，看向一脸关心之意的雷善明，说道："没事，我没事，只是觉得线索来得太容易了。"

老侯哎呀一声，吓得两人急忙看向他，却见他瞪大眼睛说道："我的怀先生啊，这线索可是来之不易，我是跑断了腿，费了三两多吐沫星子，才好不容易得来的。"

雷善明一听老侯的话，就知道他这是在邀功，便白了他一眼："行了行了，少咋呼，多做一些实事儿吧。"

老侯听了雷善明的话，脸一下子变得通红，脖子上的青筋都暴了出来，要不是看狄仁杰在场，怕是要和雷善明争执一番。

雷善明是他的顶头上司不假，但老侯也有脾气，尤其当他知道雷善明并不懂断案之道后，一旦发生案件，除了依靠水蓝之外，其余事宜都是老侯在操持。换句话说，如果没有老侯奠定基础，也就没有雷善明的今天。原本两人相处还算融洽，不过现在老侯有了新目标，雷善明却在这关键时刻泼凉水，让他在旁人面前失了面子。

狄仁杰也看出二人的矛盾，立刻圆场道："余东磊夫人不知情况，按说不应该撒谎，就算撒谎，也应该是为他掩护，而不是直接说他不在家，戳破了余东磊的谎言。劁猪人却不同，他单身一人，周围邻居的话也只能当作参考，不如趁着天未黑，咱们去他家看看，然后再伺机去余东磊家。"

雷善明也觉得自己的话有些过分，便借着狄仁杰的话下了台："那就劳烦老侯大哥带个路吧。"

老侯鼻子里轻哼了一声，也不说话，自顾自地在前面走着。

各行各业都有自己的道，要想取得一定的成就，势必要遵从所在行业的道。

雷善明和老侯是捕快衙役之列，甚至都算不上官，却身在官场，既然在官场就要遵从官场之道，官场之道的其中一条就是绝不得罪任何一个可能影响前途的人。

雷善明因为年轻，因为耿直，而犯了大忌。

……

没人知道劁猪人的名字，只知道他是随同戍边民众一起来到龟兹的，一人吃饱全家不饿，除了正常的业务之外，他很少与人接触，行踪很神秘。他的手艺很好，阉割过的牲口从未发生过感染死亡等事。奇怪的是，就算他劁猪的生意好，收入也只能勉强维持生计，可他却夜夜笙歌，挥金如土，他的财富究竟从何而来，也如同他本人一样神秘。

不过单身汉的家逃脱不了又酸又臭的状态。

当众人进入劁猪人的房间时，一股酸臭味迎面扑来，正房中家具很少，除了一个柜子、一张桌子和几把椅子外就只有一张床榻，到处都是灰尘，床榻上的被子胡乱地卷在床角，桌子上放着碗筷碟子等，其中的剩菜剩饭已经长了绿毛。

狄仁杰摸了摸被子，又看了看碗筷，随后又来到另外一个房间，房间中有个灶台，在一旁还堆着一些柴火。锅台上有些腐烂的食物，灶膛是凉的，显然已经有多日未使用了。

"看来劁猪人有些时日没在家了。"狄仁杰说道。

"会不会去了青楼？"老侯说道。

劁猪人是单身，赚的钱又不少，青楼就成了他过夜的最好去处，有吃有喝又有美女相伴。

雷善明看了老侯一眼，眼神中满是不屑，暗指老侯精于此道。

老侯一瞪眼睛，立刻辩解道："我只是知道，从没去过。"

"就算去青楼，也不可能在大白天就去吧。"雷善明说道。

"老侯，你们是在哪里找到劁猪人的？"狄仁杰问道。

老侯被问得一愣，想了想才答道："听兄弟们说，是在街上一个烧饼摊位附近。"

烧饼摊位！

杨维希正是在买烧饼回家的路上被凶手绑架的，奇怪的是，现场除了两个烧饼之外，凶手并未留下其他线索，如果烧饼是线索，那劁猪人的嫌疑就大了。

想到这里，狄仁杰立刻说道："仔细搜一下，目标是一双靴子，靴子很新，靴底纹路磨损很小，缝隙中可能有盐。"

"怀先生，为什么要搜靴子，而不是其他的呢？"老侯问道，还瞪大眼睛看着狄仁杰。

老侯的话让狄仁杰想起了洛阳案中也有捕快问过相似的话，恶魔之手具备反侦查能力，作案时极为小心，几乎没留下痕迹，这还是狄仁杰第一次得到如此清晰的足迹，他怎么可能放过："因为凶手在现场只留下了这点痕迹，所以我只能盯着靴子这条线索喽。"

老侯以为狄仁杰会有精彩的推理，结果等来的却是这么简单的回答，眼眉挑了挑："明白啦！"

劁猪人的家不大，几乎所有的家当都在正房的那个柜子里，柜子分三层，上层装的是衣袍，中层装的是被褥等，最下面一层放着几双鞋和一双靴子。

靴子几乎是崭新的，有穿过的痕迹，老侯拿起靴子，翻过来看着靴底，脸上陡现喜色："靴底刷过！"

狄仁杰接过靴子看了看，又用手摸了摸靴底和靴子里面，发现整只靴子已经完全干了，脸上露出失望："按照时间计算，如果劁猪人穿着这双靴子杀了杨维希，再回来刷干净靴子，现在应该还是湿的。"

老侯拍了拍脑门:"您看我这脑子。"

"不过也不能排除,因为有很多种方法可以让刚刚刷过的靴子变干,比如用炉火烤等手段。"狄仁杰说道。

老侯又拍了一下脑门:"呃……"

"不过,用火烘干的办法,会让靴子缩水,因此靴底和靴子其他部分会有很明显的痕迹,你看看这双靴子,只是刷过,却没有异样,说明是正常晾晒的,基本可以排除凶手穿这双靴子去过杀害杨维希的现场。"狄仁杰又说道。

"呃……"老侯又要伸手拍脑门,却看见狄仁杰和雷善明都盯着他。

狄仁杰看着老侯绯红的脑门笑了起来:"老侯啊,你再这样一惊一乍地拍脑门,怕是真要拍出问题喽!"

"那刽猪人的嫌疑可以排除了?"老侯尴尬地笑了笑。

"当然不能,现场遗留下来的脚印只是一个证据而已,算是一个切入点,要想破案并给凶手定罪,需要完整的证据链、作案动机、口供,等等。"狄仁杰说道。

老侯和雷善明几乎同时点了点头,看向狄仁杰的目光中带着仰慕。

"还是要核实一下他的行踪。"狄仁杰说道。

"这个倒是不难,我已经让兄弟们去做了,相信很快就会有结果。"老侯说道。

在老侯说话的时候,雷善明眼神中散射出嫉妒的光芒,与他相比,老侯更像捕头,合理地处理各种事务,协调上下级关系,更懂得如何利用手里的权力做事。

"行,那就拜托老侯了。这里已经查得差不多了,时间还来得及,再去余东磊府上看看。"

老侯有些犹豫,却还是点了点头,走在前面引着路。

第二十一章　重大嫌疑

　　狄仁杰曾任宰相，当地方官时不是刺史就是大都督，府邸规模自然不会差。可当他来到余东磊宅院大门口时，立刻被宅院的规模所震撼，光是那扇朱红色的大门就不比狄仁杰在洛阳的府邸差。
　　一个医馆的大夫，怎么会有这么多银子来建造如此规模的宅院？
　　更令三人想不到的是管家的傲慢，老侯敲门敲了很久，才见小门打开，却仅打开一条缝隙，露出一双极不友善的眼睛，随意地瞟了他们一眼，随后就把门关上，声音从门内传来："老爷不在家，要看病到医馆去。"
　　"我是县衙的捕快老侯，和雷捕头来这儿查案的，之前来过的，请把门打开。"老侯平时说话装腔作势，很少这么客气。
　　"之前都来过了嘛，怎么又来！老爷不在家，没什么好查的。"管家不耐烦地说道。
　　雷善明一声冷笑："你家老爷当然不在家，因为我已经把他抓到县衙大牢了，如果你继续这样，我会因为拒捕把你也抓到大牢里，让你尝尝牢饭的味道。"
　　雷善明的脾气倔强，性格极其刚烈，真要是较起真来，他连县令都敢顶撞，更别提抓一个小小的管家。
　　大门内再没了动静，显然是雷善明的话震慑到了管家，过了一阵儿，才听到门内传来一声叹息，小门再次被打开，管家走了出来："各位大人，请到客厅稍等，我马上去禀报夫人。"
　　雷善明是捕头，来走访案情都遭到了闭门羹，可想而知，之前老侯来走访时的遭遇会是什么样子。

余东磊的宅院已经不能用宅院来称呼了，其规模完全赶得上一座正四品以上官员的府邸，不同的是，整个宅院中都散发着一股浓浓的中药味道，宅院中的植物大多是中草药。进入院子后，老侯就东看看西看看，好像一名普通百姓进了皇宫一般，哪里都感到新鲜。

会客厅中的陈设古香古色，如同一座小型的宫殿般，一进入房间，便闻到一股淡淡的檀香木的味道。狄仁杰环视一圈，看到大厅中很多家具都是檀香木做的，心中不由得暗生感叹。

一般人家，能够有一两件檀香木物件已属不易，看余东磊的客厅中几乎都是檀香木做的家具，单这一项，就不是一般人家可比。有如此钱财，难怪管家的态度傲慢。

"老侯，之前你来走访时，没进宅子吗？"狄仁杰悄声问道。

老侯脸上一红，说道："没进，您也看到管家的嘴脸了，我是从大门外和夫人对的话，连人都没见到，只是问了和案情相关的几句话。"

"原来是这样，不过这家人家也够怪的了。"狄仁杰小声嘀咕着，心中更是起了疑惑。

县衙把屠夫、大夫、劁猪人、仵作老赵的师傅都带到衙门审问，这么大的事儿在龟兹城已经尽人皆知，很多家眷便到县衙门口打探消息，余东磊的夫人、管家为何对此事不管不问呢？

"老侯，劳烦你去搜集一下余东磊所开的药方，如果还能搜集到他开的药就更好了，还有，你到各大钱庄也查一下他的存款情况，完事后咱们在县衙会合。"狄仁杰小声吩咐着。

"嗯……搜集药方有什么用吗？"老侯疑惑着。

"让你去你就去，别问那么多。"雷善明训人时眉毛几乎都快竖了起来。

老侯低着头，却把脸撇到一旁，显然是对雷善明不满，向狄仁杰抱了抱拳，这才离开。目送老侯离开后，狄仁杰才转向雷善明，语气柔和地说道："雷捕头，你可是有什么心事？"

雷善明立刻摇摇头："没有，怀先生为何如此问？"

狄仁杰一笑，说道："我见你脾气急躁，经常和老侯发火儿，你们毕竟是同僚，长期在一起共事，关系僵了，怕是一损俱损。"

雷善明心中的确有事，主要来源于他和妻子水蓝之间的赌约，他极好面子，既然话说了出来，就要去兑现，但离开水蓝的帮助，在断案上他几乎寸步难行，他心中哪能不急。他本就不善言语，听了狄仁杰的话，也知道最近自己的情绪有些不对，导致和同僚们的关系紧张，正要解释一番，却见余东磊夫人和管家走了进来。

余夫人一见到狄仁杰，几乎下意识地低下头，向两人作揖施礼。

"诸位大人，之前衙门来过人了，我把知道的都说了，我只是一名恪守妇道的小女子，当家的在外面做了什么事儿我一概不知，如果有疑问，尽管去问他。"余夫人开口说道。

按说夫妻同心，眼见余东磊被衙门羁押，作为妻子应该关心他什么时候能回来，可余夫人的话里却透露着另外一层意思。也是这番话，将狄仁杰的所有问题都给堵住了。

"哦，其实也没什么，我们只是顺道来看看。"狄仁杰说道。

余夫人苦笑一声："大名鼎鼎的雷捕头都亲自上门了，怎么会没什么！衙门的人都是无事不登三宝殿，自打我们戍边以来，这还是衙门第一次如此兴师动众，一天来了家里两次。"

"你们是什么时候从洛阳来的？"狄仁杰心中一动。

"天授二年，我们是第一批戍边的洛阳民众。"

"六年前？"

余夫人见狄仁杰脸色一变，心中有些忐忑，犹豫后点点头。一旁站着的老管家也下意识地挪了挪左脚，见狄仁杰看了他一眼又强忍住不再移动，但站立的姿势却变得十分古怪。

六年前的九月是狄仁杰拜相的时间，在此之前，他率领大理寺全力以赴侦破洛阳恶魔之手案，得到线人线报后，狄仁杰等人全力缉捕凶手，凶手掉落山涧生死不明，大理寺和洛阳府出动了所有人员，最终依然没能找到凶手尸体。也正是从此刻开始，凶手再也没出来作过案。

当时狄仁杰曾经分析过。一种可能是凶手已经死了，尸体被河水冲走，不知所终。一种是凶手没死，得知身份暴露后，可能会逃离洛阳，远遁他乡。从目前的情况来看，很可能是第二种。

凶手坠落山涧后，狄仁杰命人封锁了附近的几条要道，以防止其逃脱，除了大批有官兵保护运送的戍边民众之外，狄仁杰等人盘查了路过的所有人，却没发现凶手的影子。现在想想，最大的可能性就是凶手藏在戍边民众里，逃出了狄仁杰的包围圈。

"几月份？"狄仁杰忙问道。

余夫人想了想，说道："应该是七八月份吧，我们这一批人中没有务农的人，因此才是这个时间段。"

农户此刻还未秋收，若是八月份让农户们戍边，怕是会引发民众不满，弄不好又是一场叛乱，因此农户都是在秋收后才开始戍边的。

凶手作案数起，勒索了很多钱财。余东磊是一名普通的大夫，按说不可能有如此财力建造这样一座规模的府邸。与收入不相符的钱财、对人体了解程度、拥有锋利的刀具、身高体貌等等，全都对应上了。

"请把余大夫所有的鞋子和靴子都拿来。"狄仁杰说道。

"都拿来？"老管家疑惑着。

"对，都拿来，一双都不能少，新的旧的都要。"狄仁杰一字一句地说道。

"这……"管家脸上露出为难之色。

余夫人挥了挥手，管家这才转身离去，过不多时，老管家就把余东磊所有的靴子和鞋都拿了过来，有新有旧，有好有坏。狄仁杰只扫了一眼，便拎起一双稍新一些的靴子，嘴角露出难以察觉的笑意，他把靴子在手上磕了磕，手心便多了一些亮晶晶的细小颗粒。

"是盐！"狄仁杰和雷善明对视一眼，两人心中都有了一个概念：余东磊有重大作案嫌疑。

断案中有一种方法，是先锁定凶手，再围绕凶手寻找线索和其破绽。但这种方法有个弊端：一旦办案人先入为主，就会出现"疑邻偷斧"的现象，很容易造成冤案。不过，恶魔之手太过狡猾，留下的线索很少，目前也只能采用这种方法。

……

医者大多都是安神定志、无欲无求，拥有大慈悲之心的人，因为只有这样的人，才能在医学上有所建树，才能真正为病人治病。

哪怕坐在被审讯的位置，余东磊依然是一副高傲的表情，下颌微微上扬着，几乎是用鼻孔对着狄仁杰等人，不时轻蔑地看向几人，随后把目光移到一旁，一副爱答不理的模样。狄仁杰并未给对方下马威，只是上下打量着他。

余东磊身高、身材与狄仁杰相仿，下颌长着山羊胡子，两只眼睛眯缝着，眼角细而上扬，身上穿着丝绸制成的袍子，腰间挂着一个香囊，散发出的药香味与牢房中的臭味格格不入。他脚上穿着一双高勒的布靴，靴子几乎是全新的，从布表面来看，应该还从未沾过水。

原本审问犯人都会选择在大堂，但现在苦于证据不足，加上升堂审案过于烦琐，狄仁杰这才直接来到大牢，简单收拾了一下入口处的空地，做了审讯的临时场所。

狄仁杰看了雷善明一眼，雷善明却无意审问，反而向他做了一个请的动作。狄仁杰心领神会，微微一笑，说道："听闻余大夫医术高明，可否为我把脉诊断一番？"

余东磊哼了一声："我没有在牢房里给人把脉的习惯。"

雷善明听后一拍桌子，怒斥道："医者皆有慈悲之心，为救人性命，任何时间、任何地点都可以为人诊断，你的习惯算不上一个好习惯吧。"

余东磊眼神闪烁了一阵，却不敢与雷善明辩驳，抱了抱拳说道："雷捕头所说有理，是余某境界低了。"

虽是道歉，却并不真诚。好在狄仁杰并不计较，伸出左手，把袖子撩了上去。

余东磊有些不情愿，还是伸手为狄仁杰号了下脉，又查看了他的舌苔、眼睛等，这才说道："这位老先生脾胃虚弱，心火过旺，可能是近期过于劳累，加上饮食不规律导致的，无大碍，取白豆蔻5钱，杏仁3钱，薏苡仁5钱，厚朴3钱半，淡竹叶5钱，砂仁2钱，木香3钱3分，陈皮3钱半，通草5钱，荷叶5钱，山药9钱，白术6钱半，芡实5钱，莲子5钱半，生地5钱，黄芪10钱，升麻2钱3分，党参5钱，人参3钱，西洋参3钱，以井华水五碗煎成一碗，温凉服用，一日两次，一个月后症状全消。"

余东磊几乎是一口气说完药方，言语间极其自信，说话间眉毛不断地上扬着。仅凭短时间的观察便判断出病症，并配出如此复杂的药方来，他的确有骄傲的资本。

第二十二章　巨款

狄仁杰精通医术，虽在某些专长领域比不上太医院的御医们，却凭借着一手针灸术驰名神都洛阳，尤其是银针渡命术，只要还有一口气，就能把病人从阎王手里救回来，一些解决不了的疑难杂症，御医们甚至会到狄府登门求助。

听了余东磊的方子后，狄仁杰并未说话，只是冷冷地看着他，直到他的神情有些不自然，脸上那股极度的自信慢慢消散后，才收回目光："余大夫，请你把药方写下来。"

狱卒把笔墨纸砚放在桌子上，推了一把余东磊。余东磊心中一百个不情愿，愣了一阵之后，叹了一口气，提起毛笔蘸了蘸墨水，在纸上写着。

狄仁杰看得清楚，余东磊写字的手是左手，和他之前的分析完全吻合。

等余东磊写完，狄仁杰拿起方子看了看。余东磊的字很清秀，和恶魔之手所写的勒索信上的字迹并不一样。

"余大夫，我的病是一个方子治到底吗？"狄仁杰放下方子问道。

"这……"

狄仁杰见余东磊不说话，便缓缓地说道："中药讲究的是适度，少一分无效，多一分则毒，方子要随着病患的病情而进行及时调整，若一个方子治到底，不但治不好病，还会落下诸多弊端。"

"这是自然，刚才那个方子就是我给你开的第一个方子，等你的症状有了好转，我自会调整药方的。"余东磊强辩着，说话时脖子上的青筋都暴了出来。

"既然我是脾胃虚弱、心火过旺，你的方子里有一道党参做补也就罢了，为何还要用人参和西洋参呢？"狄仁杰追问道。

"身体虚嘛，自然要大补，参是大补之物，吃了自然不会差。"余东磊说道。

"你这样补是会补死人的。"狄仁杰笑着说道，随后看向一脸茫然的雷善明，"另外，人参和西洋参价格极贵，方子里这么大的量，还要喝一个月，得花多少银两啊！"

余东磊一脸不服："那您是什么意思，难不成还想一文钱不花就治病吗？"

"意思是余大夫怕是平时开药方子开习惯了，不管是什么病，都要开一些名贵药材在里面，怕是别有用心吧。"

"我不懂您的意思。"余东磊板着脸说道。

狄仁杰招了招手，一名捕快把余东磊的那双靴子和一些证物拿过来，他从中拿出一沓药方子和两个药包，放在桌子上，轻轻拍了拍："余大夫，你看看这些方子是不是你开的？"

余东磊瞥了瞥靴子和鞋，又极不情愿地看了一眼药方，眼眉挑了挑："是我开的，都是对症下药，这些病人吃了草民的药，得的病都痊愈了。"

狄仁杰打开药包，挨个药材看了一遍，有个别药材还尝了尝，随后叹了一口气。

昏君、奸臣误国，庸医误人性命，虽说有大有小，但性质却是一致的。余东磊所开的药方也能治病，只是他是当作生意来做的，本来几十个铜钱可以治的病，到了他这里就变成了成百上千个铜钱，甚至更多。本来可以一服药就治好的病，到了他这里却变成了一个月或者数个月，进了他的门，不倾家荡产是绝不会让病人离开的。

更甚的是，其中很多药材用的都是劣质药材，以次充好。

狄仁杰之所以叹息，是因为余东磊的做法只是违反了医德，却并不违反律法，就算点破了，也只能在道德层面上去谴责他。

"好啦。你的医术我已经了解了，现在还有另外一个问题，昨天你去了哪里？"狄仁杰一边说一边从桌子上拿起一张口供看着。

"我之前和捕快大哥们说了，昨天我出了三次外诊，很晚才回家。"余东磊眼神有些闪烁，言语间已经没有了之前的自信，却依然嘴硬着。

"你说的那三家病患我们都去问过了，你在他们身上用的时间加一起还不到一个时辰，其余时间呢？"狄仁杰站起身，身体微微向前倾斜着，眼睛一眨不眨地盯着对方。

从余东磊的面相和行为语言来看，此人极度自信，甚至达到了自恋的状态，要想审讯有所突破，必须要先打破他的自信，因此狄仁杰先让他把脉，直接点破他的伎俩，打击了对方的第一波自信。随后又拿出余东磊的口供，以实证来打破他的谎言，摧毁其第二道心理防线。再以侵略性极强的站姿压迫对方，迫使其第三道心理防线崩溃。

余东磊咽下一口吐沫，低头不语，但眼睛却转来转去，额头上的汗也流了下来。

狄仁杰拿起桌案上的靴子在桌子上敲了敲："这双靴子你认得吧？"

余东磊抬起头看到狄仁杰手里的靴子，心头一紧："这双靴子……的确是我的，不过靴底有些硬，只穿了几次就扔了，你是从哪里找来的？"

狄仁杰冷笑一声："这不是我找来的，是在你的府上拿来的。"

余东磊突然意识到了什么，额头上的汗流得更多了，眼睛急速地眨着。

狄仁杰审问犯人很有经验，看对方的状态，他知道对方已经败了，只是时间问题："这双靴子你是什么时候扔的？"

余东磊想了想，说道："至少一年前了吧，具体时间记不住了，我一天看那么多病人，哪会记得一双靴子的事儿。"

"你说谎。放了一年多的靴子，怎么可能还有酸臭味！"狄仁杰暴喝一声。

雷善明有些好奇，拿起靴子闻了闻，一股酸臭味道冲进鼻子，差点让他把中午吃的饭都吐出来，他急忙把头撇向一旁。

"这味儿太冲了！"

余东磊眼珠不停地左右摆动，最后定下神来："就算这双靴子是我的，那又怎样？"

狄仁杰笑了笑，说道："现在还不能怎样，不过，很快这双靴子就会告诉我，它的主人去过现场。"

"什么现场？"

"杀害杨维希的现场。"

"我从未伤害过任何人，更别提杀人了，也不知道什么杨维希杨卫东的。"余东磊吼着，脖子上的青筋都暴了出来。

"首先是我在这双靴子的靴底找到了一些盐粒，盐粒颜色发乌，质地较差，应该是出自私盐场。"狄仁杰说道。

杨维希案中，凶手穿着靴子在盐场留下了很多脚印，一些盐粒进入靴底和靴面之间的缝隙中，事后虽对靴子做了清理，还是遗留下了一些。

"这双靴子除了酸臭味之外，还有一股血腥味儿。"狄仁杰笑着说道。

余东磊看了一眼靴子，从鼻子里哼出一声："靴子干干净净，哪里来的血腥味儿！"

"您这鼻子快赶上……嘿嘿……"雷善明原本想说的是狗，转念一想实在不妥当，便急忙转移话题，"怀先生，他是大夫，总给人动刀，溅上些鲜血也很正常吧。"

狄仁杰摇了摇头，说道："如果是溅上一些血迹，只浮于靴子表面，清洗后就不会留下痕迹，如果是踩在血水里，血浸入鞋底中，清洗也只能清洗了表面，而里面的血迹却洗不干净。"

"杨维希案是昨天的事儿，就算余东磊作案后刷了靴子，干得也不会这么快吧？就像刽猪人的那双靴子一样。"雷善明疑问道。

"他是大夫，有其独特的方法清理血迹。不过，问题就在这里，你看看靴底部分。"狄仁杰提醒道。

雷善明拿起靴子仔细看了看，发现靴子面和靴鞲部分有些污迹，而靴底部分很干净，应该清理过，却不是用水，否则会留下水渍："还真是，那……把靴底割开？"

"用不着，雷捕头，你帮我准备一些东西，靴子自会告诉你答案。"狄仁杰一笑提起笔在一张纸上写了一些字，随后递给雷善明。

"靴子也会说话吗？"雷善明带着一连串的疑问离开牢房。

"我劝你尽早交代问题，以免遭受皮肉之苦，来人，先将他押入大牢严加看管。"狄仁杰暴喝一声，声音如炸雷般，把正在犹豫的余东磊吓了一跳。

两名狱卒押着余东磊回到大牢中，余东磊边走边喊着："你凭什么诬陷我，等我出去了，到州府衙门去告你们，让你们都坐牢！"

余东磊一直骂着，直到挨了狱卒几个巴掌，这才不再作声。

对于余东磊的辱骂，狄仁杰并未放在心上，反而向牢房深处看了看，深邃幽暗的走廊如同一张怪兽的大嘴一般，喷出阴风和腐烂的味道，令人有些不舒服。

一阵脚步声打断了狄仁杰的思绪，他回过头，见老侯面色带喜地走了过来，手上拿着一沓纸，是从银号和钱庄抄来的存款单据，他把纸递给狄仁杰："怀先生，您真是神了，我去钱庄查过了，余东磊在龟兹各大钱庄都存有银两，数目都不小，您看看。"

不查不知道，一查吓一跳。一名经营医馆的大夫，按说收入只够维持生计，不太可能有大量存款。可余东磊的累计存银量居然达到了五万多两，等于狄仁杰五百多年的俸禄！这就意味着，狄仁杰得从东汉末年开始做丞相，不吃不喝攒到现在，才可能有这么多钱！

余东磊的嫌疑越来越大了！

……

皇宫代表着绝对权力，是个让人向往的地方，但对于一直生活在其中的人来说，皇宫是一个巨大的旋涡，需要极力挣扎才可能不被吞噬掉。政治斗争没有对错，只有输赢。尤其在武则天当政时期，女人做皇帝本就争议颇多，加上李氏和武氏争夺皇位继承权，整个皇城中到处都是你争我夺，只要稍有不慎，就会落得个身首异处的下场。

上官婉儿是武则天的身边人，处于政治旋涡的中心，是多方争取的对象，也是各方势力打击的对象。即使她无害人之心，却时刻都有生命危险。

皇宫虽好，却远不如民间自由。

街道上车水马龙，吆喝声不断，相对于肃杀的皇宫来说，这里多了些烟火气。上官婉儿感受到了自由的魅力，她闭着眼睛，听着街市的喧闹和徐徐清风，落下的树叶尽情地旋转着，一头乌黑的秀发随风飘起来，如同瑶池仙子一般。

"呼！"老侯年纪不小，阅历丰富，却从未见过如此美丽的女子，不禁愣在当场。

　　一名小捕快急忙用胳膊碰了碰老侯，老侯这才缓过神来，擦了一下嘴角的口水："婉儿……小心马车。"

　　老侯的称呼令上官婉儿霎时间从快乐的状态中跌落下来，看了看擦身而过的马车，又想起了还有案子要查，脸上的笑意去了一大半儿，剩下的一半儿也随着时间的推移而逐渐凝固，她幽幽地叹了一口气，一脸惆怅地说道："我爹那儿有什么发现吗？"

　　老侯脸上一红，说道："怀先生让我去找余东磊开的药方和药，又查了他在钱庄的存银，这厮的银子还真多，五万多两，怀先生说他有重大嫌疑……"

第二十三章　万人难猜

上官婉儿看着一片落下的树叶，便陷入沉思中。

六年前的洛阳案她也有所耳闻，却并不详细，只知道凶手定会在现场留下下一起案件的线索，但所留下的线索都很隐蔽，绝不是一眼可以看穿的，这一点从胡商案和杨维希案中就能看得出来。

老侯轻咳了两声，眨了眨眼睛，又说道："怀先生不放心你一个人出来，这才让我跟着你。"

上官婉儿眼珠转了转，说道："对，对，大夫、伤口、余东磊，也许凶手的下一个目标是余东磊。"

老侯嘿嘿一笑，说道："这不太可能吧，怀先生说他可能是凶手，不是下一个目标。更何况，他现在被关在县衙大牢里，凶手纵然本事再大，也不可能把他从大牢里绑架出来。"

上官婉儿摇摇头，说道："两个烧饼是杨维希买给孩子的，并不是凶手留下的，所以不符合条件。凶手要杨维希失去行动能力，只需要切断肩部和腿部的筋就可以了，没必要在他身上弄那么多的伤痕。"

老侯一副恍然大悟的样子，说道："你的意思是，伤痕才是凶手留下的线索？"

"否则呢？"

"嗯，除此之外，好像也没有其他的了。杨维希身上的伤口又窄又细，也只有余东磊的刀和劁猪人的刀才能造成如此伤痕。对了，有没有可能是劁猪人呢？"老侯好像突然间开了窍，明白了破案之道。

"如果是劁猪人的话……不应该留下这样的伤痕，应该……"上官婉儿说到这里脸上一红，停顿了一下后接着说道，"总之就是不可能啦。"

老侯知道上官婉儿的意思，要是线索指向劁猪人，应该在杨维希的下身动手脚，而不是留下满身的伤痕。老侯顿了顿，说道："我明白，可是凶手不太可能去戒备森严的大牢绑人哪。"

"也许凶手杀杨维希时，并未料到余东磊会被抓进大牢。"上官婉儿说道。

"啊……也有道理。"老侯说。

上官婉儿虽冰雪聪明，却没有断案经验，经老侯这样一说，内心起了些犹豫，不经意间看到老侯手上拿着她画的那幅画，心中一动："把画展开。"

老侯立刻打开画卷，让另外两名捕快拿着，他和上官婉儿站到画前看着。上官婉儿看了好久，却依然看不出什么，叹了一口气。

老侯眼珠骨碌碌地转着，突然，他指着画说道："像一只羊，一只羊。"

"羊？"上官婉儿问道。

老侯拉着上官婉儿后退了几步，自己又走到画前，说道："盐堆像羊的身体，杨维希的头部像羊头，四处流出的鲜血像是羊的腿。"

一只四肢流血的羊。

"不明白是什么意思。"上官婉儿摇了摇头。

正所谓一人出谜，万人难猜。

哪怕是如同狄仁杰般聪明的人物，在洛阳案中也屡次猜不中凶手的线索所指，导致大理寺始终处于被动的状态。

"线索会不会是牧羊人？"一名捕快收起了画，来到老侯跟前说道。

老侯伸手打了他一记爆栗，训斥道："你也不动动脑子，龟兹居民大多是牧民，谁家没有牛羊，线索是牧羊人，恐怕咱们要把大半个城的人都保护起来才行。"

"会不会指的是龟兹最大的畜牧大户闫家？"另一名捕快说道。

"闫家？"上官婉儿疑惑道。

"就是硬闯城门的那个大少爷他家。"老侯又把闫家的情况介绍了一下。

"也有可能，不过……"上官婉儿努力地回想着杨维希的被害现场，却发现脑袋里空空的。她原认为破案是一件简单的事儿，想不到真到断案的时候，却发现此事并不简单。

在一件事情没有思路时，就不去想它，索性做一些令人轻松的事儿，反而有利于事情的推进。

"好啦好啦，既然提到了羊，我也饿了。我爹断起案来就顾不上吃喝休息，我可受不了这个。老侯大哥，你找一家最好的羊肉馆子，我请客！"上官婉儿从银袋子里拿出一锭银子，随手抛给了老侯。

老百姓过日子大部分时间用的都是铜钱，有钱人才会偶尔用些散碎银两，很少有人见到一整锭银子。看上官婉儿的样子，根本不清楚这锭银子的价值，想必是剩下的就当作打赏了。想到这里，老侯笑得连嘴都合不上了。

"这怀先生大有来头，有钱，真有钱，谁要是能娶了婉儿，下半辈子不得吃香喝辣啊……"老侯边走边意淫着。

要是他知道了上官婉儿的真正身份，怕就不再是这个想法了。

……

一到了傍晚，龟兹城的街道上就会飘起一股股浓郁的肉香气，连皇帝武则天的禁屠令也失去了效力。

要说哪家牛羊肉做得好吃，当数龟兹城中最大的酒楼牧山居。

牧山居位于龟兹城的中心位置，三层的木质小楼古色古香，听着异域风情的乐曲，品尝着外焦里嫩的羊肉，大口灌着马奶酒，可谓是人生一大快事。

上官婉儿自小就在宫廷中长大，遵守着各种各样的规矩，一旦僭越就会遭到惩罚。而老侯等人则是地道的龟兹人，几乎是随心所欲，大口吃肉大碗喝酒，手上、腮帮子上沾满了油渍和酒渍，只管吃得爽，哪管什么规矩。

上官婉儿开始时非常谨慎，怕影响自己的形象，不敢像老侯等人那般模样，几碗酒下了肚，脸上飞起两朵红云，受到老侯等人淳朴气息的影响，她逐渐放开了手脚，学着他们的模样吃了起来。

"这样就对了嘛，吃肉喝酒就得这样，你那个样子太斯文，吃不饱。"老侯手舞足蹈地唱起了歌，气氛瞬间活跃了起来。

这是她第一次感受到自由的快乐，这种快乐绝不是权力和物质能够带来的。

"要是能和相爱的人如此厮守终生，也是一件浪漫的事。"上官婉儿喝了一口酒，缓缓地吐出一口酒气。可惜，她身处皇宫中，面对的不是阴谋就是诡计，哪有机会体会到寻常女子唾手可得的爱情呢。

正当四人喝得起劲儿时，旁边座位的客人突然和掌柜吵了起来，原因是客人说掌柜算错账了，多收了很多银子，掌柜却坚称没错。

龟兹民风彪悍，三句话没说对就会动刀子。

眼看双方就要动手，身为公门中人哪有不管之理。老侯走上前，拍了拍腰间的刀，脸红脖子粗地说道："咋回事？"

双方一看是捕快老侯，便暂时把火压了下来。掌柜率先说道："侯捕快，他非说羊肉钱算错了，我们家都开了多少年了，你不是不知道，我怎么可能为这点小钱骗人。"

"上次我也是吃这些，只用了一百二十文，这次却三百文，还说没算错账！你这羊难不成是金子做的？"客人喝了不少酒，双眼通红，一副要吃人的模样。

老侯从掌柜手上接过账单，看过之后眼睛瞪得很圆："我说掌柜，这次你这老招牌可能要砸喽，这烤羊腿和羊肉的价格的确不对。我结账时，你不会也按照这个结吧？"

掌柜苦笑一声，从老侯手里接过账单，说道："这也不能怪我，牛羊肉的进货价涨得厉害，原本我以为也就是几天的事儿，挺一挺就过去了，所以就坚持按照平价羊肉来卖。想不到啊，价格一直下不来，我这每做一桌菜就亏一桌的钱，实在没招了，和大厨商量之后，今天才涨了价，不信的话，您可以到街市上去打听一下就知道了。涨价后也有客人闹，了解情况后还是付了酒菜钱。这位客人……唉……"

酒楼大厨听到吵闹声也从后厨来到了大堂中，见掌柜解释，便立刻上前，向客人和老侯等人抱了抱拳，用抹布抹了抹脸上的油，说道："这点我可以证明，牛羊肉涨价的事儿已经半个多月了，我们再不涨价，这酒楼就开不下去了。"

客人的同伴走上前，把他拉到一旁，随后掏出一些铜钱放在桌上："既然是肉涨价了，我们也认，这些是酒菜钱。得罪了，掌柜！"

掌柜的收了钱，又向客人鞠躬行礼，将人送走后，才又回来，见上官婉儿向他招手，便应了一声，走到四人面前。

"龟兹以畜牧业为主，又不受禁屠令的影响，按说牛羊肉不是稀罕之物，不应该随意抬高售价才对。"上官婉儿疑惑着问道。

武则天信奉佛教，登基后下了一道禁屠令，禁止杀生。但影响的范围也仅限于中原地区，对以畜牧业为主而且距离洛阳很远的安西四镇来说，几乎没人遵守。

掌柜向四周看了看，大堂中只有少量客人，这才小声说道："这位姑娘有所不知，原来的价格并不高，不过，自打戍边人来了之后，情况就不同了，尤其是今年，双方的冲突更严重了，可能就是因为这件事，才影响了牛羊肉的价格。"

"什么冲突？"上官婉儿问道。

老侯吞下嘴里的羊肉，当他想到羊肉涨了一倍价格时，又把到了嗓子眼的肉返回到嘴里，细细地嚼了嚼，这才又咽了下去。

"这事儿可就说来话长了。"

"那你就和婉儿姑娘长话短说嘛！"老侯见刚才走的那桌客人还有些羊肉没吃，便伸手拿起一根骨头啃了起来，顺便把一碟剩得很多的菜端了过来。

掌柜又看了看四周，犹豫一阵后，叹了一口气，才缓缓道来。

……

月是故乡明。

若非必要，没人愿意背井离乡。洛阳和长安的人口已超过了百万，成为当时世界上少有的百万人口大城市，再加上拱卫都城的百万大军，物资消耗极大。在这个交通运输并不发达的时代，物资补给跟不上人口的急速增长，导致房价、物价飞涨。

为了缓解人口暴涨带来的压力，同时为刚刚收复的安西四镇增加务农人口，以便安西地区能够实现自产自足，武则天下了一道戍边令。

大量的农民、商人被迫来到安西四镇，在这片本不肥沃的土地上扎下根。中原地区以农耕文化为主，民众走到哪里就种到哪里。他们带来了大量的作物种子和种植技术，却苦于可耕种的土地很少。

但这并未难倒勤劳的中原人，他们开始大量开垦、改造土地，种上适合的种子，施肥、拔草、驱虫，眼见着粮食和其他经济作物一点点长大，等到秋收后，戍边农户就会有个好收成，官府有了大量的税收，实现安西都护府的自给自足。

想不到的是，戍边人的行为却触及了当地人的利益。

龟兹地区是一片较大的绿洲，水源较少，肥沃的绿草地面积不大，仅够当地的牧民放牧用。戍边人来了之后，开荒种地，把大量的草原变成了农田，牛羊、马匹没了草吃，牧民只好从戍边农户手里购买他们种植的草料。

原本不需要花钱的牧民现在却要花大价钱购买草料，加上戍边的洛阳商人又倒了一手，价格几乎翻了一倍，牧民们所购买的草料无法养活牲畜，大批的牲畜饿死，无奈之下，只得纵容牲畜啃食麦苗等作物。

农民见辛苦种的地被毁，一怒之下便聚集了很多同乡，把啃食麦苗的牲畜打死吃肉。龟兹当地的牧民本就民风彪悍，见牲畜被打死，哪肯罢休，纠集了一批人，一言不合便与戍边农民打了起来，最终还是县衙出面，这才平息了纷争。

大规模的纷争结束了，零零散散的纠纷却始终不断，县衙对于这种矛盾也不知该如何处理，只要不出人命就睁一只眼闭一只眼。戍边农民的地被毁了，本地牧民的牲畜没有草吃，饿死了大批的牛羊，双方谁都没占到便宜，斗了个两败俱伤。

好在朝廷为了稳住戍边民众的情绪，每年都会从洛阳运送大量粮食来，直到把安西四镇变成西北大粮仓。正是靠着这些粮食，龟兹等地的民众才算挨过了这几年。

第二十四章　迥异的父子

"牲畜少了，肉就一点点贵起来了。半个月前，肉价突然飞涨……唉，然后就是现在这个样子了。"掌柜苦着脸说道。

如果掌柜所说属实，那他还算是良心商家了。

上官婉儿看向吃相不雅的老侯。老侯抹了抹嘴上的油，犹豫后点了点头："掌柜说的大差不差。"

"怎么会这样？"上官婉儿小声嘀咕着。

从呈给武则天的奏折来看，戍边令执行得很好，戍边民众很快适应了安西地区的生活，并扎根下来，与当地人相处融洽，粮食产量呈逐年递增的趋势，畜牧业发展形势一片大好。可她现在听到的却与奏折完全相反，不但农业没做好，还影响了当地的畜牧业，戍边民众与牧民还发生了严重的纠纷，若放任不管，小纠纷会逐渐演化成农民和牧民的矛盾，甚至可能发生暴乱。

"人们手里没钱没粮没牲畜，我这大酒楼的生意也差了很多，你看看……"掌柜指了指空荡荡的大堂。

"衙门不是调解双方的矛盾了吗？"上官婉儿问道。

"戍边民众和当地牧民各自都有带头的，都是按照带头人的命令做事，有章法、有套路，而且从来不会闹出人命，因此衙门的调解只是象征性的。"掌柜说道。

"哎，我说掌柜，你可别瞎说，衙门可是下大力气调解双方矛盾了。"老侯拿着啃得光秃秃的羊骨头敲了敲桌子。

"是是是，要是没有衙门调解，龟兹早就血流成河了。不过……"掌柜欲言又止。

"不过什么？"上官婉儿问道。

掌柜叹了一口气，小声说道："戍边农户领头的那个听说死了，好像死得还很惨，现在农户们都认为是当地牧民搞的鬼，准备和他们大干一场呢，要不是这段时间县衙每日沿街巡查，怕是早就打起来了。"

上官婉儿心中一动，立刻问道："农户领头的叫什么？"

"杨维希。"

"那牧民这边的带头人呢？"上官婉儿急忙问道。

"闫知微闫大财主。"掌柜说道。

她心中预感很可能是闫家，得到的答案也正是闫家。照目前的线索来看，系列绑架案很可能和农牧之争有关，凶手有挑起农牧矛盾的作案动机。

"老侯，别吃了，下一个受害者很可能和闫家有关，咱们得马上去一趟闫家。"上官婉儿想到了让人厌烦的闫继业。

经过老侯无意中的提醒，如果凶手的犯罪预告是"羊"，那最大的可能就是龟兹最大的畜牧大户，也就是闫知微。

"啊……嗯……"老侯支支吾吾着，却不肯起身。

上官婉儿眼睛一瞪，但想了想，眼神又柔和起来："老侯大哥，有什么为难之处吗？"

老侯满脸苦相，急忙解释道："婉儿姑娘有所不知，我就是一个小小的捕快，这闫家的门槛比余东磊家的还高，咱们这样去，弄不好碰了钉子，伤了你的颜面。"

"你是公门中人，公事公办，再说了，咱们是为了保护下一个受害者，难不成他还能拒绝不成。走，去闫家。"上官婉儿不再理会老侯，率先走了出去。

"嗯……这……"老侯依然支支吾吾，与另外两名捕快兄弟大眼瞪小眼。

"愿意来的，每人赏五两银子。"上官婉儿已经走出酒楼。

两名捕快一愣，还没等老侯下命令，已经扔下手中的筷子，风一般地追了出去。

"嘿，这都什么人啊，见钱眼开，没钱就不去了吗？真是。"老侯迅速地和掌柜结了账，闪电般奔了出去，"等等我。"

……

余东磊的宅院堪比宰相的府邸，但比起闫家的宅院来说，就是小巫见大巫了。从闫家大院的围墙到正门，上官婉儿等人走了足足一炷香的时间。

闫家的管家虽没有余东磊的管家傲慢，却也是爱答不理，哪怕知道了绑匪的下一个目标很可能是闫家的大少爷闫继业，依然不紧不慢地说要禀报老爷之后才能定夺见和不见的事儿。

上官婉儿心中不禁一阵感慨，在平时，就算她想见高高在上的皇帝武则天，也不会这么麻烦，想不到的是，在这边陲小镇，以县衙办案人员的身份见一个有些钱财的土财主，却如此麻烦。

好在管家还算识时务，临走时把众人叫到门房等候，还特意吩咐了人准备了茶水和点心。

她在皇宫中吃的点心都是御膳房精心准备的，绝不是民间的点心可比。但闫家下人把点心端上来后，茶水和点心散发出来的香气却吸引了她。她拿起一块点心闻了闻，忍不住尝了一口，居然不比皇宫中的点心差，而且还有股独特的味道。

这一下更加引发了她的好奇心，她越发想见识一下这位闫大户。

等管家再次出现在众人面前时，他的态度谦逊了很多，几乎时刻都在弓着背，生怕自己站直了身高会超过上官婉儿，造成让人仰视的局面。

闫家宅院的布局也是采用最普通的三进院，但规模却大了很多。会客厅的面积很大，厅里的各个角落都点了蜡烛，把整个大厅照得很亮堂。厅中的陈设很朴素，但所用的木料皆为上乘，绝不是余东磊那一屋子的檀香木可比，甚至连大厅的门槛都是由极其罕见的蛇纹木制成。

刚一进大厅，就看到一名少女推着一个木制的轮椅迎了过来，轮椅上坐着一名中年人，他身上穿着粗布袍子，脸上尽是笑意，笑意中满是慈祥，给人如沐春风的感觉。

"老爷，这几位是县衙的捕快大人。"老管家向轮椅上的闫知微介绍着。

原本上官婉儿想要耍官威，但看到闫知微后，她之前积攒的怒气却烟消云散，对眼前的闫知微竟然还生出了好感，也许这就是人格魅力所致吧。

闫知微向上官婉儿抱了抱拳，一脸歉意地说道："草民双腿旧疾复发，行动不便，不能给各位大人行大礼，还请海涵才是。"

上官婉儿听了闫知微的话，眉头略微皱了皱，随后摆了摆手，说道："无妨，无妨，既是腿疾不便，礼数可不必在意。"

上官婉儿看向闫知微的靴子，发现靴子底部有些许的泥土。闫知微立刻感应到对方质疑的目光，苦笑一声道："诸位大人有所不知，前几年，我骑马时从马背上摔下来，这两条腿就废了，幸好咱们龟兹有个非常有名的余大夫，常年帮我调理这两条腿，要不，怕是只能躺在床榻上动都不能动了。"

众人落座后，几名下人端上来一些点心和茶水。上官婉儿看了一眼，点心与在门房品尝的又有所不同，显然要比之前的更好。

上官婉儿笑了笑，说道："我在神都洛阳也吃不到这么好吃的点心。"

这句话在普通人听来，是一句表扬的话，可闫知微听后，却脸色一变，急忙辩解道："这些都是在市场上买的，您吃惯了中原的点心，这西域做的点心只是别具风味罢了，比不了神都洛阳啊。如果几位捕快大人爱吃，我让人每天给衙门送过去。"

上官婉儿微微点头，说道："龟兹城中发生的两起绑架案，想必闫老爷知道吧？"

闫知微连忙抱了抱拳："凶案的事儿，草民也略有耳闻，刚才听老管家说，您怀疑凶手的下一个目标是我那不成才的儿子？"

"也可能是你。不过，我只是怀疑，并无实证。"上官婉儿说道。

"不管怎样，预防总没错。不瞒几位大人，我只有这么一个儿子，要是他出了问题，那就连给我这把老骨头送终的人都没有了。"闫知微说到这里，脸上显出一丝悲凉之意，随后又转向老管家，问道，"继业呢？"

老管家有些犹豫，走到闫知微身旁，耳语道："少爷去凤仙阁了，估计今晚都不能回来。"

闫知微脸色变得很难看，一拍轮椅扶手，哼了一声："怎么一天到晚都泡在那种地方，到了成婚的年龄不想着成家立业，却总是流连烟花之地，还不去把他给我叫回来。"

"这……少爷的脾气您也知道，我去怕是叫不回来。"

"这什么这，多去几个人，他不回来，就把他绑回来。"

得到闫知微如此严厉的命令，老管家这才离去。

上官婉儿一直在观察着闫知微，她总感觉在哪儿见过此人，却又想不起来。闫知微的声音也引起了她的兴趣，他的声音略带沙哑，而且是刻意地装出来的，绝非原本的声音。

"看闫老爷的面相，好像不是龟兹人。"上官婉儿问道。

龟兹以畜牧业为主，人们的日常饮食主要是牛羊肉、奶等，因此男性大多长着很长的胡须，身体健壮，而闫知微浑身上下的肉看起来松松垮垮的，脸上却一根胡子都没有，看起来更像是中原人士。

闫知微呵呵一笑，说道："我母亲是中原人士，我长得比较像我母亲。我看您有些面生，莫不是新上任的捕头？"

老侯连忙摆手，谦逊地说道："她叫婉儿，是我们队里新晋的捕快。"

闫知微连忙抱拳："原来是跟侯捕快一队的，失敬失敬，那以后要多照顾闫某的生意呀。"说罢，闫知微便向上官婉儿介绍起了他家的产业和龟兹的风土人情。

闫知微的语言组织能力很强，也懂得如何讲述才能吸引上官婉儿的注意。时间过得很快，当一阵急促的脚步声传来时，闫知微这才停了下来，看向客厅外。

"哎呀，老管家，你别催我，啥事儿那么急呀，老爷子身体不是好好的嘛，让我回来干啥。"闫继业的声音从外面传来，语气中带着一百个不愿意。

老管家哪敢多说话，只是在前面引着路，进了客厅施了礼，这才站到一旁。

闫知微看到闫继业身上并没有绳子捆着后，才松了一口气，说道："衙门的捕快大人怀疑你被绑匪盯上了，从现在开始，不准离开家门半步，直到衙门抓住凶手。"

"切。"闫继业不屑一顾地瞟了老侯几人一眼，当眼睛扫过上官婉儿时，眼神立刻猥琐起来。

他走到老侯等人面前，歪着嘴说道："衙门这帮饭桶除了吃拿卡要，还能干什么，居然指望着他们抓凶手。我有保镖随身保护，不需要衙门的人，再说，我的武功好着呢，三五个人也近不了身，谁敢打我的主意。"

"你胡说什么？"闫知微有些怒意，却碍于老侯等人在场不能发飙，只得不断地给闫继业使眼色。

闫继业贼心大贼胆小，上官婉儿的确漂亮，但毕竟是衙门的人，而且一个女人能当上捕快，肯定有很深的背景。他再有想法，也不敢轻易表露出来，遂把脸瞥向一旁，不再看上官婉儿，他走到闫知微身边，白了对方一眼，说道："要是没事儿，我就走了。"

好心当作驴肝肺。

上官婉儿本是想保护潜在的被害人，再伺机将凶手抓住，想不到的是，闫继业并不领情，反而把衙门狠狠地损了一顿，气得她脸都青了。

"那凶手厉害着呢，不让你出门，还不是为你好。"闫知微劝道。

闫继业一声冷笑："有本事他就来，半炷香之内，我打得他满地找牙。"

闫继业不屑一顾地看向闫知微，完全没有对父亲的敬畏之意。见父亲不再说话，他甩了甩袖子便离开大厅。

闫知微一声长叹，向上官婉儿抱拳施礼，表示歉意。

上官婉儿看了看闫继业离去的背影，若有所思地看了看面前的闫知微，她突然发现这对父子俩长得一点都不像，性格上更是差别巨大，闫知微处处表现得谦逊得体，而闫继业却是嚣张跋扈。

"不能和这等人一般见识。"上官婉儿内心说道，随后长呼一口气，向闫知微勉强笑了笑，"既然闫公子有高手保护，那我们也不必多事了，告辞。"

送走了上官婉儿，闫知微望着满天的星辰长长地叹了一口气。

"老爷，少爷他……"

闫知微挥了挥手，脸上露出轻蔑的神色："这个不争气的东西，就随他去吧。"

第二十五章　滴醋法

夜已深，龟兹城陷入一片黑暗和寂静中，只有凤仙阁和县衙还是灯火通明。凤仙阁是极尽享乐之地，尤其到了夜晚，更有许多男人在此倾泻欲望。而县衙中的众人，则是为了眼前的绑架案忙碌着。

上官婉儿把她画下来的杨维希遇害现场图卷平铺开来，拉着狄仁杰指着图说："我受到老侯大哥的启发，你看，这不就是一头刚刚宰杀的羊吗？我认为这就是凶手留给我们的线索，下起案件的目标正是龟兹当地养殖规模最大的牧民，以鲜血来画出羊的四肢，寓意着血光之灾。"

老侯听了上官婉儿的表扬有些得意。

狄仁杰看了看，却没有任何反应。

上官婉儿把狄仁杰拉到稍远一些的位置："爹，你离远点儿再看看。"

狄仁杰吸了一口凉气，从现在这个距离来看，画中的盐堆、死者头颅、伤口流出的鲜血还真像是一头羊。

上官婉儿脸上显出得意之色，接着说道："当地规模最大的畜牧大户就是闫知微，但闫知微有腿疾，几乎不出家门，身边也从不离人，因此被绑架的可能性不大，他儿子闫继业花天酒地，经常在外面过夜，又是独子，很可能成为凶手的下一个作案目标。可惜，我好心带人上门保护，人家却并不领情。"

狄仁杰看向捕快老侯。老侯反应很快，说道："卑职已经安排人盯着闫继业了。"

对于与闫家的接触过程，上官婉儿的叙述比较理性，老侯的补充则是添油加醋，吐沫星子乱飞，两人结合在一起，把拜访闫知微的场景详尽地还原了出来。

狄仁杰听后并未表态，反而陷入了沉思中。

在洛阳案中，凶手留下的线索很隐晦，靠猜是很难猜到的，连狄仁杰这般聪明的人物，十次都有八次是猜错的，大多情况都是案发后才会发现凶手所留的线索和案件有关，属于马后炮。

上官婉儿一次锁定两条线索，一条指向余东磊，另外一条指向畜牧户，至少加大了猜中的可能性。

余东磊现在关在大牢里，凶手有再大的能耐，也不会冒险劫狱。剩下的就是畜牧户，乍一看，范围的确很广。凶手留下的线索指向性较强，绝不会棍扫一片，将目标锁定在闫家也算不错。

不过恶魔之手狡猾凶狠，县衙的捕快和衙役武功和心智都不行，就算他们跟踪保护闫继业，怕也是白费，倒是闫继业的那两名随从，武功高强，也许还能帮闫继业躲过一劫。

想着想着，狄仁杰心中突然灵光闪现，向雷善明问道："雷捕头，第一起案件中的胡商是当地人还是戍边民众？"

雷善明立刻答道："胡商是当地人，经营着一家香料店，在龟兹算是规模比较大的了。"

"胡商与戍边民众有矛盾吗？"狄仁杰又问道。

雷善明说道："怀先生，龟兹就这么大，当地人大多都有联姻，而且很团结，一旦有事儿，没人会袖手旁观。胡商不是牧民，却是本地人。戍边民众中有很多是中原商人，他们脑子灵活，肯吃苦又抱团，很多胡商的买卖逐渐就不行了，遇害的胡商正是其中之一。因此，胡商也对戍边民众恨之入骨，与戍边民众的冲突也有他一份。"

"从目前的案情来看，此案很有可能与戍边民众和当地人的矛盾有关。第一个受害者是当地胡商，第二人是戍边民众的领头人杨维希……"上官婉儿说道。

狄仁杰微微摇头："有些对，也不完全对。"

上官婉儿白了狄仁杰一眼："那到底是对还是不对？"

"我的意思是你说的受害者范围是对的，但作案动机却有些问题。绑架案大多是为了利益，凶手挑起了农民和牧民之间的矛盾，龟兹地区民不聊生，那对他又有什么好处呢？所以，一定还有一个极特别的作案动机。"

"怀先生所说有道理。"老侯赞同道，但他看到上官婉儿难看的脸色后，话锋一转，"婉儿姑娘说的也有道理。"

"牧民和戍边民众矛盾这件事得重视起来，现阶段安西四镇的守军较少，吐蕃和西突厥虎视眈眈，双方一旦发生大规模的械斗，很可能会演化成暴乱，两国会趁虚而入，来争夺安西的控制权。战火一起，民不聊生啊。"狄仁杰语重心长地说道。

"明白，这事儿没问题，请怀先生放心，老侯，去安排一下。"雷善明给老侯使了个眼色，自己却没有要离开的意思。

老侯虽说有些不情愿，但也不敢公开违抗上级的命令，依依不舍地看了狄仁杰和上官婉儿一眼才离去。

"爹，你这里可有收获？"上官婉儿拿起桌案上的小糕点，闻了闻后眉头一皱，又放了回去。

还没等狄仁杰说话，雷善明便说道："怀先生可神了，用了一点点小手段，就查出了余东磊的靴底中有大量血迹，不过这厮还是抵死不承认，什么都不肯说。"

雷善明说到这里，兴致勃勃地看向狄仁杰，但狄仁杰却紧皱着眉头。

……

在仵作行业里，有种查验方法叫滴醋法。先用炭火将一个小型地窖烧红，再去除炭火，向地窖中泼入白酒三升、陈醋五升，趁着酒醋气蒸腾时，把需要查验的尸骨放入其中，以半干的茅草覆盖，一个时辰后取出尸骨，放在太阳下，以红伞遮住阳光观察尸骨，如果尸骨断处有红色血迹渗出，就代表着骨头是在死者生前被打断的，如果没有血迹渗出，就意味着是死后打断的，由此可以判断死者死因等。

滴醋法适用于尸骨，也就是尸体完全腐烂到骨架的状态。

狄仁杰断案一向讲究的是一法多用，他将此法运用到余东磊和刣猪人的靴子上。令人意想不到的是，刣猪人那双刷过的靴子没有血迹，余东磊的靴子却渗出了大量红色血迹。再以余东磊的靴子对比杨维希现场留下的脚印，几乎是吻合的。

　　加上从靴底找到的盐粒与案发现场的盐粒一致，余东磊又无法说清案发时间他去了哪里，也没人可以证明。他家境殷实，但不符合其职业收入，经过审问后，他只说其丰厚家产是继承了先祖的遗产，这种说辞明显站不住脚。

　　至此，余东磊有作案时间、作案的技术手段，至于作案动机，相信经过审问后就可以得到。

　　虽得到了想要的答案，狄仁杰却觉得有些不对劲儿。就像他们最初推测杨维希可能在大麻橿地，而凶手也算准了他们会去大麻橿地，这才弄了些毒蛇谋害他们。余东磊相关的线索来得过于简单，他又抵死不承认，弄不好这还是凶手设计好的陷阱，嫁祸给余东磊，带着狄仁杰等人兜圈子。同时还有一个疑惑，恶魔之手一向小心谨慎，在现场穿过的靴子，按说应该销毁才对，为什么只是清洗了靴底沾染的血迹？如果凶手是余东磊，以他的家产，他可以天天穿新的靴子，不至于一双作案穿的靴子还留着。

　　……

　　上官婉儿不懂滴醋法的原理，但听到有如此神奇的作用，暗暗称奇："既然是这样，无论他招供不招供，就把他关起来一段时间，如果再没案子发生，就代表他是凶手。"

　　"理是这么个理，但断案还是要讲究证据链的闭合。"狄仁杰说道。

　　"等我给这厮上个大刑，就不信他的骨头那么硬。"雷善明咬着牙说道。

　　狄仁杰摆了摆手："在没有确凿的证据之前，还是先不要轻易用刑，这样容易屈打成招。"

　　雷善明有些不服气，却碍于狄仁杰的面子不得不说道："明白。怀先生，既然咱们已锁定了余东磊为凶手，那劁猪人是不是可以放了？"

　　狄仁杰想了想，说道："可以。不过，还不能完全排除他的嫌疑，通知城门守卫，在案子没破之前，劁猪人绝不可离开龟兹城半步。"

　　"好。"见狄仁杰并未提出反对意见，雷善明松了一口气，给一旁的捕快使了个眼色。

　　捕快离开大堂，向县衙的客房走去，过不多时，便带着人再次来到大堂，当着雷善明的面，把口供给劁猪人看，劁猪人却连看都不看，只是按了手印便匆匆离开。

"爹，下一步怎么办？"上官婉儿问道。

狄仁杰心中也无太多的头绪，对于上官婉儿的问题，他不知道该如何回答。

一般来说，犯罪分子都有犯罪动机，可总有例外。洛阳案中，凶手犯案多起，哪怕按时付了赎金，人质也遭受了非人的虐待，最终导致幸存者终身残疾，有的甚至连生活都无法自理。

绑架案的动机大多都是为了钱，拿到钱后，绑匪就会按照约定释放人质，并保证人质安全。要是拿了钱，却不保证人质平安，再作案时，有谁还愿意拿钱赎人。

狄仁杰一直怀疑洛阳案中绑匪的动机不单单是为了赎金，甚至赎金可能只是附带动机，用来掩饰真正的动机。可惜的是，线索来得太快，凶手又武功高强，最终还是没能抓到活口进行审问。

眼前的龟兹案也与洛阳案有相同之处，但从胡商和杨维希两起案件的赎金来看，绑匪的作案动机绝不在赎金上。

雷善明见狄仁杰和上官婉儿都不说话，便悄然起身，冲着两人拜了拜，便退了下去，偌大的二堂上只剩下两人。

"不对劲儿，不对劲儿。"狄仁杰突然嘀咕着。

上官婉儿沉不住气，向狄仁杰看了看，见他并无异状，这才说道："什么不对劲儿，我看就你不对劲儿。"

狄仁杰耸了耸肩，说道："按照本朝的官员任用制度，戍边官员的能力要全面，军事、政治、通判、民生等都要涉猎，一旦戍边任职结束，大多数都会被委以重任。纵观县令齐大人对龟兹的治理，先是对戍民和牧民的矛盾调解不力，又把近期发生的恶性绑架案交给并不精通断案的雷善明负责，而齐大人则如同一个旁观者，除了在官场上的油滑之外，再无其他作为，这就很不对劲儿。"

狄仁杰早年当过几年御史中丞，弹劾官员一向不留情面，虽说现在年纪大了，火气小了不少，但胸中的那股正气依然没变，见到不作为的官员，免不了一顿责骂，只是目前他们的身份不敢暴露，有些事情还要借助齐县令的力量，这才未点破。

上官婉儿对官员的任用颇为了解，认同狄仁杰的看法，也有不同意见："做不做是一回事，有没有能力又是一回事。既然委任他来到龟兹，就说明他有能力，但因为某种原因，他却不愿去做。"

"你的意思是齐大人在装平庸？"

"大约是这样。"上官婉儿答道。

"有些道理，不过，一般来说，官员都会在任上好好表现，以图日后升迁，究竟是什么原因让一方父母官装平庸呢？"狄仁杰说话时，又看向上官婉儿左侧的位置。

上官婉儿预感狄仁杰又要出异状，急忙挥了挥手："哎，我在这儿呢。"

狄仁杰笑了笑，正要说话，却感觉一阵天旋地转，脸色一下子变得煞白，要不是及时地扶住座椅把手，会一下子瘫下去。

"狄大人，你脸色好差。"

狄仁杰急促地呼吸一阵，眩晕感才有所好转，忙说道："无碍，无碍。"

上官婉儿无奈地摇摇头："你呀，劳累过度，又不好好吃饭，就算铁打的身体也垮了。行了，今天案子就查到这儿，本大人请你吃个夜宵，好好补一补。"

经过上官婉儿这样一说，狄仁杰才觉得肚子里空空的，不时地发出一阵咕咕的声音，再想到案子还没破，随时还会有人被绑架杀害，便想拒绝对方的提议。

还没等狄仁杰开口，上官婉儿便洞悉了他的想法，抢着说道："你只是一个普通人，又不是神仙，能以风露为食，走吧。难不成堂堂的上官大人还请不动你这个下官大人不成？"

狄仁杰被上官婉儿的话逗笑了，心中的焦虑自然缓解了几分。

第二十六章　敞开心扉

龟兹人擅骑射，民风彪悍，却少有武功高强者。以雷善明的武功就算放眼整个江湖，也可以挤入顶流行列。他铁塔般的身材，哪怕只是走在路上，都会引起人们的注意。再加上他的来历神秘，民间就有了很多关于他的传说。

有的说他是战神转世，战力无双，如同霸王项羽一般，将来定是一方霸主。

有的说他是罗刹投胎，体内含有无穷煞气，一旦爆发，将引发一场罕世大灾。

说法各有不同，但都与他身形高大、武功高强有关。

无论是雷善明还是他的妻子水蓝，仿佛都对从前的经历讳莫如深，每当有人询问他们的来历时，水蓝的表现是警惕而紧张，雷善明则是一脸茫然。

龟兹地区所遵从的律法与大周律法不同，违法者比比皆是，县令齐大人苦于老侯等人形象不佳、武功一般，不能为衙门树威信、震慑民众，这才迫于需求起用了雷善明。若非如此，老侯这样的老油条才是捕头的最佳人选。

老侯油滑归油滑，该做的事儿会一板一眼地做好，安排好监视牧民和农民的动向后，这才准备回家休息。

"老侯大哥。"雷善明一向叫他老侯，从未如此叫过他。

老侯一愣，停住脚步，回头看看雷善明，笑着说道："雷捕头，你也别回县衙了，回家看看吧。"

雷善明长叹一声。

老侯很少听到雷善明叹气，这一声长叹也引起了他的好奇心："有啥可愁的。"

雷善明皱着眉头，看了看渐暗的天色，惆怅地说道："家家有本难念的经啊。"

老侯是精明人，一听就知道雷善明话里有话，便转身走到他身边，拍了拍他的肩膀："雷捕头，你这些天光顾着办案，吃住在衙门，衙门这伙食……唉，要不今晚去我家，咱们喝点？"

"好。"

老侯原本想着雷善明会不好意思，然后会带他去酒馆，也许还可以碰到出手大方的怀先生父女俩。想不到的是，雷善明竟一口答应了下来。

……

老侯的家和其他百姓的家没有太大的区别，妻子和其他的家庭妇女也没有区别，孩子们无忧无虑地玩儿着，仿佛有无穷无尽的精力，总之一切都普通得不能再普通。

老侯妻子见老侯把雷善明带回家，便将他拉到一旁，悄悄地问着："咋招待？这么大的个头，一个人的饭量顶咱们一家人吃的，杀一只鸡怕是不够吧？那几只鸡可都是下蛋的鸡，孩子上私塾的钱还指着它们'姐'几个呢。"

老侯咂了咂嘴，看了看在院子里找食吃的母鸡，挠了挠脑袋："我也没想到他这么实在呀，连客气都不客气一下……唉！"

雷善明并未在意两口子在一旁窃窃私语，反而像小孩子一般，兴致勃勃地观察着老母鸡啄食的过程。

"鸡……绝不能杀，你先把我那坛老酒打开，菜我来准备吧。"老侯终于下定了决心。

当雷善明坐在桌子旁时，映入他眼帘的只有一盘生花生和两只酒碗、一坛酒、两双筷子。老侯连忙赔笑着说道："仓促，太仓促了，也没啥准备，齐大人下了宵禁令，咱也不能带头违反规定上街去买菜呀。"

"呃……也对。"雷善明伸手抓向花生。

他俩是公门中人，衙门颁布的律法要带头遵守，对于没准备的解释，老侯已经给足了理由。

"咱们都是文明人，用筷子，用筷子。"老侯拿起筷子夹起几个花生豆放进嘴里。

雷善明伸向花生的手缩了回来，不情愿地拿起筷子。

老侯的意思很明显，要是用手抓花生，几把下去就见底了，用筷子吃得慢，这一盘花生足够支撑到把酒喝完。

"花生就酒，越喝越有，来吧，兄弟。"老侯端起碗向雷善明敬了敬酒。

雷善明心思单纯，并未想太多，端起酒干了一碗，不知是酿酒时的火候没掌握好，还是老侯存放时出了问题，酒里一股浓浓的酸味，雷善明连忙抓起一把花生放在嘴里嚼着，过了一阵，酒的酸味混合着生花生的味道随着一个饱嗝打了出来，无奈之下，只得再喝一口酸酒压压这股味道。

一口酒下肚，老侯的脸立刻红了起来："兄弟，有时候哥哥对你的态度不敬，你不会怪我吧？"

"哪里话，我这个捕头实际上就是一个名誉，真正的捕头是老侯大哥。"雷善明说道。

人人都爱听阿谀奉承的话，老侯是俗人，更不能例外。听到雷善明的话后，他兴奋得抓耳挠腮，又端起碗："你这话老哥爱听，哈哈哈。"

雷善明指了指老侯的酒碗："上一碗你还没喝完，不能端起碗喝一口就放下吧。"

老侯嘿嘿一笑，一口干了碗里的酒，又倒了半碗。雷善明虽说心思单纯，但在喝酒上绝不含糊，看到老侯只倒了一半，便拎起酒坛帮他倒满："这才像喝酒嘛。"

"哎哎哎，够了，够了。"老侯急忙劝着。

雷善明放下酒坛，环顾了四周，见老侯家里的摆设陈旧，也没有个像样的家具，不禁在心里叹了口气。

捕快在这个时代并不受人待见，在人们的印象中，捕快是吃拿卡要的代表，是穿了一身公门衣袍的地痞流氓，拿着衙门发的工钱，合法合理地做着比地痞还恶毒的事儿，就像赵老歪。但实际上，那只是捕快中的一小部分，也正是这一小部分败类，把整个行业的形象抹黑了。

老侯才是大部分捕快的代表，人前威风八面，实际上没有任何权力。干着脑袋别在裤腰带上的活儿，赚的钱只能勉强维持生计。起得比鸡早，睡得比狗晚，一旦有紧急情况，可能几天几夜都得不到休息，还没有任何加班工钱。要是赶上战争，一旦敌方军队冲进城来，捕快和衙役也是第一批被围剿的对象。

老侯哈出一口酒气，吧唧吧唧嘴："兄弟呀，老哥这辈子……"

说到这里，他的眼睛突然湿润起来，偷偷抹了抹眼泪，接着说道："年轻时我很穷，娶了你嫂子有了孩子后就更穷了，所以我才玩了命地打拼，拼了这么多年，我……我他妈……终于不年轻了。"

在衙门时，他们都戴着帽子，回家摘了帽子后，雷善明这才看到老侯有很多白头发，额头上的皱纹很深，显老了不少，不由得一阵心酸。

两人又为这世道、为各自的平凡生活干了一碗。

"老侯大哥，你也知道，我的能力仅限于武功，所以，衙门里的很多事都需要你来帮衬。兄弟不懂官场，也不懂人情世故，有时候说话得罪了你……"

"哎，兄弟你说哪里去了。其实人只要有一样厉害的本事就够了，单凭你这份武功，就足以纵横江湖，在这个小衙门里就职，也是委屈你了。我是啥都会，啥都懂，但一样都不精。断案赶不上怀先生，验尸赶不上仵作老赵，为官没有齐大人圆滑，武功比不上你。典型的干啥啥不行、吃啥啥没够。"老侯喝了一口闷酒，用筷子夹起一粒花生，放在嘴里嚼着。

听了老侯的话，雷善明皱起了眉头。他的武功不可能是凭空来的，一定有一个非常高明的师傅教他，可他却始终想不起来，他的记忆仅限于来到龟兹之后，之前的事儿一点都记不得了。从妻子水蓝的表现来看，她应该知道，却从来不说，仿佛是怕他知道一般。

"说到武功，你跟谁学的，这么厉害？"老侯旁敲侧击地问道。

雷善明看了看自己的双手，苦笑一声："我要说我自己也不知道，你信吗？"

"信，怎么不信。"老侯言语里透露着明显的不信，他的意思并不是好奇雷善明的师承是谁,而是想让雷善明有空教教他,也让他有一个傍身的技能,可雷善明心思单纯,根本听不懂老侯是话中有话。

人展现在人前的都是光鲜亮丽的一面,苦处、难处只有自己心里清楚。没人能够看透他人的全部生活,所看到的只是其人生的一小部分,所以才有了诸多光辉、诸多仰慕,也会产生诸多的不理解、诸多的矛盾。

不过,两人喝了这顿酒,话题聊开了,心思也敞开了,很多鸡毛蒜皮的事儿就算过去了。

"老哥呀,这世道,对你太不公平了。"雷善明把酒坛里最后一点酒倒了出来,和老侯的酒碗碰了一下,一饮而尽。

老侯苦笑一声,端起碗吧唧吧唧嘴,叹了一口气:"这世道本就是不公的,有些人出生在官宦、巨贾之家,有些人出身贫寒,有人天资聪慧,有人天生愚钝,有人一生中有诸多的机遇,有人却一辈子倒霉,就算世上真有公平,最多也是相对公平。"

雷善明思索后点点头:"有理。"

老侯把碗里的最后一滴酒倒进口中:"我们奋斗、努力、拼搏,甚至燃烧生命,就是为了换取那一份难能可贵的公平。"

雷善明听后颇有感触,端起空碗和老侯碰了一下:"老哥,咱就为了难能可贵的公平干一个。"

"好。"

不知不觉中,盘中的生花生只剩下最后一颗,两人的筷子几乎同时夹到,又同时撤了回来,示意对方来吃。

为了一颗生花生豆,两个大男人居然还谦让起来,他们几乎同时笑了,笑得很开心,笑出了眼泪。笑声未落,老侯妻子走了过来,同时走来的还有捕快虎子。

两人看到虎子脸上焦急的表情,就知道肯定是出事了。

第二十六章 敞开心扉

第二十七章　密室失踪

府衙下了宵禁令，遵守法令的大多是中原地区来的戍边民众，龟兹本地人并不以为意，该做生意做生意，该上街的上街，啥都没耽误。街市上车水马龙、热闹非凡，牧民们似乎见惯了人的生生死死，并未对发生的两起案件有任何恐惧。反而是从洛阳戍边来的民众，对当年的洛阳恶魔之手案有着很深的恐惧，就算县衙没下宵禁令，他们也不会在夜间出来走动，生怕一不小心着了绑匪的道。

"不是说下了宵禁令了吗，怎么还有这么多人，府衙的威望这么低吗？"上官婉儿好奇地问道。

安西四镇原本分别属于吐蕃和突厥，大周王孝杰大将军取得冷泉大捷后，再出兵巩固战果，最终收复安西地区，建立了以安西四镇为中心的军事体系。安西地区大多都是突厥人和吐蕃人，对大周律法并不认可，依然遵从着原有律法，因为当地人人数太多，县衙的重点任务是维护稳定，若强行推行大周律法，怕是会引发更大的矛盾。

"需要时间来磨合，毕竟是两种文化催生出来的文明。你看，出来走动的都是龟兹当地人。"狄仁杰说道。

"还真是。"

为了避免装束过于扎眼，两人换了一身龟兹人所穿的服装，遇到好吃的就停下来大快朵颐。上官婉儿在皇宫中吃的都是精细的食物，远不如民间的种类繁多、味道独特。

吃了一些食物，又喝了几大碗马奶酒，狄仁杰感觉身体内冒出一阵阵热意，汗水从全身各处冒了出来，身体通透了，精神也恢复了不少。

两人原本是朝廷官员，大部分时间都是一本正经的状态，很少像现在这样，没心没肺地吃着各种好吃的，欣赏着充满异域风情的夜景，这种状态在神都洛阳是绝对体会不到的。

他们正高兴地逛着街，却见雷善明带着两名捕快赶了过来，还未走到近前，便说道："怀先生，可找到你们了，闫继业在凤仙阁失踪了。"

"别急，慢慢说。"狄仁杰说道。

雷善明摆了摆手："事出紧急，我刚得到消息就来找您了，咱们边走边说。"

狄仁杰预感到事情有些不妙，和上官婉儿对视了一眼，点了点头。

……

上天欲毁灭一个人，必先令其疯狂。

闫家掌握着龟兹最大的牧场，拥有着最大规模的畜牧业，旗下还养着数千匹优良马匹，优良马匹是骑兵的基础，等同于随时可以建立起一支千人骑兵，这样的实力的确有嚣张的资本。

奇怪的是，作为家主的闫知微反而出奇地低调、谦逊，他的儿子闫继业则是依仗着家世嚣张跋扈，甚至屡屡做出藐视衙门的行为。

哪怕上官婉儿一再告诫，闫继业可能是绑架案的下一个目标，依然挡不住他的脚步。离开大厅后，他连自己的房间都没回，带着两名随从径直去了凤仙阁。

凤仙阁是龟兹地区规模最大、消费水平最高的青楼，能到这里消费的人绝不是普通百姓。凤仙阁巨大的大厅没有想象中的喧闹，反而是一阵悠扬的琴声充斥着整个空间，喝酒的客人们和陪酒的艺伎几乎都在窃窃私语，偶尔一声娇滴滴的撒娇声也不会显得突兀。

大厅的装修没有俗气的大红大绿，用的都是木料原本的颜色，整个空间散发着一股木材原有的香气。在周遭环境的影响下，一向嚣张惯了的闫继业突然变得斯文起来，安排了两名随从在大厅喝酒等候，自己点了一桌酒菜，找了两个相好的姑娘，到房间中饮酒作乐去了。

两名随从虽说担负着保护闫继业的任务，但谁会拒绝几名身材婀娜又懂风雅的女子陪酒呢。

闫继业爱喝酒，酒量却不行，一旦喝多了就头晕目眩，每次他来这儿都是简单喝两口，就呼呼大睡。闫继业看似痞气十足，但他长期缺少锻炼，是个外强中干之人。

奇怪的是，今天他房间中的蜡烛却一直亮着。看得路过的老鸨也纳了闷儿，心中暗道：这闫大少今天怎么没有早早休息呢？

好奇之心人皆有之。老鸨随即便用手指捅了一个小洞，眯着一只眼睛向窗子里面看去。

这一看不要紧，吓得她三魂丢了两魂。

房间中的蜡烛都亮着，桌子上的酒菜几乎没动过，两个姑娘被捆得如粽子一般，趴在床榻上，她们嘴里堵着布，身体不断地蠕动着，嘴里发出咿咿呜呜的声音，脸已经憋得通红，闫继业却不知去向。

"来人哪，出事啦！"老鸨的嗓音嘶哑，在安静的凤仙阁中格外刺耳。

最先到来的居然是闫继业的两名随从，等他们两人踹开房门冲了进去，青楼的打手们才陆续赶了过来。

"少爷，少爷。"两名随从翻遍了整个房间，甚至连小小的抽屉都没放过，依然没见到闫继业的影子。

老鸨进入房间后，手忙脚乱地解开两名姑娘身上的绳子，拿下堵嘴布。

一名随从立刻向她们问道："我家少爷呢？"

两名姑娘哭哭啼啼地抹着眼泪，两眼中尽是茫然，对随从的问题只是一味地摇着头，还不停地活动着麻木的手脚。

"少爷人到底去哪里了？"随从暴喝一声，吓得两名姑娘和老鸨差点跳起来。

"那么大声干吗？你看把她俩吓的。"老鸨用手中的手帕朝着随从挥了挥，表示着她的不满。

随从却并未理会，抽出钢刀架在一名姑娘的脖子上，眼睛中散发出凶光："快说，少爷呢？"

老鸨吓了一跳，看见随从动了真格的，也不敢再替两个姑娘说话，反而说道："你们快说呀，闫大少爷去哪了？"

被胁迫的姑娘更是吓得六神无主，只顾着哆嗦，哪还能回答问题。好在另外一个姑娘缓过神来，眨了几下眼睛说道："我们也不知道，刚才我俩陪少爷喝酒，只喝了一杯就困得厉害，再之后就什么都不知道了。等我们醒来时，发现被绑着，一动都不能动。"

"酒有问题。"随从向另外一名在房间翻找的随从使了个眼色。

另一名随从拿起酒壶，打开壶盖闻了闻，随后走到两名姑娘面前，倒了一杯，捏住那个哆哆嗦嗦的姑娘的嘴，给她灌了下去。

姑娘猝不及防地被灌了口酒，一些酒窜进了气管里，她剧烈地咳嗽着，眼见她的眼皮越来越沉，虽极力睁着眼睛，眼神却逐渐涣散，片刻后，她身体一软倒在床榻上，除了呼吸外，再没了动静，任凭随从如何呼唤，也不见醒转。

"酒果然有问题，很可能是恶魔之手绑了少爷。"随从转向凤仙阁的打手，说道，"你们快去封住各个出口，别让绑匪把少爷带出凤仙阁。"

打手们本就厌烦闫继业，但碍于他有钱，也舍得花钱，这才忍着。现在看闫继业出了事，谁会为他做事。因此打手们并未行动，只是拿着刀对着两名随从。

随从明白其中道理，他俩隶属于闫家，打手隶属于凤仙阁，人家没必要听他们的命令，遂转向老鸨："如果少爷在你这里被绑走，你们很难向衙门交代，更难向闫老爷交代。"

老鸨脸色变了又变，最后一跺脚，朝着打手们喊着："还不快去！"

打手们这才不情愿地散去，分头守住凤仙阁的各个出口。

两名随从是闫知微高价雇来保护闫继业的，眼见着雇主在眼皮子底下被人绑走，不但无法和闫老爷交代，以后在江湖上的名声也臭了，再想混江湖就没那么容易了。

"绑匪既然有备而来，怕是早就把少爷转移出去了，得赶紧向老爷禀报此事，尽早定夺。"随从向同伴说道。

"好，那你在这里守着，我回府上向老爷禀报。"

……

雷善明和老侯得到消息后便兵分两路，雷善明去寻找狄仁杰，老侯则是带着捕快们封锁了灯火通明的凤仙阁。

老鸨看到这阵仗，也知道今晚的事儿闹大了，几次想和老侯沟通，却被其他捕快阻拦到一旁，她只得在门口焦急地踱着步，看到雷善明和狄仁杰等人来了，急忙迎上前，又被两名捕快拦在一旁。

闫知微满脸焦急，却依然不失礼节，向雷善明等人抱了抱拳，说道："雷捕头，草民就这一个儿子，还请您竭尽全力营救他，要是真被那人绑架了，多少银两我都愿意出。"

狄仁杰听到闫知微的声音，见他年纪大，腿脚又不方便，加上儿子被恶魔之手绑架，心中生出可怜之意，便小声提醒雷善明："雷捕头，不如让闫老爷到大堂等候吧。"

雷善明点了点头，给值守的捕快使了个眼色。

闫知微原本是极其注重礼貌礼节的人，却对狄仁杰的好意没有任何回应，反而目光盯着街道拐角处。

此时，一名幽蓝色头发的女子正隐藏在街道拐角的阴影里，她尽量地控制着呼吸，目不转睛地看着凤仙阁方向。她正是雷善明的妻子水蓝，自打"绝地旱魃"一案后，她在万人坑附近救下了垂死的雷善明，经过她的细心照料，雷善明的身体恢复了正常，但由于爆炸的巨大冲击力，雷善明也失去了所有的记忆。

水蓝也是喜忧参半。喜的是雷善明忘记了风情万种的小露，也离开了处于政治旋涡中的狄仁杰。忧的是为了让雷善明不再回到原本的生活圈子，她必须离开洛水村，这就意味着她要失去洛神使者的身份，要独立谋生。而这些年的饭来张口的生活让她失去了谋生的能力，加上雷善明饭量巨大，以后的生存怕是会成为大问题。

好在有戍边政策在，这才求村正洛永宁帮她取得了戍边的机会，随同这批戍边民众来到龟兹。

雷善明凭借着数次行侠仗义得到了县衙的关注，最终凭借高强的武功当上了捕快，两人的生计问题得以解决。水蓝又利用自己的智慧帮助雷善明破获了数起案件，让他脱颖而出，最终在老捕头退休后成为新任捕头。

想不到的是，在雷善明刚上任不久，就遇到了十分棘手的"恶魔之手"案。水蓝之所以用激将法刺激雷善明，就是因为她的父母正是六年前洛阳恶魔之手案的受害者。

"但愿我是对的。"水蓝向灯火通明的凤仙阁看了一眼,眼神中带着些许的凌厉,随后她一个转身,消失在黑暗中。

闫知微的目光终于离开了水蓝消失的方向,松了一口气,向狄仁杰抱拳施礼:"多谢怀先生,闫福,咱们进去。"

闫福顺着闫知微的目光看了过去,但除了一片黑暗,再也看不到其他,只得推着闫知微进入大堂中。

第二十七章 密室失踪

第二十八章　勒索信

从闫知微的年纪来看，他应该是老来得子，对孩子溺爱得很，闫继业的嚣张跋扈充分体现了这一点，但无论如何，失去孩子的痛苦绝不是用语言可以形容的。

狄仁杰向老鸨和大堂中的伙计简单询问了几个问题，随后便和众人来到二楼的案发现场。

包厢的面积很大，外间是客人听小曲、饮酒吃菜的地方，里间的布置比较暧昧，墙上挂着的画大多与男欢女爱有关，只要看上一眼，就足以勾起男人的欲望。靠墙的位置有一张巨大的床榻，床榻的纱幔是粉红色的，被褥等是大红色的。里间和外间之间有木质的隔断，隔断下端是密实的木墙，木墙上的雕刻画也是不堪入目，上半部分是相对稀疏的格栅，这也是老鸨通过窗户洞能看到床榻的原因。

现场并未发现搏斗的痕迹，满满一桌子的酒菜几乎没动，盘碗的位置没有任何移动，筷子放在筷枕上，筷子头是干净的，三个酒盅里残留了些酒味，主位的椅子微微偏了一些。

房间大门的门闩断裂，一截挂在门上，一截落在距离门不远的地面上，门上还有一个清晰的脚印，脚印处的木料有些许塌陷，应该是随从踹开门的那脚所致。窗户的窗纸除了老鸨用手指捅破的那个洞之外，其余都是完整的，窗户从里面闩上了，窗闩没有破坏的痕迹。

"老鸨，这房间里可有密道、暗门之类的？"狄仁杰问道。

老鸨立刻答道："我说捕快大人啊，我这儿都是合法生意，又不是黑店，哪来的密道暗门。"

老侯会意，带着人把房间里的床榻和柜子都检查了一遍，并未发现密道暗门，又走到床榻前，给那名被随从灌了酒的艺伎搭了搭脉，顺便又在她身上摸了几把，揩了揩油："怀先生，她还昏迷着呢。"

门窗的闩都是从里面才能锁住，房间又没有密室和暗门，房间里虽有两名艺伎，但两人被结结实实地绑着，绳索的绑法很复杂，没有两人互相绑住对方的可能性。

这就意味着，这是一起密室失踪案！

凶手在酒里下了迷药，等闫继业三人喝下酒昏迷后，把两名艺伎绑好，放置于床榻上，再弄走闫继业，现在最难的问题在于凶手是用什么手法从密室中把人弄走的。

狄仁杰点了点头，问道："是谁帮着两名歌姬解开绳索的？"

老鸨立刻答道："是我。"

"你按照捆绑的方式再绑一遍。"狄仁杰说道。

老鸨眨了几下眼睛："大人，我解绳子的时候手忙脚乱的，没注意是怎么绑的……"

狄仁杰安抚着说道："没关系，你大约绑一下，帮我还原一下现场，以便破案。"

老鸨只好点点头，朝门外站着的青楼打手挥了挥手。打手转身离去，很快便把被绑的一名姑娘带来。老鸨尝试了几次，最终把绑好的姑娘推到狄仁杰面前："捕快大人，大约就是这样，只是原本绑得更紧些。"

狄仁杰点了点头："好啦，可以解开了。"

"密室，密室……"狄仁杰小声嘀咕着，突然他好像是想到了什么，向帮着姑娘解绳子的老鸨问道，"谁是最先发现房间里有异状的人？"

"也是我。"老鸨眼睛闪烁了一下，随后她把发现异状的过程又重复了一遍。

"然后呢？"

"然后我就喊人来帮忙，闫少爷的随从和凤仙阁的护院就来了，其中那位大爷一脚踹开房门，我们就冲进房间，发现闫少爷不见踪影，我们的两名姑娘被捆得结结实实。"老鸨指着闫继业的一名随从说道。

"在你发现房间里有异状,到有人来到这里的期间你做了什么?"狄仁杰盯着老鸨问道。

"我……我什么都没做,就一直通过这个窟窿向里面看着,我怕里面再出状况。"老鸨指着窟窿说道。

"你这里养狗了吧?"狄仁杰问道。

老鸨疑惑地点了点头。

"把这些菜都喂给狗,看看菜里面有没有蒙汗药。"狄仁杰吩咐道。

老鸨应了一声,不情愿地离开。

狄仁杰走到房门前,把断掉的那截门闩和在门上的半段对比了一下,几乎是严丝合缝,又把众人赶出房门,把门关上,在房间里走了一圈,他把自己模拟成凶手,看看在密室状态下能不能把闫继业绑架走,想了好多种方案,最终还是一一否定了:"门和门闩都没有问题,人是怎么消失在房间中的呢?"

世界上只有相对的密室,没有绝对的密室。凶手布置密室也一定有原因,是为了掩饰作案动机或是作案手段。但从目前的案子来看,要是恶魔之手绑架了闫继业,他没必要费这么大的劲儿弄出这么个密室来。

"故弄玄虚不符合恶魔之手的风格。"钟晓霞不知道什么时候站在狄仁杰身边,敲着窗户说道。

"这段时间你去哪里了?好像有一段时间你没来找我了。"狄仁杰语气中带着些责怪之意。

钟晓霞噘着嘴白了狄仁杰一眼,嗔怒道:"有上官大美人儿陪着,能写能画又有钱,我来了也是多余的那个。"

门外传来一阵脚步声,听声音应该是老鸨,果然,老鸨走到门口敲了敲门:"捕快大人,菜都喂狗了,狗子们都没事,菜里应该没下蒙汗药。"

"嗯,我知道了。"

狄仁杰转向钟晓霞,笑着叹了口气:"先说说案情吧,你有什么看法?"

钟晓霞走到桌子前,指了指桌子上的酒菜,说道:"其实你也看出来了,只是当着众人的面没说,现在就咱们两人,你胖你先说。"

"什么都瞒不过你。"狄仁杰走到桌子前,拿起酒壶倒了一杯酒,端起酒杯放在鼻子下闻了闻，说道，"闫继业的随从已经帮咱们验证过了，酒里的确有蒙汗药，第二次试酒的艺伎到现在还没醒过来。桌子上的菜一口未动，甚至连筷子都没摸一下。按照上官大人的说法，她去闫家时，闫继业已经在青楼了，既然闫继业已经在青楼了，就不可能干待着，在大厅中喝茶、嗑瓜子、听艺伎弹唱，这点我已经在楼下问了伙计，得到了证明。等他再次回到凤仙阁时，已到了晚饭时间，就点了一桌子酒菜，来到包厢中饮酒作乐……"

说到这里，狄仁杰伸手示意钟晓霞接着说下去。

钟晓霞点点头，说道："最可能在酒里下蒙汗药的环节有三：一是后厨，二是上菜的伙计，三是酒菜到了房间后，凶手潜入房间中下药。"

"没错，问题就出在这里。凶手是如何得知闫继业会喝酒的？如果今晚他不喝酒呢？"狄仁杰说道。

"菜里没有蒙汗药，如果不喝酒……"

"下蒙汗药的人对闫继业的一切习惯都非常熟悉。"狄仁杰说道。

"是他的两名随从？"钟晓霞惊道。

"根据大堂伙计的说辞，那两名随从来了之后就在大堂喝酒，凤仙阁的两名姑娘陪着，他们一直没离开过大堂。"

"还有一点，绑匪是如何把人弄出凤仙阁的？"钟晓霞问道。

哪怕是午夜子时，凤仙阁大堂进出的客人依然很多，加上一直站在大门口迎客的伙计，想把人光明正大地从大门口弄出去是绝不可能的。

"这点正是本案的核心所在，如果能勘破其手法，案子也就破了一大半了。"狄仁杰说道。

"如果是恶魔之手所为，他没在现场留下勒索信，就一定会给闫家送勒索信，只要围绕闫家布置一些人手，应该会有所收获。"钟晓霞说道。

"还有最后一个疑点，恶魔之手的目标是闫继业，把三人迷晕后，把他绑走即可，为何要把两名陪酒女人绑起来？"狄仁杰问道。

"刚才我看了老鸨还原的绑法，更像是某些变态嫖客的绑法。"钟晓霞说道。

狄仁杰歪着头想了一阵："也许是这样，如果闫继业……"

狄仁杰抬起头，正准备说下去，却发现钟晓霞已经不见踪影。他想说的是，如果闫继业既是绑匪也是受害者，自导自演了这场戏，也就能说得通此案的大部分疑点了。

他叹了一口气，推开房门，冲着雷善明等人说道："雷捕头，把凤仙阁的所有人都询问一遍，看看能不能发现一些线索。另外，在未确定闫继业是否被绑架之前，这个包厢需要封闭起来，任何人不得进入。"

老鸨立刻反对道："那怎么行啊？这样一搞，我的损失就大了，再说，这件事儿你们齐大人知道吗？他允许你们这样破坏民间经济吗？"

老鸨的这顶帽子扣得够大，又把县令齐大人搬了出来，让雷善明等人的行动有些迟疑。

楼下大堂等候的闫管家却发了声音："我家老爷说了，由此事造成的损失，闫家一赔三。"

老鸨听后立刻笑开了花，媚笑着说道："有闫老爷这句话，那就没什么问题了，嘿嘿，嘿嘿……问，随便问。"

狄仁杰等人又来到大堂，看着满脸焦急的闫知微，心中有些不忍，便劝道："目前还不能确定闫继业的失踪与恶魔之手有关。不过，咱们也要做好万全之策，我需要闫老爷的配合。"

闫知微急忙点头："要钱出钱，要人出人，只要让我儿子平安回来就好。"

……

不得不说，在如今的大周，钱几乎是万能的。衙门几乎出动了所有人，假扮成各行各业人士，围绕着闫府蹲点。可闫府实在太大了，只好动用了闫府的门客。好在闫家有钱，光是门客就养了几十人，这些人一部分随着衙役、捕快围绕在闫府蹲点，另外一部分人散布到全城，打听闫继业的下落。就这样，衙役、捕快、门客编织成一张大网，只要恶魔之手敢来送勒索信，定会被这张大网所捕获。

雷善明又安排了一些人手紧盯着戍边农户的动向，若真如上官婉儿所言，绑架案涉及农牧之争，绑架闫继业的很可能是戍边农户。

借着在闫府的会客厅等候的机会，狄仁杰向闫知微了解了一下闫家的情况。

闫知微并不否认农牧之争，但随着时间推移，双方的行为已经有所收敛，就算偶尔有些冲突，也不会动用武力，大部分冲突事件都是到衙门寻求审判，不太可能使用绑架杀人这种低级手段。

闫家在龟兹颇有势力，但闫知微为人低调、谦逊，很少与人有冲突。不过，闫继业嚣张跋扈，得罪的人不计其数，加上闫家富有，对闫继业动心思的人也不在少数，这也是闫知微花高价聘请两位武林人士保护闫继业的原因。

对于闫知微的相貌更像中原人这件事，狄仁杰也提出了疑问，闫知微的解释是其母亲是中原人，祖上原本是疏勒的畜牧大户，龟兹的牧业只是其家族的一小部分。

聊天过程中，闫知微不断地打着哈欠，眼泪鼻涕流了下来。老管家急忙向众人解释，说闫知微身体不好，稍劳累一些就会这样。随后，老管家不顾闫知微的阻拦，推着轮椅把闫知微送回房间休息，安顿好闫知微后，老管家才回到客厅。

时间过得很快，眼见着天边升起一道霞光。

小丫鬟推着一脸疲惫的闫知微又回到客厅，看他的状态，显然是没睡着。闫知微看向老管家，老管家叹了一口气，微微摇了摇头。

此时，外出探查消息的门客纷纷回府。令人惋惜的是，门客并未获得任何关于闫继业的消息，而守在闫府外围的人也没发现任何异常。

就在狄仁杰怀疑这起案件会不会是一起乌龙案时，闫继业的两名随从慌张地跑了进来，其中一人手上拿着一个信封。

"老爷，各位大人，我们在府上巡视时，在后门处发现了这个。"随从将信递给闫知微。

闫知微却并未接过来，反而看向狄仁杰。

狄仁杰点了点头，接过信件，小心翼翼地打开后，发现里面是一封信，信纸是普通的宣纸，上面是用毛笔写的字，字迹虽不算工整，却苍劲有力。

"两天筹集五百根金铤，换你儿子的命。"狄仁杰念着。

他对信上的字迹再熟悉不过，正是六年前恶魔之手案凶手的字迹！

第二十九章　本末倒置

老侯凑过来看了看，指着勒索信说道："这上面的笔迹和胡商案、杨维希案的是一致的。"

听到老侯这样说，闫知微脸色变得极为难看，双手也不停地抖了起来："各位大人，金铤我有，很快就能准备出来，你们一定要救继业呀。"

狄仁杰思索一番后，向闫知微道："好，闫老爷，那就请您按照绑匪的要求准备赎金。"随后他又转向随从，问道，"发现这封信的具体位置在哪儿？带我们去看看。"

随从看了一眼闫知微，得到他的同意后，才点点头，带着众人离开会客厅，向后院走去。

闫家的院子很大，绿植和建筑错落有致，风水布局应该是有高人指点。院子中不时地有巡逻的家丁护院经过，每三人为一组，每组家丁步伐整齐，甚至连拿着水火棍的姿态都是一样的，显然是经过严格训练才会如此。

后门虽不如前门雄伟，却也比一般人家的大门要大上很多，门两侧还有两间对称布局的门房，后门是两扇大门，内侧有一个半尺高的门槛。随从指了一处位置，说道："各位大人，这就是我们发现勒索信的地方。"

狄仁杰盯着随从问道："你确认是这里吗？"

随从毫不犹豫地答道："当然，有什么问题吗？"

狄仁杰一笑，摇了摇头："没问题，就是确认一下。"

说罢，他走出后门，向四周看了看。后门所在的街道人员稀少，有两三个小贩挑着担子沿街叫卖着，仔细观察之下，便可以发现小商贩是捕快和闫府门客假扮的。他叹了一口气，转身把后门关上了，拿出勒索信尝试从门缝中塞进去，但两扇大门几乎没有缝隙，没有塞进去的可能。另外，就算塞进去了，信件也会掉落在门缝附近，而不是随从所指的那个距离门缝很远的位置。

"凶犯一定有很高明的轻功，否则，就算是在夜里，在这样严密的防守之下，也很难把勒索信送进来。"上官婉儿说道。

狄仁杰听后看了看上官婉儿，把手上的信件交给她，说道："女儿，你尝试一下，看看能不能在不惊动任何人的情况下，把信件放在此处。"

上官婉儿一把接过信件："这大白天的，轻功再高也没用啊，又不可能比人的目光还快吧……"说完这句后，她看到狄仁杰用渴求的目光盯着她，心一软，说道："好吧，那我就尽力试试。"

衙门众人都知道上官婉儿轻功很高明，但对于这个任务，他们也觉得她不可能完成。

"哎，你们至少得散开吧，都站在这儿眼巴巴地盯着，我怎么悄无声息地送进来呀，做戏做足嘛。"上官婉儿挥了挥手。

"那咱们先回会客厅。"狄仁杰冲着雷善明等人使了个眼色。

"怀先生，我和老侯到外面转转，看看有没有收获。"雷善明说道，随后便带着老侯等人从后门离开。

……

偌大的会客厅中只剩下狄仁杰一人，他在空荡荡的大厅里走来走去，头脑却飞快地转着。

从龟兹案的线索来看，凶手的作案手法要比洛阳案高明很多，心思更加缜密，除了杨维希案中盐场留下的脚印外，再无其他线索可言。而闫继业绑架案更是增加了难度，在人口众多的凤仙阁包厢中把人绑走，而且还是案件中最难破解的密室失踪。

从勒索信的字迹来看，绑匪正是恶魔之手案的凶手。

不过最为怪异的是，当年洛阳恶魔之手案中，绑匪索要的赎金虽说很高，但还是在受害者家庭能承受的范围。龟兹的三个案子里，绑匪索要的赎金却高得离谱，胡商和杨维希的两个家庭绝对拿不出来。而目前的闫继业案中，虽说闫知微能拿得出五百根金铤，但五百根金铤的重量绝不是一个人可以拿得动的。和前两起案子一样，绑匪索要这么多金铤，看似贪心，实际目的却不是为了钱财。

绑架不是为了钱财，又是为了什么？难道真像上官婉儿所说的那样，为了制造农民和牧民之间的矛盾？

"我感觉这件案子有些奇怪，和前两起案件不太一样。"钟晓霞的声音从狄仁杰身后传来。

狄仁杰慢慢转过头，看到钟晓霞正站在会客厅的一个博古架旁，拿起一个瓷器欣赏着。

"你小心点，他家的东西都贵着呢，弄坏了咱可赔不起。"狄仁杰连忙走上前，接过瓷器，轻轻地放在博古架上。

钟晓霞哼了一声，背着手在会客厅中踱着步。

"你说，怎么和前两件案子不搭？"狄仁杰问道。

"我不相信你看不出来，按照你的行事风格，应该是时机不到，所以才不说，不过现在这里只有咱们两人，讨论一下也没什么吧。"

狄仁杰点点头，说道："我的确看出来了，但这只是推断，没有证据，也没形成结果，所以不说。恶魔之手是咱们的老对手了，他智商极高，反侦查能力很强，作案手段残忍，却从不故弄玄虚，比如眼前的密室失踪案。"

"密室失踪案看起来很玄，也只是对那些普通的捕快而言，对狄大人这样的神探，不但不玄，还会留下诸多破绽。"钟晓霞补充道。

"哈哈，有你的。没错，破绽之一就是那截断了的门闩。随从在外面踹开了门，门闩断了，门闩限木也会跟着受损，但我看过门闩限木，却没有损坏的痕迹。"狄仁杰说道。

"这就意味着有人先破坏了门闩，把断掉的那截门闩放在地面上，再把门虚掩上，伪造成密室。"钟晓霞问道。

"正是这样。踹门会发出很大的动静，因此嫌疑人在布置现场时，以某种手段将门闩弄断，这就能解释为什么门上只有一次踹过的痕迹。"

钟晓霞拉着狄仁杰来到会客厅的大门外，自己又走进房间中，把大门关上，插上门闩："你踹下试试。"

狄仁杰笑了笑，他知道钟晓霞的意思，遂用脚踹了一下，客厅的大门很结实，反弹力几乎让他站立不住。钟晓霞又把门闩拨开，又说道："你再试试。"

狄仁杰踹了一脚，门几乎不费力地打开了。

"如果你的分析正确，那么第二个问题就来了。门闩闩上和没闩上踹上去的感觉和力道是完全不同的，普通人都能分辨出来，那两名随从武功高强，不可能分辨不出来，也就是说，至少那名踹门的随从有所隐瞒。"钟晓霞说道。

狄仁杰点点头："保护的主人被人绑架了，保镖却有所隐瞒，这就非常奇怪了。"

钟晓霞接道："有没有可能这件事就是闫继业搞出来的？"

狄仁杰思索一阵，说道："之前在现场时我就想和你说这事儿，可你一转眼不知去哪了。有这种可能，不过，闫继业背后一定还有高人，绝不是闫继业自己弄出来的。闫继业是个以自我为中心的人，这种人只顾着自己的感受，很少会为其他人考虑，做事往往不够缜密，很难谋划出如此复杂的案件。"

"难道他真的被恶魔之手绑架了？"

狄仁杰点了点头，又摇了摇头，正要说话，却听见上官婉儿的声音从院子里传来："爹。"

一旦上官婉儿出现，钟晓霞必然会离去，狄仁杰环顾四周，果然不见了钟晓霞，他叹了一口气，走出会客厅，正遇到走来的上官婉儿和雷善明、老侯等人。

从上官婉儿有些沮丧的神色来看，她放置勒索信的任务一定是失败了。

她摇了摇头，把勒索信递给狄仁杰："闫府四周都有暗哨，加上府中巡逻的家丁，哪怕在夜间，也无法悄无声息地把勒索信放到那个位置，至少我不能。"

上官婉儿轻功卓绝，几乎可以与齐灵芷、袁客师、汪远洋等人并肩，连她都做不到，凶手是如何把勒索信送进来的呢？

"婉儿尝试了四次，都有兄弟看到了。"老侯说道。

"也许绑匪的轻功更高，还有可能拥有东瀛忍者隐身术之类的功夫，总之，婉儿的尝试只是尝试，不成功不代表绑匪做不到。"雷善明说道。

"你是如何知道有东瀛忍者隐身术这门功夫的？"狄仁杰立刻问道。

狄仁杰的第二任卫队长汪远洋轻功极高，早年游历江湖时，和一位东瀛忍者交换了功夫，学到了忍者隐身的功夫，但这门功夫极难练成，连天分极高的袁客师也只是略窥门径，江湖上知道这门功夫的人少之又少。雷善明早年追随狄仁杰时，汪远洋曾经指点过他，现在雷善明顺嘴说出了隐身术，这说明那些记忆还残存在他的脑海中。

"呃……这……"雷善明皱着眉头，急速地眨着眼睛，想了好一阵却还是没想出来，只好说道，"好像……这词就在我脑子里，我下意识地说了出来，至于出处，我想不起来了。"

狄仁杰有些失望："没关系，我就是那么一问。咱们还是以破案为主，免得本末倒置……"

狄仁杰说到这里，突然整个人定住了一般，嘴里不停地念叨着："本末倒置，本末倒置，凶手就是让我们本末倒置……"

"怀先生，您想到了什么？"老侯问道。

"和洛阳案一样，凶手这样做就是为了牵着咱们的鼻子走，让咱们本末倒置，只顾着眼前的闫继业失踪案，疏忽了之前的两宗案件，以及已经抓到的嫌疑人余东磊。"狄仁杰分析道。

"余东磊？"上官婉儿疑惑道。

"也许你分析得对，在杨维希案中，凶手留下了两重线索，其中一重指向最大的畜牧户闫家，他身上的细小伤口指向的是大夫余东磊。"狄仁杰说道。

"怀先生，那我们接下来该怎么办？"雷善明问道。

狄仁杰长吁出一口气："余东磊既是凶手，也是下一名受害者，快回县衙！"

第三十章　调虎离山

人一旦起了贪念，欲望就会变得无穷无尽。

余东磊从来没想过自己会身陷囹圄，更没想到平日里对他唯唯诺诺的妻子和老实听话的管家居然对他不管不问，这比被捕快们抓起来还要让他难受。

他在房间里踱来踱去，不时地走到门前，通过门缝向外面看着。

两名看守他的衙役面对着软禁他的房间坐着，看到他在门缝中偷窥，便警惕起来，手不由自主地摸着放在地上的水火棍。

他叹了一口气，看着桌子上已经凉了的四菜一汤发愣。作为龟兹最有名的大夫，他何曾受过如此对待。为了表明清白，自打他被关进这间屋子后，他就滴水未进，以绝食的形式默默地对抗着。

人是铁饭是钢，更何况余东磊平日里养尊处优，一顿不吃倒也罢了，连续两天不吃饭，他早就饿得内心发慌，整个人都感觉有些不好。

"得了，吃一口吧，还不知道什么时候能回家。"余东磊坐到桌子旁，拿起了筷子吃了两口，菜是家常菜，但味道还算不错，绝不是县衙的厨子能做出来的，又拿起一旁的酒壶，打开盖子闻了闻，一股药材的香气扑面而来。

"参酒！"余东磊常年接触药材，一下便闻出酒是泡了人参的，他斟了一杯酒，慢慢地品尝着。

他嘴角露出了笑容，他知道这种档次的酒菜绝不可能是县衙准备的。

"哎呀，三百年的人参、五十年的女儿红陈酿，不错不错，用这种方式来表明心意，还真是难得。人生难得几回醉，喝他奶奶的。"他仿佛看到自己被无罪释放的那一刻，心情大好，端起酒壶向口中灌去。

不知是喝得太快，还是泡了人参的酒劲儿太大，他感觉眼皮子有些沉重，甚至听见了自己心脏跳动的声音，于是就趴在桌子上，头歪向一边："这酒劲儿真大，先睡一会儿，也许，醒来的时候，一切都会回到原来的样子。"

余东磊平时很注意保养，胖瘦正合适，睡觉从不打鼾，可今天他的鼾声却出乎意料地响，连在院子里看守的衙役也开始厌烦越来越响的鼾声，出声咒骂着他，还走到门口，用水火棍用力地敲着门，想把他弄醒。

可余东磊的鼾声却越来越响，但每个鼾声之间的间距也越来越长……

在狄仁杰等人的催促下，两名衙役打开了房门。

"余大夫这呼噜打得可响着呢，弄得人心烦气躁的，这会儿消停不少了。"其中一名衙役牢发着骚。

房间中充满了浓重的酒气，其中还夹杂着人参的味道。狄仁杰抽了抽鼻子，皱着眉头嘀咕着："参酒！"

上官婉儿也听出了不对劲儿。余东磊是作为嫌疑犯被软禁在客房的，能给口吃的就不错了，怎么可能准备这么贵的酒和四菜一汤！

"哎，赶紧起来，起来！"老侯上前推了推余东磊。余东磊的身子很软，被老侯一推，就从凳子上滑了下来，倒在地上，只见他面色发青，嘴唇和下眼睑已经有了发绀现象，呼吸非常微弱，喘气时会微微地张开嘴，但进出的气流量非常小。

"不好，他快要窒息了。"狄仁杰摸了摸他的喉咙处，随后从怀里掏出银针，迅速地扎在七处穴道上。

上官婉儿看到狄仁杰施展出银针渡命术后心中一慌，忙看向其他人，见众人并未有任何异常，这才松了一口气。

"不久前还好好的，怎么这样了！"一名看守的衙役惊道。

"快去请郎中！"狄仁杰急忙说道。

雷善明冲着一名衙役使了个眼色，衙役立刻奔跑着离去。

"怀先生，他怎么样？"老侯上前探了探余东磊的气息，发现气息极弱，且呼出来的气息是冰凉的，心中暗道不好。

狄仁杰摇了摇头："他呼吸受阻过久，就算现在能救他一条命，怕是大脑也会受到影响，永远醒不过来。"

"那就是既活着又不能动的状态！"老侯听到狄仁杰的话后打了一个寒颤。

人能健康地活着无疑是幸福的，如果是无疾而终，也是幸福的，不死不活是一种让人无法理解的状态，会令人极度恐惧，哪怕只是听听，也会感到一阵心寒。

县衙附近就有一家医馆，很快，衙役便带着郎中来到客房。郎中看到病人是余东磊后，叹了一口气。

大夫精通医理，救死扶伤，却也有生老病死。

郎中为余东磊把了把脉，又扒开他的眼睛看了一阵，连药箱都没打开，便向雷善明摇了摇头："脉象和气息极弱，命不久矣，让家人准备后事吧。抱歉，抱歉！"

说完话，郎中背起药箱头也不回地离开了客房。

狄仁杰看向两名看守的衙役，问道："在你们看守期间，有没有什么怪事发生？"

一名衙役急速地眨了眨眼睛，皱着眉头说道："怀先生，让你这样一问，我还真想起一件事来。"

"快说，别卖关子。"老侯有些着急。

"自打他被关进来后，就一直不吃不喝，这事儿看守的兄弟们都知道。他家人一直没出现，直到今天早上，我和亮子来换班后，大门值守的兄弟说余东磊的家人来给他送饭。来送饭的是他的管家，管家一句话都没说，把饭菜放在院里的石凳子上就离开了。"衙役说道。

"你认识余府的管家吗？"狄仁杰问道。

衙役立刻答道："认识，那老头儿依仗着余东磊高傲得很，大部分去他家找余东磊看病的人都忘不了那张冷脸。"

"然后你们就把饭菜给他送了进去？"狄仁杰盯着衙役问道，眼神中满是质疑。

按说在押的嫌疑人无论行动、吃喝都要受到限制，不应该接受外部送来的食物，哪怕是家人送的也不行。

衙役支支吾吾不敢说话。雷善明却一把抓过他的脖领子，厉声问道："到底是不是？"

衙役吓得六神无主，哆哆嗦嗦地从怀里掏出一些散碎银两："头儿，您别急，收人事的又不是光我一个人。"

说罢，他还看了看老侯。

另外一名衙役也从怀里掏出一些散碎银两，放在桌上。

老侯眼睛一瞪："你说话就说话，看我干什么！"

"家人来给嫌疑人送饭而已，谁能想到会出这种事！"一名衙役嘀咕着，显然对雷善明的暴怒有些不满。

众人正说着话，却见余东磊的身体剧烈抽搐了几下，他睁大双眼，身体尽力地向上拱着，张大嘴巴使劲儿地吸气，胸部已扩张到最大，却还嫌不够，双手在地上不停地抓着，却因为地面是青砖石，并未抓到任何东西，最后双腿一蹬，一口余气缓缓地吐了出来，像一只漏气的麻袋，整个人瘫软下来，便再无动静。狄仁杰急忙上前查看，探过鼻息摸过脉后，向雷善明说道："叫仵作老赵来，老侯，劳烦你带几名兄弟跑一趟余府，查证一下余府管家给余东磊送饭一事，如有异常，把人拘到县衙来，免得再生意外。另外，仔细地对余府进行搜查，寻找一切与本案有关的线索。"

仵作老赵无异于死神，只有成为尸体，才有资格见到他。

……

自打上次观看验尸以来，上官婉儿就见不得血腥，老赵一来，她就随便找了一个借口离开客房。仵作老赵先是确认了余东磊的死亡，又得到雷善明肯定的答复后才动手验尸。

古人对尸体的完整是极为看重的，要是没有苦主的同意，擅自动了尸体，便是违反大周律例中的侮辱尸体罪，轻则发配充军，重则面临牢狱之灾。

老赵的手是极为神奇的，因为饮酒过量的缘故，他的手一直在抖动着，可一旦手上多了柄锋利的刀，便奇迹般地稳起来。

由于余东磊刚刚死去，尸体还未产生尸僵，身体还是温热的。他的嘴唇呈现紫色，手指甲根部也有发绀现象，他的手细嫩，显然是保养比较得当，除了左手小手指留着指甲外，其余手指指甲修剪得非常圆润，想必是大夫需要经常给病患把脉，要是指甲过长，会伤了病患的皮肤。

余东磊的心、肺、肝等部位呈现紫黑色，应该是长期缺氧导致的脏器衰竭。以手探摸喉部，发现喉头部分有水肿现象，切开喉部，发现喉部水肿得非常严重，压迫了气管和血管，令其呼吸困难、血流受阻，很快便进入深度昏迷状态，进而导致五脏六腑受到损伤，最终因脏器和大脑衰竭而死。

老赵以银针刺入余东磊的五脏六腑，以及喉部和头部，银针并无变黑迹象，又验看了管家送来的酒菜，并把酒菜混合了其他粮食喂给鸡，观察了一段时间后，鸡却没有中毒迹象，意味着酒菜中并无致人死命的剧毒。

对于死者喉部肿胀一事，老赵却说不出原因，给出的结论是身体病变导致的喉咙肿胀，死亡性质定义为因病死亡，而非谋杀。由于死因明显，老赵很快完成了验尸任务，迅速地缝合了尸体后，双手又开始哆嗦起来，他不停地摆动着头部，低声说着："不好办，不好办。"

狄仁杰显然不满意老赵给出的结果。余东磊涉及谋杀杨维希被抓捕，证据确凿，只要经过审问得了口供便可以定罪，却正巧在此时死了，又死得这么蹊跷。

"你嘀咕什么呢！"雷善明本就对老赵不满，见他叨叨咕咕没完没了，心火瞬间冒了上来。

哪怕已经定了余东磊的罪，没到问斩的时辰，人也不能死。要是提前死在监牢里，狱丞、狱卒等人都会受到牵连。如若犯人的家属死缠不放，怕是要吃官司。

狄仁杰断案无数，什么样的案子和人都见过，自然明白老赵的话。但从目前验尸的情况来看，余东磊在被软禁期间病死，就算不用坐牢，也要赔银子了事。

老赵指着狄仁杰嘿嘿地笑："雷捕头不明白，但怀先生明白，怀先生明白……"

雷善明想知道老赵究竟是什么意思,但狄仁杰不说,他也不能再问,只得在老赵身上下功夫,便拉着他离开。

"如果是恶魔之手做的,一定会在尸体处留下线索,可线索是什么呢?"狄仁杰内心已经认定是恶魔之手谋杀了余东磊,遂看向桌子上的酒菜,因需要验证酒菜中是否有其他毒,取了其中一些喂鸡,菜还剩下大半。

狄仁杰拿起酒壶仔细地检查着,并未发现酒壶有任何问题,拿起筷子在菜里拨弄了几下,也没发现问题,端起碗和木盘检查,碗是普通的碗,木盘也是普通的木盘,没有任何异状。

"线索呢?不应该呀,难不成真像老赵说的那样,是因病身亡?"狄仁杰环顾着四周。

自打余东磊被软禁在客房中,就没人接触过他,除了县衙提供的吃喝,就只有这些酒菜是外来物,也就是说,恶魔之手留下的线索一定在酒菜里。

"哼哼,看来狄仁杰也有不认真的时候。"钟晓霞不知什么时候又出现在狄仁杰身后。

第三十一章　过敏原

狄仁杰断案除了凭借超强的逻辑推理能力，还有一条就是认真。但他毕竟是人，是人就有犯错的时候，再认真也可能有疏忽之处。

狄仁杰从来都是正视自己的错误，他摊了摊手："那就请钟晓霞神捕指点一下喽。"

"没问题。"钟晓霞拿起筷子，把碗和碟子里的菜一样样地挑出来，逐一放在木盘中，菜中的每样食材都整齐地放在一起，远远看去就好像一幅美妙的艺术品一般。突然，她眼睛一亮，筷子夹着一个黄色的东西："你看这是什么？"

要是一般人，定是分辨不出究竟是什么东西，但狄仁杰却一眼就看出黄色的东西正是恶魔之手的花蕊部分。

细腻的活儿还是女人干得好，经过钟晓霞一个时辰的耐心拼凑，一朵破碎不完整的恶魔之手呈现在眼前。

"怎么样？"钟晓霞得意地看着狄仁杰。

狄仁杰连忙向她抱拳施礼："原来凶手把恶魔之手放进那道炖菜里。哎呀，还是钟晓霞神捕厉害，狄仁杰甘拜下风。"

"油嘴滑舌。"

狄仁杰俯下身子，眼睛几乎快要贴在恶魔之手上，他看了一阵，说道："花和整道菜混在一起，时间久了泡烂了，这有什么寓意呢？"

"放在最底部可以既不让吃菜的余东磊发现，又可以在事后让我们发现，当然，不细心的捕快除外。"钟晓霞分析道。

狄仁杰知道钟晓霞是在说他，只得尴尬地轻咳两声："如果余东磊吃这道菜时，发现了恶魔之手会怎样？"

"余东磊是绑匪之一，如果发现恶魔之手的话，一定知道他的同伙要害他，那他就会有所防备。"钟晓霞答道。

"这就意味着凶手知道余东磊吃东西时的习惯，哪怕在很饿的情况下，每道菜只是象征性地吃上几口，绝不会吃到盘底。"狄仁杰说道。

"这样说来，凶手还不是一般地熟悉他，所以……你认为可能是他夫人或者管家？"钟晓霞问道。

"不像，不像。"

钟晓霞绕到狄仁杰面前，歪着头看他。

"洛阳恶魔之手案中，我一直怀疑绑匪不是一个人，而是一个团伙，团伙中分工明确，有负责绑架人质的，有负责设计杀人质布局的，有负责处理赎金，有负责消除作案痕迹的。可惜的是，由于线人提供的线索，案子破得太快，相信咱们追捕的那人，应该只是团伙的成员之一。"狄仁杰说道。

"你的意思是恶魔之手是一个庞大的团队，就像地支组织那样？而余东磊只是其中之一？"钟晓霞问道。

"否则，只凭他开医馆的买卖，不可能积攒那么多银两。"

"当年咱们抓捕那名嫌疑人时，团伙中的其他人得到信息，一哄而散，随着戍边民众一同来到了龟兹，并在这里生活下来。如果按照这个说法，那前两个被害人胡商和杨维希，也有可能是恶魔之手组织的成员之一。"钟晓霞说道。

狄仁杰点点头，说道："不排除这个可能。也许是他们之间出了什么问题，让他们反目成仇，遂逐一对成员进行灭口。另外上官大人分析得也有些道理，这……"

上官婉儿通过胡商和杨维希的身份，分析得到案件可能涉及"农牧之争"的结论。但随着余东磊的死亡，又把线索指向恶魔之手组织内讧导致的灭口。

"也许你们都对，但都只说对了其中一部分。"钟晓霞说道。

狄仁杰想了好一阵，想得脑袋晕乎乎的，便挥了挥手，说道："先不想作案动机的事儿，咱们探讨一下余东磊的死因。"

"老赵不是得出结论了吗，是喉咙肿胀压迫了气管和血管，导致呼吸衰竭，五脏六腑和大脑损伤致人死亡。"钟晓霞说道。

"余东磊是大夫，平时要是有这种病，自己就治了，何必等到死亡的地步。"狄仁杰说道。

"能引发喉咙水肿的原因并不多。"钟晓霞说道。

狄仁杰想了一阵，说道："也许是对某些物品过敏导致的喉部肿胀。"

"过敏？"

狄仁杰解释道："就是过度敏感。比如有人吃了某种很普通的食物，比如海鲜，浑身起了红疹子，严重的可能会昏迷，甚至会死亡，这种病例我在太医院见多了。每个人的过敏原有所不同，比如有人在春天时对花粉过敏，就会不停地打喷嚏、流鼻涕。"

"可以去问问余东磊的家人。"

"嗯，也好。老侯到余府讯问只是例行讯问，怕是问不出个究竟来，也许咱们应该带着这些菜和恶魔之手去余府。"狄仁杰说道。

"真有你的。"钟晓霞说道。

狄仁杰转身向外走去："端着菜，咱走着。"

他打开门走了几步后，却并未听到钟晓霞跟上来的脚步声，回头一看，客房内并无他人。他揉了揉眼睛，看了看四周，发现也没有任何人后，这才无奈地走回客房，把酒菜放在盘子上，小心翼翼地托着向外走去，还没等出门，便见老侯从远处走来。

"怀先生，您得亲自去一趟余东磊府，有大发现。"老侯气喘吁吁地说道，当他看到狄仁杰端着的木盘上放着一朵破碎的油腻腻的恶魔之手时，眼睛瞪得溜圆，"这……这……"

"余东磊的死也是恶魔之手的杰作。"

……

五万两银子对于寻常百姓而言，已经是一笔巨款。但和余东磊密室中的财富相比，就是小巫见大巫了。

密室的面积很大，除了入口的那面墙之外，其余墙都附着一个巨大的木架子，木架子上面摆满了金锭，在地中央还有若干个质地极好的箱子，打开箱子后，里面是发出迷人色彩的珠宝和古董等物。

余东磊夫人目瞪口呆地看着满屋子的金银珠宝，久久不能回过神来。她嫁给余东磊六年有余，却不知道这间密室，更不知道他居然有这么多金银珠宝。

"这人好可怕！"余东磊夫人低声念叨着。

趁着老侯等人清点金锭时，狄仁杰问道："余夫人，这间密室你不知道吗？"

余东磊夫人摇摇头："这间密室是从书房进入的，书房在我们家属于禁地，只有当家的一个人可以进。有一次，孩子在玩耍时无意中进入书房，被他好一顿毒打，要不是我拼命拦着，怕是孩子会被他当场打死。从那以后，只要是他不允许我们进的地方，我们绝不会去。"

"还有什么地方不让你们去？"上官婉儿听出余夫人的话里有话。

"后花园的水池中有个湖心岛，岛上还有一间小型宅院，围墙很高，那里也是不让我们靠近的，每次当家的都是自己撑船上去。"

湖心岛！

龟兹地区属于绿洲，水源少得可怜，想不到在余东磊府上居然有个湖，这得花多少银两才能实现。

"你们是什么时候来这里定居的？"狄仁杰问道。

余夫人犹豫了一下，说道："六年前，不过我也是六年前嫁给他的。"

"那夫人……"

"哦，我是随着第二批戍边民众来到这里的，旅途劳顿再加上着急上火，我父母还未等安顿下来，便得了一场大病去世了，只剩下我和我叔叔……我叔叔就是我们的管家。"余夫人说道。

老侯放下一块金锭，向狄仁杰说道："怀先生，老管家死活都不承认那些酒菜是他送去的，倔得很，虎子正在客厅审着呢。"

"这点我可以证明，我叔叔真没给他送任何东西，自打他被抓以来，我和叔叔一直没离开过府上，再说，这些菜一闻就知道是酒楼做出来的，一般家庭哪能做出这种味道的菜来。"余夫人指着木托盘中的菜解释道。

"你不能为你叔叔证明任何事，因为你们是亲属。"老侯反驳着。

"余东磊是第一批戍边民众吗？"狄仁杰急忙岔开话题。

余夫人想了想，说道："应该是，我认识他时，这间宅子还只有前院，后院是另外一户人家，我搬进这里后，他又花钱买了那家的宅子，改造成后花园。"

狄仁杰朝着老侯使了使眼色，随后说："余夫人请继续。"

余夫人点点头，说道："下葬父母后，我和叔叔已经身无分文，分到的田地又不理想，官府又没有任何救济，我和叔叔差点饿死。好在当家的收留了我们俩，叔叔给他当管家，我在后厨做饭，有时候也会帮他洗衣服和收拾卫生。后来，叔叔见他是单身一个人，便撺掇了我俩的婚事。"

"我看你和余东磊的感情并不是很好。"上官婉儿的直言不讳让余夫人有些猝不及防。

余东磊夫人神色黯然下来，眼圈有些发红，过了好一阵儿才说道："除了新婚的那几天，我们都是分居的，我和叔叔只能住在偏房中，哪怕是后来生了孩子，情况也没有任何改善。所以，看似我是余东磊的夫人，实际上只是一个奴婢。他好像没有任何感情一样，对家人甚至还不如对病人好。"

说到这里，余夫人开始啜泣起来。

"原来是这样，怪不得余东磊被抓起来后，这两人不去县衙看他。"狄仁杰心中暗道。

上官婉儿身为女人，非常能理解余夫人此时的心境，遂走上前，拉着她的手轻声安抚着。

如果余东磊是恶魔之手之一，那他身上一定有很多秘密，不敢与余夫人同房睡觉，是因为他害怕她知道了自己的秘密。

"余东磊有没有忌口的食物或是物品？"狄仁杰问道。

余夫人立刻说道："他吃河虾会起红疹子，起疹子后吃什么药都不管用，只能慢慢消除。"

"你是怎么知道的？"狄仁杰又问道，语气中带着质疑。

第三十二章　湖心岛

余夫人一愣，叹了口气，说道："那时候我还没嫁给他，主要负责给他洗衣做饭，有一次我上街，看到有卖河虾的，就买了一些，拿回家做着吃。"

见狄仁杰和上官婉儿依然质疑地盯着她，她又接着说道："我是洛阳人士，洛阳多水，平时经常吃河里的鱼虾。龟兹地区只有一条小河，河中鱼虾很少，而且当地人很少捕鱼捕虾，好不容易看到有卖的，就买一些解解馋。"

俗话说得好，靠山吃山靠水吃水。

在古代，由于物流系统不发达，导致食物和货物流通范围较小。海边的城市多以海鲜为主，靠近大河的城市就以河鲜为主，内陆山区城市多以野味为主。

"我特意把虾肉剥出来，制成虾肉丸做了汤，结果……"说到这里，她的眼泪又噼里啪啦地流了下来，显然是在这件事中，她受到了余东磊的辱骂，甚至是暴打，受尽了委屈。

她哭了一阵，擦了擦眼泪，又说道："从那以后，我才知道他是吃不得河虾的。"

"他吃虾过敏这件事儿还有谁知道？"狄仁杰问道。

余夫人想了想，说道："当时在余府做工的下人都知道，另外，他中间出过几次急诊，当时他脸上的红疹还没消除，那些病患和家眷也应该知道。还有人因此笑话他，说他自己是大夫，连自己的病都治不了。"

"有一次，我在上街时，还听街坊邻居风言风语，说我和叔叔想利用此事害死余东磊，以霸占他的家产。"余夫人说话间又有了哭腔，显然在这件事情上，她也是受尽了委屈。

从余夫人的话来判断，余东磊吃虾过敏的事儿知道的人很多，很难从这件事上着手锁定凶手。

"他吃了虾之后，除了起疹子之外，还有其他症状吗？"狄仁杰问道。

余夫人点了点头，说道："起了红疹子之后，他两天没吃饭没说话，我开始以为他是生气，后来听叔叔说他是嗓子肿了。症状持续了五六天，才有所好转，这期间除了有非常急、非常严重的病人，他就一直待在家里休养。"

余东磊的死因是喉咙水肿压迫了血管和气管，而他吃了虾过敏后，也有嗓子肿痛的症状。

狄仁杰指了指送到县衙的木盘和碗筷，问道："这木托盘和碗筷可是你家的？"

余夫人早就看过了托盘和碗筷，因为不知道余东磊的死因，所以也不知道县衙的人为何会弄托盘和碗筷、剩菜来，倒是那朵放在托盘中心的恶魔之手，看着有些吓人，她摇了摇头："这不是我家的。"

老侯和几名捕快已经清点完毕，书吏在册子上写上最后一笔，把册子递给老侯。老侯一边翻着一边念叨着："金铤三百二十锭，各类珠宝、古董六箱，价值连城啊。"

狄仁杰走到那六箱珠宝前，翻看了一阵，发现了其中有几样珠宝非常熟悉。他清晰地记得当初洛阳恶魔之手案中，家属们为了凑够赎金，只好把家中所有值钱的物件都折算在里面，其中有很多珠宝价值不菲，而眼前的这几件珠宝，正是当初的赎金之一。

他心中有了数，捡出几件，递给老侯，说道："这几样珠宝单独放置。"随后转向余夫人，说道："劳烦余夫人带我们去湖心岛。"

……

余府的整个后花园是由一间巨大的宅院改造而成，在水资源罕见的龟兹，能有这么大面积的人工湖，绝对比满屋子的檀木家具要奢侈得多，据余夫人说，当初收购邻家宅子，就是看中了他家有一口井，井底有一口泉眼，哪怕是最干旱的那年，泉水也会源源不断地涌出。湖心岛面积不大，由数个院落组成，外围还有很高的围墙，以至于在其他地方无法看到湖心岛内部的情况。

湖边停着一只小船，或者可以说它是独木舟，仅能容下一个人乘坐。

"老侯，你们在岸边等候，我过去看看。"狄仁杰说道。

余夫人及时地递上一串钥匙："这些钥匙是我从当家的暗盒中找到的，也许会有用。"

上官婉儿瞄了瞄湖心岛的距离，感觉凭借绝顶轻功应该可以一苇渡江。狄仁杰见状急忙使了个眼色，示意她不可以随意展示绝顶轻功。

上官婉儿会意，说道："爹，你小心些，这木舟很小，不太稳。"

狄仁杰虽上了年纪，身体还算灵活，跳上木舟后，便挥起木桨朝着湖心岛划去，木舟又短又窄，左右挥动木桨时有些不稳，好在湖心岛距离湖边距离很短，几次挥桨后，借着惯性便来到一个木制的小码头旁。

围墙把整个湖心岛包围起来，在码头附近有一个大门，狄仁杰尝试着用钥匙打开门锁，打开后，便看到里面是一个很大的院子，院子里有很多植物，植物散发着淡淡的药香味道，想必是余东磊种植的药材，刚刚进入院子走了两步，就感到一股危险临近。他疑惑地看了看周围，却没看到任何异常，低头时，却吓了一跳，只见一条白头蝰盘踞在脚边的一株植物下，不断地吐着芯子，保持着随时发起攻击的姿态。

"是白头蝰，果然是他。"狄仁杰小心翼翼地后退着，等退到足够的安全距离后，才松了一口气，从地上捡起一段长枯树枝，将白头蝰挑到一旁，这才一边用树枝划拉着地面一边向前走去。

当初在大麻櫍地搜索时，虎子便是被白头蝰咬伤的，现在看来，就是余东磊把毒蛇放到大麻櫍地里。余东磊禁止家人来湖心岛除了为了保守只属于他的秘密之外，估计也是为了保护他们的安全。

想不到的是，一个小小的湖心岛居然是按照八卦的方位建造的，阵法结合院子中的植被和建筑，如果是普通人闯进来，很难走出去。

幸好狄仁杰闲时和袁客师探讨过奇门异术，不过他还是绕了很多弯路，才转到阵中心的院子里。刚一进入院子，几十棵树映入眼帘，点缀于绿色树叶之间是红黄相间的恶魔之手花，深吸一口气，一股浓浓的土腥味儿扑面而来。

"都对上了。"狄仁杰站在一朵恶魔之手前，仔细地端详了一阵，又凑近闻了闻，土腥味儿正是从花瓣中散发出来的。

恶魔之手仿佛有魔力一般，盯得时间久了，心智会受其影响，有种灵魂出窍的感觉。

狄仁杰感觉虚汗从全身的毛孔冒出来，一阵阵眩晕感不断袭来，他不由自主地蹲了下来，双手按在地面上，以免自己摔倒在地。缓了好一阵，眩晕和虚弱感才慢慢离去，他长长地吐出一口气，正要起身，却看到面前地上有一些鞋印，还有一朵恶魔之手。恶魔之手的花茎是被人用手指掐断的，从花的枯萎程度来看，应该有两三天的时间。

他轻轻地拨开鞋印上覆盖的树叶等杂物，用手指量了量鞋印的长度和深度，发现与杨维希案中盐场的脚印完全一致，可以肯定是余东磊留下的。

"有什么收获？"钟晓霞从狄仁杰背后走出来，轻声地问道。

狄仁杰捏起恶魔之手递给钟晓霞："完全符合恶魔之手组织的行为，用手指掐断花茎。"

钟晓霞并未像往常那样附和，观察了好一阵后，才说道："这朵花的确是被绑匪掐断的，这点之前咱们分析过，绑匪因为心态并不从容，所以才用了手指掐断花茎，与洛阳案中用剪刀剪断有很明显的区别。不过，我却认为余东磊不是掐断这朵花的人。"

狄仁杰摊了摊手："现在证据已经很明显，余东磊家中的密室里藏有大量的金银财宝，其中有几件正是洛阳案的赎金，又在湖心岛上发现了恶魔之手花、咬伤虎子的白头蝰，杨维希案中盐场里的脚印和这里的脚印也一致。花种在他家里，又布置了八卦阵的湖心岛守护，除了他，还有谁能上这个岛？"

钟晓霞反驳道："你之前还分析过，恶魔之手不是一个人，而是一个组织，余东磊只是其中之一，我只是说他不是掐断花茎的人而已。"

"证据！"

钟晓霞白了狄仁杰一眼，说道："你这人，我好心来帮你，你却用这种态度质问我？"

每逢狄仁杰身体有恙时，他的脾气都会莫名其妙地大，稍有一点不如意便会发火。刚才他头晕目眩、浑身冒虚汗，想必是又犯了病，这才生出这股无名火。看到钟晓霞生气、委屈的样子，狄仁杰心中升起一阵愧疚。

"对不住，是我错了。"狄仁杰连忙向钟晓霞拱手施礼，态度极为谦逊。

钟晓霞噘着嘴哼了一声，走到猴爪树前，叹了一口气，指着一朵恶魔之手说道："懒得理你。你过来，用手指把它掐下来。"

那朵恶魔之手位置比较高，狄仁杰伸手够了一下也没够到，知道钟晓霞是在故意为难他，只得苦笑一声："你看，我就这么高的个子，够不到，就算能够到，也很难用手指把它掐下来，只能先摘下来，再用手指掐断花茎。"

"随便你喽。"钟晓霞故意不看他。

狄仁杰哪敢和她计较，呵呵一笑，摘了一朵位置相对较低的恶魔之手，准备用手指掐断花茎，但手指却停住了："我明白了，是指甲的问题。"

钟晓霞哼了一声："还算你聪明。"

"哎哟，你看我多粗心，要不是有英明伟大的钟神捕帮我，怕是这件案子又成了悬案了。"

钟晓霞嘴角向上翘了翘，露出一丝笑意："都多大岁数了，还这样说话，明白了就好，你说吧。"

"由于职业的原因，余东磊除了左手的小手指留有指甲外，其余指甲都修剪得非常圆润，要想轻松地掐断花茎，就需要用小手指的指甲，但无论用其他哪个手指，都无法和小手指的指甲配合，轻松地掐断花茎。如果余东磊硬是用手指掐断，花茎边缘就会有大面积被掐过的痕迹。因此，你才推断出掐断花茎的另有其人。"狄仁杰分析道。

钟晓霞转向狄仁杰，打量了他一番，才说道："这才像狄仁杰嘛。我说，你身体这么差，得好好调养一下啦，要不，案子没破，人却垮了。"

狄仁杰抹了抹额头上的虚汗，说道："不碍事，我的身体我心里有数，不过，还是要多谢钟晓霞神捕的关心。"

"得了吧，少来。哎，你有没有感觉余东磊这条线索来得太容易了？"

钟晓霞一本正经地说道。

狄仁杰脸色一正,说道:"何止余东磊的线索来得容易,就连杨维希案中的线索也来得过于容易,好像是凶手故意留给咱们似的。洛阳恶魔之手案中,凶手留下的线索非常隐秘,几乎很难分析出来。"

"余东磊案中凶手留下的预告线索是什么?"钟晓霞问道。

狄仁杰捏了捏已经长出一些的胡子,说道:"应该就在那些酒菜里,不过我还没弄明白。"

"至少受害者已经确定了。"

"你的意思是闫继业真的被凶手绑架了?"狄仁杰问道。

"不是吗?"钟晓霞反问道。

"有这个可能。"狄仁杰不敢再用强硬的语气说话。

"这里已经没有其他线索了,去看看老管家的审讯结果吧,也许会有所突破。然后再去看那些酒菜,看看能不能帮到你。"

狄仁杰欣慰一笑,他知道,钟晓霞并非真的生气。

第三十三章　灯下黑

老管家虽说是下人，却有一身傲骨，面对虎子的厉声质问，不但不退缩，反而激起了他内心的倔强，一问三不知。

虎子看起来凶狠，实则内心善良，见老管家态度强硬，也只好转换策略。也许是虎子最初的态度激怒了老管家，也许就是老管家在抵抗讯问，他就是一言不发，一副爱咋咋地的样子。

直到狄仁杰等人来到客厅，虎子依然没有任何突破。

余夫人看到老管家脸色不好，便急忙上前安抚一番，并说道："叔叔，县衙的几位大人是来帮咱们的，都通情达理。另外咱们是清白的，有什么就说什么，不用怕。"

老管家紧绷的身体才放松下来，一屁股坐在椅子上，叹了一口气，说道："老朽真的没去给他送过饭菜，也不可能给他送饭菜，他平时欺负我们爷儿俩还不够吗，好不容易看他被抓起来了，巴不得他再也出不来。"

要是没和余夫人沟通过，老管家的话就可以定义为杀害余东磊的动机。

"从今早天亮到辰时，这段时间您在哪里？"狄仁杰柔声问道。

老管家知道狄仁杰的意思，想了想，说道："我在宅子里，去看了后厨，还督促了下人们清扫院子、修剪树枝，他们都能给我作证。"

狄仁杰指了指木盘中的酒菜："老人家，你看看这些酒菜，可是贵府上出的？"

老管家只看了一眼，说道："这四个菜看似简单，实则做法复杂，相应的食材也比较多，我们府上雇用的厨师只是做些家常菜，做不了这个。另外，这些餐具虽然不错，但还是有些低级，我们家是不可能用这种东西的。"

"明明就是你，县衙大门值守和看守余东磊的兄弟都看到你了。"雷善明带着两名看守余东磊的衙役和大门值守的衙役走进客厅中。

还没等老管家反驳，一名衙役指着老管家说道："就是他，余府的老管家，绝对错不了。"

另外两人也点了点头。

老管家脖子上青筋爆出，气得脸色煞白、嘴唇发抖，哆嗦着说道："要是老朽送的，老朽现在就撞死在这里。"

老管家性情倔强，话音刚落，朝着一堵墙猛地撞了过去，按照他的速度，就算撞不死，怕也会重伤。

雷善明手疾眼快，使出移形换影的功夫，抢先来到墙前，伸出手用柔力化解了老管家的冲劲儿，但他能清晰地感到老管家的那股冲劲儿，要是他不挡住老管家，怕是现在他已经头颅碎裂而死了。

余夫人急忙上前挽住老管家的胳膊，眼泪噼里啪啦地落下来："叔叔，你别这样啊，有什么事情讲清楚就好了。"

老管家气得胡子都跟着哆嗦，闭着眼睛不说话。

狄仁杰冲着雷善明使了个眼色，雷善明没反应过来，老侯只好说道："案情在未调查清楚之前，你们不得离开余府，另外，如果有关于余东磊的任何线索，都要及时向衙门禀报。"随后又向两名捕快说道，"两位兄弟守在余府门口，没有雷捕头的命令，任何人不得进出。"

狄仁杰赞许地点点头。

余夫人朝着雷善明作了个揖道："各位大人，我叔叔身体欠佳，我先送他回房休息，就不陪各位了。"

两人离开后，雷善明向狄仁杰问道："怀先生，现在怎么办？"

狄仁杰思索一阵，说道："要从余东磊的死亡现场找出预告线索，尽快找到闫继业。"

老侯看了看木盘和碗筷，正要过去端起来，狄仁杰却伸手阻止他："别动，你们先去各大酒楼和饭馆查查这四道菜和这壶酒的来历，我要再想想。"

说完话，狄仁杰一直盯着盘子，却一动不动。

老侯只好把手缩了回来，朝着众人挥了挥手。众人知道狄仁杰定是有了灵感，这才进入禅定状态，也不敢打扰，只好转身离开。上官婉儿不放心狄仁杰，便留了下来，但只是坐在一旁，默不作声地看着他。

过了好久，狄仁杰才喘了一口气，抹了抹额头的汗水，嗓音变得又尖又细："你看看你，一脸汗水都不知道擦擦。"

上官婉儿立刻看向狄仁杰，但狄仁杰眼中却没有她，只是笑着看向另外一个方向的凳子。

狄仁杰清了清嗓子声音变回原样："看出什么来了？"

……

钟晓霞从椅子上站起身，走到木盘前，仔细地看着里面的菜。其中发现恶魔之手的那道菜是羊肉炖萝卜，这道菜里加了很多香料，味道非常浓郁。

"杨维希案中，凶手留下了两道线索，一道明一道暗，明的是杨维希身上细小的伤口，和四肢关节处的伤，加上喉咙上的切口以及用麦秆当作呼吸通道，这都是在暗示着下一个目标是能给人做手术的大夫余东磊。而上官大人画的那幅画，盐堆和死者杨维希的头部、四肢流出的鲜血，组成了被宰杀的羊的图案，于是这另外一个受害者会与畜牧业有关，也就是现在被绑架的闫继业。"钟晓霞说道。

狄仁杰点点头，接着分析道："凶手一次留下两条线索，这也是头一次，洛阳案中就没有。"

"这也应了你之前的分析，凶手身体弱了，但头脑和作案手段更加高明了。"

"从刚才老管家的表现来看，作案的可能性不大。极可能是凶手或其帮凶假扮老管家到县衙给余东磊送饭，利用他对虾肉过敏杀了他。"狄仁杰分析道。

"嗯，我刚才也看到老管家那一撞，要不是傻大个儿在场，其他人的速度怕是拦不住老管家，哪怕是轻功卓绝的上官大人也不行，单从这一点看，老管家就排除了嫌疑。按照时间顺序来看，凶手绑架闫继业在先，杀死余东磊在后，按照顺序来分析，余东磊死亡现场不应该有闫继业被绑架的线索，而且绑架已经发生了，更算不上预告线索，违反了凶手作案的规律。"

"你疏忽了一点，余东磊被我们抓到县衙软禁已经两天了，如果没有县衙的保护，怕是余东磊先于闫继业被绑架杀害，这也是余东磊案中并未收到任何勒索信，成为单纯的杀人案的原因。所以，我推测，凶手作案的顺序没变，他依然会在余东磊的死亡现场留下预告线索。"狄仁杰拿起筷子，夹起一块羊肉丸向嘴里放去。

钟晓霞急忙拉住他的手："喂，你干吗？不要命了。"

羊肉丸停在狄仁杰的嘴边，他想了一阵，才说道："我不吃，只是闻一闻。菜都凉了，味道还这么浓郁，显然不是普通的厨子做的，但凶手要是到酒楼去点菜，不吃带走，只要一查就能查到，凶手不会蠢到这种程度，因此可以判定，菜一定是在个人家的厨房做的，而且厨子的手艺很好。"

钟晓霞耸了耸肩："这点我就帮不上你的忙了，我从来不做饭的。"

"羊肉丸，煮烂的恶魔之手，煮烂，煮烂……"

钟晓霞眼珠一转，说道："会不会是厨房？闫继业被囚禁在厨房？"

"理由呢？"

"既然凶手在隐秘的厨房给余东磊做了四道菜，又特意把恶魔之手煮烂，他一定会想到咱们寻找恶魔之手，这就意味着煮烂的恶魔之手就是线索。"钟晓霞说道。

狄仁杰神色一动，拿起筷子在木盘子里拨弄着，把钟晓霞之前摆好的顺序又弄乱了，嘴里还念叨着："一，二，三……"

"你在干吗？"

"白芷、灵香草、白胡椒、青花椒、山奈、良姜、槟榔片、肉蔻、甘草、小茴香、橙皮、千里香，一共是十二样香料，酒楼的厨房是公共场所，凶手不可能用来杀人的，这就意味着是普通人家的厨房。"狄仁杰随后又端起木盘和碗碟看了看其底部，摸了摸，又用手指捻了捻，面色一喜，说道，"有线索了。"

钟晓霞也凑近看了看木盘和碗碟底部："什么线索？"

狄仁杰把两根手指伸向钟晓霞，手指上有灰尘和灰白色的粉末状物质，其中灰尘比例居多。

"灰白色的粉末是什么？"钟晓霞好奇地问道。

狄仁杰假装咳嗽了一声，拿捏了一阵后才说道："是灰烬，木炭的灰烬。厨房中有木炭灰是正常的，但有这么多灰尘就不对劲了。"

厨房是做饭菜的地方，卫生应该比其他地方更干净，怎么可能有如此多的灰尘？

"可能是厨房有段时间没用了，也没人清扫。"钟晓霞说道。

"对，是废弃的厨房。排查的地点是废弃的酒楼、饭馆，废弃住宅等地的厨房。"

"这范围还是有点大。"

狄仁杰又看向木盘和碗碟、筷子等，按照余府老管家的说法，这些物品虽比不上余府所用的，但质量也不错，另外，木盘这种东西一般都是大户人家才会用的，普通人家做好了饭菜直接端上去就好了，哪儿用得着木盘？

"大户人家，是大户人家废弃的厨房。"两人对视一眼，几乎想到了同一个答案。

第三十四章　蒸熟的人质

"爹，您慢点啊。"上官婉儿端着木盘不敢走得太快。

"快，快，也许还能救他闫继业一条命。"狄仁杰走得更快了。

"龟兹大户人家那么多，总得有个目标啊。"上官婉儿刚才虽听到了狄仁杰一个人以不同的声音对话，却领会不到狄仁杰和钟晓霞之间的眼神交流。

"凶手非常自负，会选一个最让人意想不到的地方杀死闫继业，所以可能是闫家。你轻功好，快去找雷善明等人，先去闫家，重点是……"狄仁杰说到这里停了下来，双手挂着腿不住地喘着粗气，汗水从额头不断地流下来，前胸后背部位的衣袍也湿了一大片。

灯下黑，越是危险的地方就越安全。当狄仁杰等人满世界找人时，凶手却在最不可能的地方杀害人质。

"重点是废弃的厨房嘛，你要不要紧？"上官婉儿停住脚步关心地问道。

狄仁杰喘不上气来，只能连连摆手，又挥了挥手，示意她赶快去。

"都不知道端着这些菜有什么用，这么长时间，都有馊味了。你端着吧，我端着它跑不快。"上官婉儿不再迟疑，把木盘放在狄仁杰身边，施展轻功离开。

狄仁杰感觉身体有些不受控制，连忙找了一块路边的大石头坐了下来："不得不服老啊。"

……

雷善明失去了曾经的记忆，头脑却不笨。狄仁杰的逻辑推理能力超过了龟兹县衙的任何人，眼前这件案子的侦破，除了狄仁杰之外，他也无人可信，因此他完全遵从狄仁杰的决定。另外，也不知为何，他对狄仁杰有种天然的亲近感和信任感，就像迷茫中的小男孩儿对父亲的依赖一般。

狄仁杰曾有过把一切都告诉他的想法，可狄仁杰身处政治旋涡中，今天还高高在上，明天就可能成为阶下囚，身边的人也免不了受到牵连。雷善明忘记了从前的一切，以新的身份和水蓝生活在一起，这样的状态是求之不得的，狄仁杰哪肯去破坏。

"就算他不是我父亲，也一定和我有其他的渊源，可他为什么不说呢？"雷善明看着找来的上官婉儿心中暗道。

上官婉儿和众捕快进入闫府，找到闫知微简单说明来意。

"废弃厨房？"闫知微下意识地看向管家。

闫管家立刻说道："老爷，咱府上还真有一个废弃的厨房。"

"我怎么不知道？"闫知微皱起了眉头。

"几年前，后偏院的厨房曾经失火，不过火势不大，就没向您禀报。"闫管家又转向雷善明说道，"我家老爷吃不惯酒楼的饭菜，我只得把另外一个偏院的房间临时改成厨房，后来大伙儿用得习惯了，之前的厨房就一直没修缮。"

闫府面积很大，加上闫知微腿脚不便，也就是在会客厅、书房、主房卧室、后花园等有限的几个地方活动。府上大部分事务都是由老管家打理，有些事儿他不知道也很正常。

"还真让这老头儿给猜中了。"上官婉儿嘀咕着，心中对狄仁杰不由得赞叹不已。

雷善明说道："老管家快带路。"

管家看向闫知微，闫知微挥了挥手，他这才向众人做了一个请的动作。

……

闫家不愧是龟兹的大户人家，从前院的会客厅走到后院的偏房，弯弯绕绕地居然走了半炷香的时间。

据闫管家所说，早些年时，下人为了生火方便，就把大量的木柴堆在灶台旁，结果灶膛中的火反蹿出来，把木柴点着了，引发了火灾。幸好救得及时，保留了这间房子的大部分。简单清理后，发现厨房已经没有修缮的价值，只能推倒重建。把厨房移到另外一个偏院后，用得习惯了，就放弃了重建的念头。反正府上的房间很多，用都用不完，若是重建，就要禀报给闫知微，那名犯错的下人就会遭到惩罚，老管家心善，就将这件事压了下来。

后偏院里长满了荒草，老鼠和野猫不时地从草丛中蹿出来。院子尽头是那间失火的厨房，门窗依然是烧焦的状态。由于年久失修，烟囱上的很多部位都已经开裂。令人奇怪的是，一些青烟居然从裂缝和烟囱顶部冒出来。

"不是废弃了吗？怎么还冒烟？"老侯眼尖，一进院子就指了指烟囱。

雷善明立刻警惕起来，从背后抽出镔铁双棍，用铁棍轻轻地点了点焦黑的大门，大门歪歪扭扭地开了。众捕快也是立刻散开，拔出腰刀警戒着。

厨房内焦黑一片，除了灶台和旁边的一口残破水缸还算完整之外，再也没有一件完整的物件，有几处天棚漏着。灶膛中的火很旺，木材燃烧时发出噼里啪啦的声音。大锅盖着一个同样焦黑的锅盖，蒸汽不停地从锅和锅盖的缝隙冒出来，一股股奇异的香气随着蒸汽钻入人的鼻孔中。

雷善明挥了挥手，老侯等捕快立刻散开搜查，但厨房就那么大，又没有遮挡物，搜索几乎瞬间就完成了。

上官婉儿来到灶台前，看到灶台上放着一个水瓢，水瓢中的水还在晃动着，抬头环顾四周，发现后墙壁上有两扇窗户破碎，便立刻指着窗户说道："凶手刚刚从窗户逃走的，快追！"

雷善明几乎不假思索，高大的身躯以不可思议的速度飞奔出去，到窗口时，轻轻跃起，身体一缩，轻松穿过窗户，向外追去。

"所有人到房间外四处搜索，如遇到可疑之人，可以先行拘捕。"老侯下令后也学着雷善明的姿势穿窗而出，但身体远没有雷善明灵活，不但撞掉了挂着的残破窗户，落地时脚下一绊，一个狗啃泥摔在地上，他嘴里哎哟着，见从大门出来的其他捕快还没到，连忙爬起来，一边拍打着衣袍上的泥土，一边沿着院墙搜索着："还好没人看见。"

……

狄仁杰终于端着盘子来到闫府，好在护院认识他，径直带着他来到后偏院的厨房，刚走到废弃厨房门口，他神色一凝，抽了抽鼻子："白肉。"

"什么是白肉？"上官婉儿迎了上来，接过狄仁杰手里的木盘。

"就是人肉。"狄仁杰急速走到灶台旁。

虎子已经把锅盖揭开，一个人全裸着侧身蜷缩在锅里，身上绑着很多绳索，如同被五花大绑的大闸蟹一般，绳索深深地勒进他的肉里，他的嘴里塞着一大团破布，又用绳子把嘴勒住，以免他把破布吐出来。锅里的水面上漂着一层黄色油花，还有一些香料，散发着奇异的香气。

由于灶膛中的火还在燃烧着，锅里的水依然沸腾，但被绑的人却毫无反应，显然是已经死透了。

"我刚进来时，水瓢里的水还晃动着，我推断凶手是刚刚逃出去的，所以让雷捕头他们去追了。"上官婉儿说道。

"还是晚了一步。"狄仁杰叹道。

这是自洛阳恶魔之手案和龟兹案发以来，他距离凶手最近的一次。如果再能早一点点时间，就可以将凶手绳之以法，结束这场噩梦。

雷善明和老侯等人先后回到厨房中，与老侯一同前来的还有闫继业的两名随从。众人对视后，皆摇了摇头。

老侯看到狄仁杰对两名随从的到来有些疑惑，便解释道："我追那贼时，正好碰到了两位大哥在巡逻，就请他们帮我一起追，结果还是没追上。"

狄仁杰摆了摆手："没关系，我已经知道他是谁了。"

"谁？"雷善明眼睛一亮。

狄仁杰却并未答话，反而把目光移到一旁的空地上。

上官婉儿一看，知道狄仁杰又要犯病，便急忙说道："我爹这是要冥想，请各位大哥先出去。"

"还请怀先生先说出凶手，我等也好先行抓捕，以免再节外生枝。"雷善明说道。

"目前是刽猪人，对了，雷捕头，把仵作老赵请来。"狄仁杰说话时，特意重点强调了"目前"两个字，显然是案情还有疑点。

雷善明和老侯等人却管不了那么多，得到了答案，众人立刻转身离去。

上官婉儿关上门后，又回到狄仁杰身边，小声说道："爹……"

"先用水把灶膛的火灭掉。"狄仁杰说了句。

上官婉儿正要去拿水瓢，却见狄仁杰快速拿到水瓢，把水泼进灶膛内，又从水缸中舀水，再把水泼进灶膛中，重复数次后，才放下水瓢。转瞬过后，肉香、香料香气混合着炭火味的水蒸气充满了整个房间。

狄仁杰凑近锅里的尸体："你怎么看？"

上官婉儿知道狄仁杰不是问她，而是另外一个她看不见的人。

……

钟晓霞在房间中转了一圈，最后才回到尸体前。大锅中的水不再沸腾，但蒸汽还在不断地上升。

"为什么是劁猪人？"钟晓霞问道。

狄仁杰点了点头，说道："你看绑死者绳子的系法。"

"是猪蹄扣，不过，劁猪人劁的都是小猪，要是熟练的话，只要双腿夹住猪的前半身就行，不用绑起来，另外猪蹄扣简单，任何人都能学会。"钟晓霞提醒道。

"劁猪人生意不好时也会充当屠夫帮人杀猪。"

"一定还有其他证据，狄仁杰不可能单凭一种可能就推断答案。"钟晓霞不甘心地说着。

"当然不能，我得找找。"狄仁杰用手使劲儿扇了扇尸体旁的蒸汽，又用水瓢在水里舀着，好一阵过后，才说道，"有了。"

他把水瓢中的水倒掉大半，水里有两个煮熟的男性的外肾。

钟晓霞看得心里一惊，脸上随即飞起两朵红云。虽说她的职业是捕快，什么都见过，但她毕竟是女孩子，见到男性独有的器官，也不禁一阵阵脸红起来。

"帮我检查一下尸体，看能不能对应上。"狄仁杰并未在乎钟晓霞的异状。

钟晓霞嘴里嘟囔了一句，还是伸手去查看死者的身体。

死者全身裸露，前胸后背四肢头部等部位并没有伤痕，只有裆部遭受了小公猪一样的遭遇，但伤口又细又窄，无明显的肿胀，显然阉割的手法非常熟练。

"闫继业虽说令人厌恶，但死后连个全尸都没有，也的确让人可怜。对了，刚才你说'目前是劁猪人'，这是什么意思呢？"钟晓霞皱着眉头说道。

"你看，猪蹄扣、熟练的阉割手法，还有比这更明显的线索吗，别说是咱们，就算老侯、老赵等人，经过仔细勘查，也会得出这个结论。"狄仁杰苦笑道。

"所以你怀疑这是一起栽赃嫁祸？"

"或者是借刀杀人，借我们的手，对恶魔之手组织内部进行大清洗。"狄仁杰说道。

钟晓霞略加思索后点了点头。

狄仁杰又查看了灶台周围，发现有个木质盒子，盒子里用横横竖竖的木板分割成很多小格子，每个小格子里装的都是不同的香料，其中的香料不多不少，正好十二样，与余东磊案中那盘羊肉里的香料数完全对应上了。还有一个小格子中放着一些白色颗粒物质，一朵恶魔之手花插在上面。

钟晓霞拔下恶魔之手花，看着花茎部分，断茬依然是手指掐断的，花看着还很新鲜，由此可以判断，除了余东磊府上的湖心岛，可能还另有地方种植恶魔之手。

"这是什么？"狄仁杰从其中一个格子里拿起一些白色颗粒状物质。

"这盒子里面都是香料，独独这个不同，不会是盐吧？"钟晓霞好奇地捏起一些，正要往嘴里送，却被狄仁杰拦住。

"都不知道是什么，你就敢尝，不要命了！"

钟晓霞怯怯地看着狄仁杰，说道："每次你不都是要尝的吗，这次我尝就不行？"

"我是担心你出了岔子哪。"

"其实，你每次做这些事时，我也担心哪。"钟晓霞说到这里眼圈一红，低下头去。

狄仁杰破案时一向不要命，这是尽人皆知的事儿。有时候为了验证一个推论，甚至以身犯险，要不是运气好，怕是十条命也没了。

"好啦。"狄仁杰把手帕递给钟晓霞。

钟晓霞本不想接，但看到手帕正是她送给狄仁杰的，上面还绣着一对鸳鸯，鸳鸯绣得很一般，却很有意境。她接过手帕，擦了擦眼泪，又塞到狄仁杰手里，深吸了几口气，说道："找找预告线索吧，现场除了这个香料盒子外，还有这个水瓢。而原本的厨房已被烧毁了，这两样东西一定是凶手带来的。"

锅里的水随着灶膛火的熄灭，逐渐冷却下来，除了香料之外，还有一些油花浮在水面上。狄仁杰用水瓢将香料逐一捞出来，又撇净了油花，水还有些浑浊，但隐约可以看到锅底。

大锅里除了尸体外，再无他物。

"预告线索应该就在这个盒子里吧。"钟晓霞说道。

"难道是这些香料？"狄仁杰把香料的名字逐一想了一遍，又互相连在一起，却没有半点收获，只得把目光再次盯在白色粉末上，犹豫后，他还是捏了一点向嘴里放去，还没到嘴边，就见大门砰的一下打开，雷善明旋风一般冲了进来。

"怀先生，刽猪人自杀了，幸好我们到得及时，还没死，您快去看看吧！"

狄仁杰吓得手一抖，白色粉末掉入锅中，他咂了咂嘴，责怪的话到了嘴边最终还是咽了下去："雷捕头，你留两名兄弟在这里，除了老赵之外，其余人一概不得进入。"

虽说案情紧急，但雷善明也感到自己有些莽撞。

好不容易锁定了凶手，却在这个时候自杀了。恶魔之手要是只有这点能耐，早在洛阳案时，就被狄仁杰拿下了。

"不对劲儿，不对劲儿。"狄仁杰一边向外走一边想着。

第三十五章　自作孽

刚进入刽猪人的房间,一股浓浓的血腥味便混合着原本的酸臭味扑面而来,让没有准备的上官婉儿一阵干呕,急忙用袖子遮住口鼻。

刽猪人躺在地上,脖子上有一个令人眼晕的伤口,伤口外翻着,紫黑色的血液不停地从伤口涌出来,创口伤了气管,一串串气泡随着血液冒出来,顺着脖子流到地上,身下早已成了一片血泊,他双眼圆睁,身体不住地抽搐着,手边放着一把锋利的刽猪刀。

血液的喷溅面积很大,甚至有一部分喷到了对面的墙上。墙上除了喷溅的血液之外,还有几个歪歪扭扭的血字:自作孽,不可活。

字写得非常难看,甚至很多笔画顺序都是错的。

郎中还是救治余东磊的那个郎中,他拿着一个瓷瓶不停地向刽猪人的伤口倒着,但血液流出的速度太快,药粉刚倒上去就被血液冲走,见狄仁杰等人进来,便起身朝着雷善明和狄仁杰摇了摇头:"伤势太重了,没救了!"

短时间内两条生命在他手里逝去,虽说没有他的责任,但身为医者,心里也不好过,他叹了口气,擦干净手上的血渍,背着药箱转身离去。

人体内的血液有限,用不到流光,人就会死去。眼见刽猪人脖子上创口流血的速度越来越慢,身体的抽搐速度却越来越快,就知道他已经命不久矣。

突然,刽猪人停止抽搐,手微微扬起,指了指狄仁杰,整个人变得正常起来。

"回光返照。"狄仁杰急忙走过去,蹲在他身边,"快说,是谁杀了你?"

剶猪人露出诡异的笑容，把沾满鲜血的手放在地上，用尽力气划着，可惜的是，他只划了一下，手便突然没了力气，诡异的笑容也凝固在脸上，身体一软，吐出了最后一口气。

老侯急忙上前，拿开剶猪人的手，歪着头看了看："只有一横啊。"

狄仁杰摇了摇头，说道："看这个笔画应该从死者的方向来看，所以这是一竖。"

"那代表什么呢？"老侯问道。

狄仁杰没说话，只是愣愣地看着剶猪人画的那一竖。

"我们进来时，他的脖子已经划开了，身体还在不停地抽搐，怕他手上的刀会伤到别人，这才把刀取了下来。"雷善明说道。

刀身和刀柄上有很多鲜血，刀柄上还有几个清晰的指纹和握痕。

老侯用一块布捏着刀身递给虎子："虎子，把刀柄上的指纹和握痕与死者的对比一下。"

狄仁杰心里清楚，对比的结果一定和死者指纹完全吻合，因为恶魔之手做事一向天衣无缝，不可能在这点事儿上出现纰漏。

果然，虎子经过数次对比后，确定了刀柄上的指纹和死者的完全一致。老侯等人对现场做了仔细勘查，并未发现有第三者的痕迹。

老侯低声骂了一句："千刀万剐的，知道自己罪孽深重，一死百了，倒省了爷爷们的力气，再拿刀砍他的头。"

"不是自杀，是他杀。"狄仁杰说道。

老侯是捕快行业里的老人，精通于人情世故，但专业水准一般。听到狄仁杰的推断后，脑袋摇晃得像拨浪鼓一般："怀先生，这明明是自杀。"

狄仁杰说道："先从人的心理层面上分析，一般来说，人选择自杀时，想尽快地结束生命，同时不愿意让自己死得太痛苦、太难看，可剶猪人的死法和死亡时间、痛苦程度都很高，这是违背人自杀时的心理的。"

古人大多相信幽冥地府的存在，生前的状态与成为鬼魂后的状态一致，直到阴寿尽再入轮回投胎转世，因此讲究死要全尸，死状尽量不要太难看。哪怕是犯了死罪，在砍头后，家眷也要花重金买通监斩官等，把头颅与身体缝合在一起再下葬。

有了这些忌讳，古人自杀时，大多都会选择服毒、上吊、投河等能够保全尸体的方式，很少会采取割颈等惨烈的方式。

"再者就是自杀动机不成立。就算劁猪人是恶魔之手之一，杀了闫继业后完全可以逃走，没必要非得在家里等咱们来抓他！"狄仁杰说道。

杀人都有一定的动机，或为了钱，或为了权，或为了复仇，等等，很少有只单纯为了杀人而杀人的，即杀人不是目的，而是达到某种目的的手段。杀了人之后，凶手也会选择尽量隐藏自己，不受到律法的制裁。劁猪人杀了闫继业后立刻自杀，从行为上来讲，是说不过去的。

狄仁杰又拿起劁猪人的手，指了指他手上的老茧，说道："劁猪人惯用右手，如果用劁猪刀自尽，创口应该是在脖子右侧，而他现在的伤口在脖子左侧。"

老侯还是有些不相信，从一旁的桌子上拿起一根筷子，当作劁猪刀在脖子上比划着，随后还是摇摇头，意思是用右手拿刀也可以在脖子左侧上划上一道致命伤口。

"最后一点，就是血迹的喷溅。如果劁猪人是自杀，当血液从脖子创口喷溅出来后，应该是均匀地喷溅在一定范围内。你们看看地面上的血滴，有一部分是缺失的。"狄仁杰分析道。

雷善明等人仔细地看了看地面，果然发现血液喷溅的面积很大，却有一小部分地面上没有血迹。

"应该是凶手刺杀他时，喷溅出来的血液正好被凶手挡住，这才导致凶手身后的位置没有血迹。"狄仁杰拉着老侯走到死者位置，他则站在对面，以手当刀，还原着凶手的作案过程。

老侯看到狄仁杰的案情分析和他身后那块地面上没有血迹，这才恍然大悟，点点头："怀先生所说有理，高手就是高手。"

"按照常理，就算脖子上的气管和动脉被割断，人还能保持一段时间的活动能力，不可能直挺挺地倒在地上不动弹。可劁猪人倒地后却没有挣扎移动的痕迹，这只有一种可能，就是凶手突然出手点了他的穴道，让他失去了行动能力，再用刀割断喉咙，伪造自杀现场。"狄仁杰说道。

上官婉儿仿佛是得到了启发，指着房间中的桌椅板凳："由于咱们在闫继业的死亡现场分析出凶手是劁猪人，雷捕头等人立刻来抓捕劁猪人，因此凶手不得不在仓促间灭口，做了看起来完美，实则并不完美的自杀现场。"

狄仁杰又把现场勘查了一遍，皱着眉头说道："有些不对劲儿。"

老侯和雷善明听了面面相觑，显然是没明白。

上官婉儿冰雪聪明，立刻领悟了狄仁杰的意思，解释道："我爹的意思是，如果要是能在闫继业的死亡现场找到预告线索，那就意味着这件案子还没结束。"

"无论是杨维希案、闫继业案还是劁猪人的自杀，线索来得太容易了，就像是……幕后还有一双手在操控着全局，这些人都是弃子，可凶手真正的目的是什么呢？难道真的只是进行大清洗？"狄仁杰自言自语着。

"头儿，这里有发现。"一名捕快的声音从偏房中传出来。

……

偏房中除了一些柴火和破旧家具外，再无其他。挪开一个破旧的柜子后，地面上露出一个向下的入口，捕快们已经点上了火把，把地下面的暗室照得雪亮，在地下暗室中的每个人脸上都映着黄金色，如同一尊尊金身罗汉。

暗室类似一个较大的地窖，除了入口之外，其他三面墙都有一人多高的木架子，架子上摆着很多金铤和银锭，还有一个架子上放着两口箱子，虽然没有余东磊家的财富惊人，也绝对不是普通百姓家可以拥有的。凭借劁猪人的职业，就算从秦朝开始劁猪，也无法积攒这么多的财富。

打开箱子后，里面是一些名贵的珠宝首饰等，其中有几样是狄仁杰非常熟悉的，是洛阳案中的赎金之一。

单从暗室中的金银珠宝就可以确定劁猪人也是恶魔之手组织的成员之一。

老侯看到两箱子的珠宝首饰心中有些发痒，忍不住好奇，便上前在箱子里翻着，每拿起一样嘴里便发出赞叹的声音。

老侯是一个把人性发挥到极致的人，见到好看的女人眼睛便色心大起，见到好吃的就忍不住流口水，见到财宝便目不转睛，众人都知道他就这副德行，但也知道他只是贪心，却没有胆量，所以没更多地关注他。想不到的是，老侯看着看着便发出一声惊叫，随后他慢慢站起身，手上多了一本线装的册子，册子封面上没有一个字，但里面的内容是惊人的，也正因为如此，老侯只翻看了第一页，便惊叫了出来。

册子里面记录的是洛阳案中每一起案件的作案时间和所收获的赎金，以及事后对人质的处理方式。狄仁杰迅速地看完册子里的内容，幽幽地叹了一口气。

从记录的内容来看，有些和洛阳案的案情相符，有些略有差异，有些差异较大，显然不是作案后整理的，而是作案计划。能把恶魔之手绑架案策划得如此详尽、周密，怪不得当年集全体大理寺和狄仁杰等高手之力，连恶魔之手的影子都捕捉不到。

可惜的是，手册中只有作案计划，却没有恶魔之手成员的记录。

"编写这册子的人心思太缜密了，要是他走的是正道，可以为天下苍生做出很大贡献。"上官婉儿智慧极高，看完册子后也不禁称赞着。

狄仁杰并未答话，思索了一阵后，突然说了句话，说话的声音比平时要尖锐一些。

上官婉儿立刻向雷善明等人说道："我爹需要思考，咱们还是先去劁猪人的死亡现场看看，看能不能找到些线索。"

雷善明等人并不知道狄仁杰时不时地就会出现异状，但看上官婉儿一本正经的样子，只好退了出去。

第三十六章　胆矾

钟晓霞的脸颊在油灯光芒的照射下显得红扑扑的，背着手围着狄仁杰转着圈。

"你能不能停下来，我的头一直跟着你转圈儿，有点晕。"狄仁杰抗议着。

"好吧。"钟晓霞停下脚步，拿起册子翻看着。

"线索来得过于容易这点已经很明显了，余东磊、闫继业、劁猪人的死亡也超出了恶魔之手作案的惯例，所以龟兹的这件案子和洛阳案性质不同。"狄仁杰说道。

"这个是自然。"钟晓霞说道。

"现在最不对劲儿的就是这本册子。"狄仁杰指了指钟晓霞手上的册子。

"册子上的内容是洛阳案的，记录得很详尽，十有八九都对上了，有什么不对吗？"钟晓霞很快看完了册子，把册子递给狄仁杰。

狄仁杰把册子轻轻地放在箱子里，说道："册子本身没有问题，问题在于它不应该出现在劁猪人家里。"

从册子内容可以分析出恶魔之手是一个极其完善的组织，把作案的环节分解得很细致，有负责策划指挥的，有负责绑架的，有负责勒索和获取赎金的，有负责处理人质的，有做现场布置和清理痕迹的，分工非常明确，就像一个小型衙门一样。

钟晓霞眼睛一亮，说道："还是狄仁杰厉害，一下就看出了问题所在。你说得很对，这本册子应该是属于策划者的，从劁猪人的性格方面分析，他不可能是策划者，这本册子不应属于他，这就意味着，是策划者故意把册子放在这里，栽赃给劁猪人。"

狄仁杰又走到写着"自作孽，不可活"的墙边，从各个角度看着字，随后说道："你还记得当初雷捕头一股脑把所有嫌疑人都抓了起来，其中就包括劁猪人，释放劁猪人之前，他在口供上画押，却连口供都不看，按了手印便离开了，这说明什么？"

"当时是把他按照绑架杀人犯抓来的，要是捕快在口供上做了手脚，一旦他签字画押，很有可能会真被当作凶手砍头。可他连看都不看一眼，只能说……他不认字。"钟晓霞说道。

狄仁杰点点头，指着墙上的字说道："杀死劁猪人的凶手也知道他不认字，这才假装不认字的状态，在墙上写下了这几个字，但会写字的人装作不会和真不会写字，写出来的字是完全不同的，你再仔细看看这些字。"

钟晓霞望向墙上的六个字，果然如狄仁杰所说，虽说写字的人尽量地模仿不会写字的人，但字体依然很紧凑，有些笔画顺序虽是错的，但依然能看到一撇一捺中暗藏的劲道和笔锋："还真是啊，凶手的这点儿手法在书法大家狄仁杰面前，还是露了拙。"

狄仁杰的书法在当朝数一数二，甚至比某些书法大家还要好，只是他身居高位，又被神探的光环笼罩着，书法上的成就显得没那么耀眼了。

"另外，你再想想这六个字的意思，是一个自杀的人该有的语气吗？"狄仁杰提醒道。

钟晓霞眼珠转了转，说道："自作孽，不可活，这好像是一种告诫，是凶手对劁猪人的告诫，也可能是凶手对其他恶魔之手成员的告诫。"

"是的，这也对应了余东磊的死。余东磊和劁猪人都隶属于恶魔之手组织，应该是这两人的行为触犯了组织的利益，这才有了'自作孽，不可活'这句话。"狄仁杰分析道。

"凶手既然把洛阳案的作案策划放在劁猪人家里，就说明他在引导我们，或者说是在通过这件事告诉我们，恶魔之手所有的元凶随着头领劁猪人的死而彻底消失，以后不会再有任何案件发生了。"钟晓霞说道。

"另外，劁猪人在死前留下了一'竖'，既然他不识字，这一竖要表达的是什么意思呢？"狄仁杰疑惑道。

钟晓霞皱着眉头想了好一阵，才说道："不认字只是相对认识的字少，比如有些人不认字，却还是能写出自己的名字的。"

狄仁杰正要反驳，看到钟晓霞盯着他的眼神有些不善，便又把话咽了下去："你说得对。"

钟晓霞歪着头哼了一声："这才像话。所有的线索就像碎了的拼图一般，有些过于碎小，需要拼图达到一定的完整度后，才能有作用，心急不得。"

狄仁杰叹了口气："舍车保帅也是一种可能，凶手掐断了所有的线索，甚至不惜杀死自己人，让案子走进了死胡同，如果没有突破性的进展，案子很可能再次成为悬案。"

"不管怎样，这里不会有更多线索了，不如先去闫继业的死亡现场看看，老赵应该完成验尸了，上官大人和雷善明他们也在那儿。"钟晓霞提醒着。

狄仁杰一拍脑门："都忘了这茬了，走。"

……

老赵这辈子就爱两件事儿。一是解剖尸体，只有命案发生了，需要验尸，他才会在众人面前大声地喊出验尸结果，短暂地获得一些满足感。另外一件事儿就是喝酒，身为仵作，壮胆驱寒的唯一方式就是喝酒，这也是仵作行业的传统。与旁人不同的是老赵喝酒却是喝出了瘾，只有在醉醺醺的状态下，他才能找到万物宁静的感觉，可以真正让大脑处于暂停状态，不再去想案情，不再去想死者的惨状，不再去想人间的悲疾苦痛。

常年的酒精侵蚀，让他的大脑受损，他随时可以进入睡眠状态，并以一定的频率始终如一地保持鼾声。

老赵向雷善明和上官婉儿等人禀报了验尸结果后，便坐在灶台旁，借着灶膛中仅剩下的温度睡了过去。闫继业的尸体已经被抬了出来，平放在地面的一块门板上，他肥硕的身体显示着他生前的富贵生活，脸上的戾气和恐惧早已随着脸皮的蒸熟而消散，让他看起来也没有那么令人憎恶。

死者手脚被死死地绑住，却没有挣扎的痕迹，口腔、鼻腔、肺部内有多处烫伤痕迹，肺部中还有少量的水，皮肤表面有多处水疱，部分水疱破裂，流出微黄的液体。除了肺部之外，其他内脏还保持新鲜的状态，五脏六腑均保持完整的状态，以银针探查，并未发现中毒现象。

按照老赵的推断，死者生前应该处于深度昏迷状态或者被人点了穴道无法动弹，皮肤上的水疱和肺部有烫伤的痕迹，说明死者是活生生地被蒸熟而死。

闫继业生前性格嚣张跋扈，无论如何也想不到自己会死得这么惨，而且还死在自家的厨房里。

门外坐着轮椅的闫知微苦苦地哀求着值守的捕快，想进入废弃厨房看看儿子，但闫继业尸体此时的状态并不好，要等到仵作缝合了尸体后，才能和苦主见面。

狄仁杰赶到废弃厨房时，和闫知微对视了一眼，向对方抱了抱拳以示歉意，随后便进入厨房中。简单地听了老侯等人的叙述后，他又来到灶台前，端起存放香料的木盘看了又看，木盘上并无任何线索，他叹了一口气，低声嘀咕着："该来的时候却不来。"

厨房内很安静，众人都听得清楚，却不知道狄仁杰说的是什么意思，只有上官婉儿听出了门道，她急忙走到狄仁杰身边，偷偷地用手掐了掐狄仁杰的胳膊，耳语道："这里人这么多，我可没本事把他们都赶出去。"

狄仁杰苦笑一声，摆了摆手："不用那么麻烦……"

说到这里，他的目光无意掠到锅里，嘴里"咦"了一声，拿起水瓢舀了一瓢水，走到厨房门外，借着阳光仔细地看着。

闫知微抹了抹眼泪，说道："怀先生，您一定要帮我抓到凶手。"

水瓢中的水在阳光下显出一抹蓝色，却又不是特别明显。狄仁杰并未回答闫知微的话，反而陷入了沉思中。最初勘查现场时，他用水瓢捞过死者被割下来的器官，那时候锅里的水除了有些白色浑浊外，却没有显出蓝色，为何一段时间后，锅里的水会变成蓝色？

"到底是哪里出了问题？"狄仁杰一直盯着水瓢里的水发愣。

"怀先生，可以缝合死者了吗？"仵作老赵不知什么时候来到狄仁杰面前，他走路悄无声息，通红的眼睛直勾勾地盯着狄仁杰，脸上挂着诡异的微笑，嘴角时不时地抽搐一下，哪怕是在阳光下，依然看起来很瘆人。

狄仁杰吓了一跳，手上不稳，水瓢里的水洒出了一些，差点洒到附近的闫知微身上："老赵，你走路出点动静不行吗，真的会吓死人的。"

仵作老赵连忙抱了抱拳，又指了指尸体的方向。

狄仁杰突然眼睛一亮，顾不上老赵和闫知微，走到灶台前："对了，是它，就是它。"

他从木盘中捏起一些白色粉末，又从锅里舀了一瓢水，把粉末撒进去，又来到门口，借着阳光观察着。

转瞬之后，瓢里的水变成了蓝色。

"是胆矾。"狄仁杰一边喊着一边进入厨房。

"什么胆矾？"老侯吧唧着嘴问道。

"是一种药材，常态化是蓝色，通常都是存在于铜矿中。具有涌吐、解毒、去腐之功效，常用于中风、癫痫、痔疮、肿毒等病症。若置于干燥的地方，或者用火炙烤，就会变成白色，白色粉末遇到水，就会再次变成蓝色。"狄仁杰解释道。

"胆矾是凶手留下的预告线索，这就意味着这个系列的案件还没完！"上官婉儿惊道。

众人都好奇地凑到狄仁杰身边，看向水瓢中蓝色的水，只有雷善明站在一旁，嘴里念念叨叨，却听不清其内容。突然，他拔腿向外跑去，刚出了门便施展轻功，身形一晃便不见了踪影。

蓝色的水，水蓝，雷善明的妻子就叫水蓝，因此他对这个词格外敏感。

狄仁杰也反应过来，急忙拿起手帕包起一些胆矾，随后向老侯说道："老侯，快带我们去雷捕头家。"

第三十七章 过往

雷善明不知道自己为何会失去之前的所有记忆，对他来说，水蓝就是他的一切，绝不能让她出任何事。自打上次被水蓝数落后，他就赌气住在县衙，发誓不破了案子绝不回家，想不到的是，这件案子最终居然落到了水蓝身上。

狄仁杰道破预告线索后，雷善明就有种不祥的预感，这种感觉来自夫妻之间的感觉，就如同很多双胞胎之间的感应一般。

"爹爹！"雷善明三岁的女儿奶声奶气地喊着，她的长相结合了雷善明和水蓝各自的优点，长得浓眉大眼、皮肤细嫩如脂，头上梳着两个小辫子，见父亲回家，放下手中的折纸，第一时间扑进了他的怀里。

"你娘呢？"雷善明急忙问道。

"我和娘玩儿捉迷藏，我藏她找，可我藏了好久，她都没来找我。爹，娘是不是去衙门找你了？"小女孩儿乌黑的大眼睛中没有一丝世俗之气，扑闪扑闪地看着雷善明。

雷善明急忙把孩子放下，快速地搜索了整间宅院，他家的宅院不大，很快，他再次回到女儿身边，柔声地问道："你娘是什么时候和你玩捉迷藏的？"

"吃过早饭之后。"小女孩儿说到这里，指着门口，"爹爹，有人来了。"

雷善明把全部精力都放在女儿身上，居然没感应到家里来了人，他回头一看，是狄仁杰和上官婉儿等人。

"有没有人给你送过信之类的？"雷善明内心焦急万分，却不敢问得太急。

小女孩儿显然不明白雷善明的话，摇了摇头，抓起一旁的折纸："爹爹，这是妈妈教我折的小船，她说家乡有很大很大的一条河，里面有很多这样的船，咱们什么时候能回去看看，带我坐船玩？"

水蓝是地道的洛阳人，生活在物产丰富的洛水流域，还被洛水村的村民们奉为洛神使者，吃穿不愁，若不是为了雷善明，她怎会定居在龟兹这种偏僻的地域？

狄仁杰等人来到雷善明跟前，小女孩儿立刻和众人打招呼，礼数做得很周全，由此看出水蓝的家教很严。

狄仁杰看到小女孩儿手中的纸船后，立刻说道："能不能让爷爷看看你这艘船啊？"

小女孩儿很大方，立刻把纸船递给狄仁杰。

上官婉儿也看出了折纸的材料和杨维希案中绑匪的勒索信纸张相似，立刻凑过来，指着船底部分："这里有字。"

雷善明接过纸船，慢慢地拆开、展开，纸上果然有一些字：十根金铤，换你妻子的命。

狄仁杰和上官婉儿在书法上的造诣极高，几乎一眼就认出了纸上的字迹，和杨维希案中勒索信的字迹一致，由此可以断定是恶魔之手绑架了水蓝。

洛阳恶魔之手案件中，就算家眷及时付了赎金，人质也依然会遭受非人的折磨，侥幸活下来，不是伤残就是得了精神疾病。因此，越早救出人质，人质受到伤害的可能性才越小。

狄仁杰蹲在小女孩儿身前，故作轻松地笑着："小朋友，你这张纸是从哪里找到的？再多找一些，咱们一起折纸船玩好不好？"

小女孩儿用小手指了指大门口："在那里捡的，这纸很贵重的，平时我娘练习写字都舍不得用这种纸。"

狄仁杰看向大门口的地面，却并未发现其他线索。

雷善明趁机哄着女儿到房间玩耍，随后来到老侯面前。老侯知道事态的严重性，拍了拍雷善明的肩膀："放心吧，兄弟们一定全力以赴。"说罢，他朝着捕快们挥了挥手，"兄弟们，立刻封锁城门，对街上车辆和可疑人员进行严查。"

众捕快得知雷家嫂子被绑架，立刻抖擞着精神和老侯一同离去。

"怀先生……"雷善明说话的声音有些发抖，原本坚毅的脸上露出了不知所措的神情。

狄仁杰连忙安抚他，说道："你先别急，咱们得先冷静下来。"

"我……我冷静不下来……"雷善明有些控制不住自己的情绪，要不是有狄仁杰在身边，怕是要失声大哭起来。雷善明身体健壮如牛，但心思单纯，正是因为这点，他才能专心练习武功，在武学上有所成就。

事不关己高高挂起，事若关己心乱不已。

狄仁杰能理解雷善明的状态，叹了一口气："雷捕头，你查一下你夫人的物品，看看有没有收获。"

雷善明深吸了几口气，点了点头，转身离去。

院子中只剩下狄仁杰和上官婉儿两人，一阵风吹过，狄仁杰两鬓的白发随风飘荡起来，看得上官婉儿一阵心伤。

人无论有多大的能力，都无法与时间抗衡。武则天从一名五品才人做到皇帝的位置，其中不乏她有超人的智慧和胆量，加上千年难遇的机会。狄仁杰三起三落，以大才能胜任宰相位置，又堪称当朝第一神探，琴棋书画、医术无所不精。以两人之能，也难逃时间的审判。

"你的头发都白了。"钟晓霞不知什么时候出现在狄仁杰身边，眼睛湿润地看着他，伸手帮他捋了捋凌乱的发髻。

狄仁杰慢慢抬起手，摸向钟晓霞的手，快摸到时却停了下来，卸了一口气，笑了笑："我以为你不会再来找我了。"

"怎么会？先说说案情吧。"钟晓霞俏皮地眨了一下眼睛。

狄仁杰脸色一正，说道："按说刽猪人应该是凶手最后要杀的人，只要把所有的证据都指向刽猪人，再将其杀死，伪造成自杀，便完成了脱罪。上官大人和我拿了作案策划手册和赃物，可以回到洛阳向皇帝交差。如果在刽猪人死后，恶魔之手依然作案，那么之前的所有布局就都废了。"

"按照你的思路，水蓝被绑架应该是个意外，原本不在元凶的作案计划内的。"

狄仁杰点点头，说道："恶魔之手心思缜密，作案过程中几乎没有纰漏，如果他把水蓝纳入他的清除计划，就意味着水蓝一定知道了什么，威胁到了他的计划，甚至是他的生命。"

钟晓霞眼睛一亮，说道："当初给你寄信和恶魔之手花的人，会不会就是水蓝？"

"不排除这种可能。"

钟晓霞拿过那张勒索信，皱了皱眉头："凶手根本就是以绑架的借口杀人灭口。"

狄仁杰看了看天空，太阳正高高地挂着，可他却感受不到丝毫温暖，反而有股寒意从后背不断地涌上来。

从洛阳案到龟兹恶魔之手案，他一直处于被动状态，哪怕是凶手给出了足够的线索，他依然无法将其抓住，受害者一个接一个。可以说恶魔之手真正的元凶是狄仁杰有生以来遇到的最厉害的对手，甚至要高于十二地支组织的犀牛、硕鼠等人。

他预感如果芳水蓝也被除掉，那么恶魔之手恐怕已经除掉了所有能威胁到他的人，之后便会彻底地销声匿迹，再要想抓到他，恐怕比登天还要难，这也就意味着这是最后一次能将其绳之以法的机会。

"水蓝是洛阳人，与恶魔之手的关系很可能是从洛阳时就有了，绝不可能是单单作为雷善明的夫人被绑架的。"钟晓霞说道。

狄仁杰听后灵光闪现，点头赞同："对，刚才我也想到了这点。水蓝虽说住在洛水村，却是整个洛水流域的洛神使者，深得村正洛永宁的喜爱，一个没有背景的普通女孩儿，是绝不会有这种殊荣。可我却从未听说关于水蓝父母的任何消息，仿佛她是凭空出来的一般。"

"这点倒是不难，去洛水村查查就知道了。"钟晓霞说道。

狄仁杰苦笑一声："查身世倒是容易，可现在最大的问题是时间不允许。"

两人正说着，雷善明的声音从正房中传来："怀先生，快来看看，有发现。"

狄仁杰朝着正房的方向回应了一声，再转头准备说话时，却只见到用怪怪的眼光盯着他的上官婉儿。

"呃……这……"

上官婉儿甩了甩袖子："别这那的了，走吧。"

狄仁杰暗自叹了一口气，急忙向正房走去。

上官婉儿盯着狄仁杰的背影好一阵，才自言自语道："也不知道你从哪里学的，比说书先生讲得都精彩，还自带动作配合。都说疯子和天才只有一线之隔，看你现在的样子，完全就是一个疯子，真不知道该不该相信你。"

令狄仁杰和上官婉儿惊讶的是，水蓝居然是一名文采飞扬的女子，若不考虑其文字的传播范围，单论对文字的驾驭能力，绝不会比上官婉儿逊色，更兼得一手好字，连书法卓绝的狄仁杰都称赞不已。

更令人惊讶的是日记中的内容，不但记录了当初她救下雷善明和日后相识相知相恋的过程，还记录了她的从前。

雷善明和水蓝的故事在"绝地旱魃"一案中有详尽的记载，两人之间的爱情不似烈火般炽烈，反而有些像涓涓水流，绵延而长久。

没人知道水蓝的父母是做什么的，甚至连水蓝自己都不知道，只知道她家很富裕，父母也经常外出，一走就是十天八天，也可能是两三个月。奇怪的是，水蓝家的财富堪比地主，却从不雇用下人，每逢离开时，都会把水蓝送到村正洛永宁家，请他帮忙照顾。

洛永宁和夫人对水蓝很好，像对亲生女儿一般照顾着她，如果没有雷善明的出现，她的未来就是一个定数——嫁给洛永宁的儿子，成为洛家的一员，结婚生子，在洛水村终老一生。

洛永宁从来不和水蓝讲她父母的事儿，更不准家中的下人背后叨咕水蓝家的事儿，要是有人乱讲话让他知道了，定会遭到重罚。

水蓝很珍惜和父母在一起的时间，洛永宁一家对她再好，也没有家的感觉，只有依偎在父母怀里的时候，她才会感到真正的宁静和温暖。

人生不如意事，十之八九。

随着一个人的到来，水蓝平静而温暖的生活被打破了。父母对于对方的到来非常紧张，仓促地把水蓝藏在柜子里，并一再告诫她不能发出任何声音，否则，她将会永远失去父母。

胆小听话的水蓝躲在柜子里一动不动，尽量地控制着呼吸，不让自己发出动静。外面三人说话的声音很小，很多话又是水蓝这个年纪无法理解的，加上她过于紧张，并未听清三人的谈话内容，但来人的声音和父亲最后那声叹息给她留下了很深的印象。

在她的印象中，父亲是乐观的，世界上的任何难题都不能难倒他，他一向秉承着的观念是没有解决不了的问题，只有解决不了问题的人。

三人谈完话后，就一起离开了。等水蓝再见到父母时，他们已经变成了冰冷的尸体，再也无法抱着她，唱着歌哄她睡觉。据洛永宁说，水蓝父母是死于一场意外的火灾，等人们把火灭掉之后，两人已经烧成了焦尸。

洛永宁甚至都不敢让水蓝认尸，他害怕两人的惨状会给孩子留下巨大的心理阴影。从此以后，洛永宁夫妇就承担起照顾水蓝的责任，原本他们要水蓝搬到洛家，可倔强的水蓝却不肯离开自己的家。

随着逐渐长大，水蓝也开始有了自己的思考。她认为父母之死绝不是意外，而是带走父母的那个人害了他们，但她并未见过那个人的面目，只听到了他的声音。

而这个声音如今又在龟兹出现了。

水蓝在日记中是这样记载的："那声音很普通，却十几年来一直萦绕在我的脑海中，就是他带走了我的父母，毁了我的人生。如今我又听到了，该怎么办？该怎么办？该怎么办？我怀疑他甚至和恶魔之手案件有关，这就意味着我父母也是恶魔之手的受害者……"

日记内容到此为止，狄仁杰再向后翻，从下一页空白纸透过的墨迹对比，发现最后一页被撕掉了，仔细观察断茬部分，应该刚撕掉不久。

"这是你第一次看到这本日记吗？"狄仁杰问道。

雷善明摇了摇头，说道："我一直知道她有记录的习惯，但她从来不让我看其中的内容。"

"这页被撕掉的纸上一定记录着极其重要的内容。"狄仁杰小声说着。

"如果我是绑匪，就把整本都拿走烧掉，免得留下线索。"上官婉儿说道。

狄仁杰摇摇头："那不符合恶魔之手的作案方式。"

上官婉儿看着狄仁杰手里的日记，正要说话，却见狄仁杰摆了摆手，示意她不要讨论。两人心里对带走水蓝父母的神秘第三人有了一致的想法，他就是恶魔之手的首领。

之前，狄仁杰为了不暴露身份，一直未将自己得到的那封信拿出来，如今到了关键时刻，也顾不得那么多了，于是他掏出了那封信递给雷善明。

雷善明疑惑地接过信件，拿出已经干枯的恶魔之手，只看了一眼，便惊道："这是胡商案中的证物，怎么会在您手里？"

得到了验证，狄仁杰松了一口气，但他知道，此时还不是讨论这件事的时机，只得说道："雷捕头，此事说来话长，等咱们先救出水蓝，然后再慢慢聊。"

虽说雷善明一肚子疑问，却也不敢多问，再多的疑问也赶不上水蓝的性命重要。

狄仁杰又向雷善明说道："这本日记很重要，我可以暂时保管吗？"

雷善明神情有些悲伤，下意识地点了点头："怀先生，您一定要帮我把水蓝救出来，我不能没有她。"

狄仁杰坚定地点了点头，看向上官婉儿："要是有当年洛阳案的卷宗就好了，也许可以在其中获得一些线索。"

上官婉儿一愣，心道：调取洛阳案卷宗的事儿是她暗中进行的，狄仁杰不可能知道，难道这人真的能掐会算不成！

"爹，洛阳案的卷宗可以有，也许有人知道这两件案子有关，把洛阳案的卷宗给送了过来，应该在龟兹驿站放着。"

狄仁杰似笑非笑地看了看上官婉儿。

"怀先生，现在救水蓝要紧，那些旧的卷宗档案不看也罢。"雷善明焦急地说道。

狄仁杰回道："雷捕头，你的心情我能理解，我救水蓝的急迫之心不会比你差。"

雷善明看向狄仁杰，见他眉头皱成了一个川字，知道他所言不假，遂点了点头，深吸一口气，内力运转直下，又缓缓吐出，情绪平复了很多。

"当年恶魔之手案破得太快，破案后，我就被调任，很多疑点都没来得及解开。如今龟兹案案发速度极快，要是跟着凶手给出的线索，就意味着一直被他牵着鼻子走，救出水蓝的机会更加渺茫。"狄仁杰分析道。

雷善明脸色缓和了一些，说道："水蓝的日记里记载了我的一部分从前，也许另外一部分需要救她出来之后才能得知了。"

狄仁杰点点头："世界上有很多事是无法强求的，等到了时机，你自然会知道一切。你现在最重要的任务就是静下心来，寻找一切和水蓝有关的线索。"

身为执法人员，势必会与诸多不法之徒做斗争，不法之徒之所以称之为不法之徒，就意味着他们不会遵守任何规矩，一旦达不成目的，就可能对执法人员进行报复。捕快衙役等毕竟隶属于官方，他们不敢轻易得罪，但家人们就不一样了。

从雷善明当上捕头的第一天起，他就做好了准备，只是想不到这一天会来得这么快。

第三十八章　虎师

狄仁杰和上官婉儿来到驿站，简单说明自己的身份和来意后，驿丞傲慢的态度立刻变得无比谦卑，就差给二人跪下磕头了，经历了一道道手续后，驿丞才把洛阳案的卷宗拿给二人。

上官婉儿非常奇怪驿丞对他们的态度，但狄仁杰却看得出来，驿丞是官场上的老油条，应该是猜出了他们的身份。

干了这么多年的驿丞，经手的塘报和信件无数，但大多都是安西四镇发往神都洛阳的，很少见到从神都洛阳加急送来这么多卷宗。而且卷宗口上封着火漆，火漆上盖着大理寺的官方印章，这就代表着此卷宗属于绝密等级，只有大理寺卿以上级别的官员，才有资格看到。

眼前的这两人虽说穿着捕快的衣袍，却能从大理寺调来绝密级的档案，说明他们的身份绝不是表面看到的这么简单，加上第一眼看到二人后，觉得他们气质非凡，一举一动都带着贵族之气，更加确信了他之前的判断。

狄仁杰看到驿丞的态度，暗自叹了一口气，他知道他们俩的身份再瞒不住了。

"驿丞大人，刚才我们来时，看到很多民众带着行李向城外走去，你知道是怎么回事儿吗？"狄仁杰问道。

驿丞瞪大眼睛看着两人，说道："你们还不知道吗？"

狄仁杰和上官婉儿对视一眼："知道什么？"

驿丞叹了口气，说道："听说突厥人打过来了，好像是最厉害的虎师。突厥人和吐蕃人不同，他们一向只是掠夺，除了牲口、财物之外，就是女人，能带走的带走，带不走的就杀掉、烧掉，总之很可怕。还能留下来的基本都是突厥人，吐蕃人和汉人要是留下来，就是个死啊！"

"虎师，哈赤儿。"狄仁杰冒出一股冷汗。

由于地理位置的原因，安西四镇是兵家必争之地，经历了数千年的战争、无数性命和鲜血的洗礼，突厥人、波斯人、吐蕃人、中原汉人都涉足此地，一茬一茬地来了又走，走了又来，只有龟兹土城依然屹立不倒。

尤其是位于南面的吐蕃，为了扩充骑兵数量，一直觊觎畜牧业发达的龟兹地区，哪怕是在大唐盛世之下，依然屡次派兵进行骚扰。可奇怪的是，这次兵临城下的却不是吐蕃军队，而是一向扎根在大草原深处的突厥军队。

与吐蕃军队不同，突厥军队如同一群蝗虫，旋风般而来，掠夺后又旋风般离去，绝不贪恋守城。此次前来偷袭的还是突厥军队中战力最高的虎师，虎师首领正是突厥大将军哈赤儿，哈赤儿天性残暴，破城后往往会选择屠城。

按说龟兹的地理位置在安西都护府的核心区域，无论是吐蕃还是突厥，不太可能绕过边境的军事重镇直接攻打龟兹，一旦被断了后路，很容易被大周军队合围，进而全歼。更何况，龟兹土城只是安西都护府最小的一块绿洲，富庶程度比其他地区差了一大截，就算打下来也没有任何好处。

消息如同肆意蔓延的瘟疫一般散播，很快，整座龟兹城都知道了虎师的到来。龟兹本地居民倒还好些，他们大部分都有突厥血统，就算突厥攻城，对他们的损害也不大。而戍边而来的洛阳民众就不一样了，他们是中原汉人的血统，还与当地人有了农牧之争，一旦突厥大军攻破城池，定会对他们进行洗劫，甚至屠杀。

武则天即位后，大周和突厥发生了数次战争，虽说每次都以大周的胜利告终，但实际情况是突厥军队在大周主力军队没到时，便带着战利品撤回草原深处。

大周看似胜利，实则输得很惨。

与恶魔之手绑架案比较，突厥虎师所带来的恐惧更甚一些。很多戍边民众顾不得戍边令的约束，纷纷收拾行李，准备离开龟兹。

"不可能啊，这里是安西地区的腹地，突厥再大的胆子，也不敢孤军深入腹地，来袭扰龟兹城啊。"上官婉儿通晓地理和军事，经常和武则天讨论周边国家关系等事宜。大周收复安西地区后，建立了安西都护府和数个以军事为主的重镇，目的就是把西突厥和吐蕃阻挡在边塞之外。

西突厥位于安西以北地区，虽说可以绕过边境的几个重镇，但让主力虎师深入安西腹地的做法却十分诡异。

龟兹案还未了结，又迎来吃人不吐骨头的突厥虎师。

上官婉儿仿佛有很重的心事，捏着衣袍的手紧绷着，过了好久，才慢慢松开，说道："还是先看卷宗吧。"

狄仁杰点点头，转头看向驿丞。

驿丞是有自知之明的，见狄仁杰只是看着他却不说话，也不打开卷宗，就知道卷宗里面的内容绝不是他这个级别能看的，于是一番施礼后便退了出去。

房间中只剩下狄仁杰和上官婉儿，除了翻动卷宗的声音，就只有他们的呼吸声。两人翻看卷宗的速度很快，却略有区别。上官婉儿阅读速度快，加上有过目不忘的能力，因此看得非常快。狄仁杰当初经历过洛阳案，非常熟悉，因此也看得很快，只有在有疑虑时才会停下来思索一番。

两人交换了最后一卷，看完后抬起头。

狄仁杰看着紧皱眉头的上官婉儿呵呵一笑，问道："上官大人可有心事？"

"你是怎么推断出来的？"上官婉儿极力地舒展着眉头的"川"字。

"不用推断，都写在你脸上呢。"

上官婉儿叹了一口气，白了他一眼："难道狄大人也想窥探一下女孩儿的心事吗？"

狄仁杰摊了摊手，他知道上官婉儿不想说，就算他再问也是没有结果，于是转移话题道："卷宗我看完了，咱们先讨论一下。"

"好。"上官婉儿仿佛是彻底放下了心事，皱在眉心的疙瘩慢慢舒展开来。

……

公元691年注定是一个不平凡之年，此时是武则天即位的第二年，政治不稳，朝政风云变幻，李姓王族不服武则天的统治，纷纷起兵造反。当朝的大臣们也不愿意让女人做皇帝，又不敢公开反对，一部分官员就采用消极的态度对待朝政。

恶魔之手案的发生，为这个不平静的时代又带来了恐惧。

洛阳恶魔之手案中，受害者有男有女，有老有少，有平民百姓也有商贾、地主等，凶手以一朵恶魔之手花作为媒介，成功地引发了人们的恐惧。洛阳人几乎人人自危，不知道恶魔之手会落到谁家，落在谁的头上。

与武则天滥用佞臣所引发的朝中大臣的恐惧相比，恶魔之手有过之而无不及。

恶魔之手之所以能够横行，是因为它并不是一个人，而是一个极为严密的组织。作案前有策划、有应急预案，作案时，多个成员分工明确、密切协作，作案后有人负责清理痕迹。

从劁猪人家中密室搜出来的那本册子就是作案计划，应该是恶魔之手最具智慧的人制订出来的，针对不同的绑架对象，制订出相应的绑架计划。人质被绑架后，有专人负责对其实施迫害，并严格控制其死亡时间。有人负责与人质家属接触，负责拿到赎金并通过特殊的渠道把赃款洗白。至于负责清理痕迹的人，一定拥有办案的经历，很可能从事过通判等职业。

可惜的是，因为案情发展过快，这件案子还未平息，又一件案子就发生了，此时的狄仁杰和大理寺众人疲于奔命，找线索、拯救人质，狄仁杰也曾怀疑过恶魔之手可能不是一个人，随着告密者的出现，恶魔之手案件告破，狄仁杰升任宰相，工作方向有了巨大转变，以至于恶魔之手案草率结案。

……

"狄大人，你有没有发现洛阳案中的受害者有一个特点？"上官婉儿合上最后一本卷宗。

狄仁杰缓缓地点了点头："洛阳案中的受害者很少有当官的，几乎都是平民百姓。"

"来俊臣、周兴等人以诬陷罗织等手段扰乱朝政，搅乱了官场，很多官员因此被罢官，甚至被扣上造反的罪名杀头。在当时，京官是一种高危职业，上朝之前都会和家人做以诀别，以防不测。当官的已经够惨了，要是再被恶魔之手盯上，岂不是没了活路。"上官婉儿说道。

狄仁杰当时正在神都洛阳，岂能不知。身为女性的武则天当上了皇帝，反对声很大，以至于朝政不顺，造反不断。为了稳固皇位、整理朝政，武则天只得以非常手段清除异己，来俊臣、周兴等佞臣酷吏应势而生，搅乱了大唐官场，清洗了一大批李唐旧臣。

反观民间，拥护李唐的大有人在，来俊臣等人的手段对付官员还行，对于人数众多的平民百姓却没有奇效。

想到这里，狄仁杰看了看上官婉儿，到了嘴边的话又咽了下去。

上官婉儿立刻便看出狄仁杰的异状，笑了笑说道："狄大人，此处只有你我，有话尽管说，出了这个门，我什么都不会记得。"

上官婉儿说话时，神情平静，双眼清澈，语气非常诚恳。

"官场上有来俊臣、周兴等人，江湖上有十二地支，而民间的则是……"

"恶魔之手！"上官婉儿接道。

狄仁杰点了点头，表示赞同。

"还有什么？"

狄仁杰略加思索后说道："俗话说得好，三句话不离老本行。连说话都是如此，更何况是行为。如果我推断不错，恶魔之手被线人告密后，遭到了大理寺的追捕，他们便远离神都洛阳，随着戍边民众来到了龟兹，所以他们从事的职业也会与原本擅长的相关。"

"为什么不是四散而逃，反而要集中来到龟兹？"上官婉儿问道。

"应该是为了钱财。"狄仁杰答道。

洛阳案中，有很多家眷按时付了赎金，绑匪得到的钱财虽说不上富可敌国，却是普通人一辈子都赚不来的，他们冒着生命危险作案，事后再拿不到钱财，岂不是成了傻子。

上官婉儿立刻会意，说道："按你的说法，根据恶魔之手组织成员的分工，刀法和医术过硬的劐猪人、余东磊是负责控制人质死亡时间的，杨维希擅长制造绳子和捆绑，闫继业嘛，性格粗鄙，嚣张跋扈，这两人可能是负责绑架人质的。胡商是经商的，很可能是负责拿赎金以及通过市场洗白赎金的。至于案发后清理现场的人……需要心思缜密、细致，可能从事过捕快、通判等职业，也许早在恶魔之手逃离洛阳之前就死了，或者压根儿就没和恶魔之手来到龟兹。"

狄仁杰赞许地点点头："上官大人不愧是天下第一才女，分析得既大胆又有道理。恶魔之手组织的首领即是策划者，就是当初暴露后，我们抓捕未遂的那个人。"

"冒昧地问一句，当初你们那么多人，都没能抓到他吗？"上官婉儿问道。

狄仁杰的表情突然痛苦起来，像是在努力地回想往事，但那段往事就如同虚无缥缈的空气一般，既存在又无法抓住。

"抱歉，抱歉，我就不该问这个问题。"

过了好一阵，狄仁杰才慢慢平静下来，长舒了一口气，摆了摆手："不怪你。"

"那个……西突厥军队的事儿你怎么看？"上官婉儿急忙转移话题。

"此事来得颇为蹊跷，说不定和咱们现在的案子有关。"狄仁杰说道。

"怎么会？"

狄仁杰皱着眉头想了一阵，他想到了一个极其可怕的可能，但现在还没有证据，只是猜测，就算说出来，上官婉儿也不会信，于是说道："也许是我多虑了，但愿我多虑了，此事容后再说。"

"好吧。关于案子，下一步该怎么办？"上官婉儿不再纠结突厥大军的事儿，她现在只想尽快破案，然后离开这个是非之地，至于西突厥的虎师，自有大周的军队料理。

狄仁杰分析道："从水蓝的日记中可以得知，她一定是知道了什么，而且威胁到了凶手，恰好凶手也知道她的存在，这才破坏了原本的计划，绑架了水蓝，撕下了那页日记。咱们可以大胆地推断一下，如果当初带走水蓝父母的第三人就是恶魔之手的首领，水蓝虽然没看到人，却听到了他的声音。多年后，她在龟兹又听见了那人的声音……"

"这就意味着，咱们必须从水蓝的角度再看这桩案件，也许会有突破。"上官婉儿说道。

狄仁杰的表情变得严肃起来，说道："说到水蓝，也许洛阳案中的人质死亡名单会给咱们一些启发。"

第三十九章　死亡名单

神话传说中，地府有一本可以掌控人生死的生死簿，记录着每个人的生老病死，正所谓阎王让你三更死，谁敢留人到五更。

生死簿已经能令人生畏，但与恶魔之手的手册来比较，就温和多了。

第一起案件为：武周天授元年十月二十日，城西郊区畜牧户黄百万，五十岁，赎金二十根金铤，未付，吊颈而亡。

武周天授元年十一月六日，服装商人唐宗前，四十四岁，赎金十根金铤，未付足，活分尸。

武周天授元年十一月十六日，木匠刘岩，四十二岁，赎金五根金铤，按期付款，一部分赎金以珍贵木材顶替，挖眼、断手作为惩戒。

……

武周天授二年三月十日，城西柳家染坊千金刘奕茜，十六岁，赎金十二根金铤，未付，困入猪笼，淹水而亡。

武周天授二年三月十五日，城东黎家长子黎宏远，三十二岁，赎金十根金铤，如期付款。

武周天授二年三月二十三日，城东洪家当铺当家掌柜洪涛，四十一岁，赎金十五根金铤，如期付款，其中一部分是名人字画和古董。

武周天授二年四月五日，悦来客栈掌柜齐有福，三十八岁，赎金十根金铤，未如期付款，割断血管流血而死。

……

武周天授二年十月一日，洛阳南郊员外刘仁凯，六十五岁，赎金十根金铤，如期付款，但以部分财物顶替金铤，断四肢、舌作为惩戒。

武周天授二年十月十日，洛水村农户乐仁川夫妇，男三十六岁，女三十三岁，男女皆会武功，危险，赎金二十根金铤，未付，迷晕后伪造火灾烧死。

……

武周天授三年一月三日，劳工头儿赵老赶，好酒，狡诈，赎金十五根金铤，付了一部分，断手脚、男根、挖双眼以做惩戒，此为最后一起案件。

天授三年一月五日，大理寺接到神秘人线报，得知绑匪藏于城北一座废弃的道馆中，遂前往抓捕，洛阳恶魔之手系列绑架杀人案就此终结。

记录的时间从武周天授元年十月二十日起，到天授三年一月五日终，一共九十二起案件，平均十天左右犯案一起。

劁猪人家发现的手记等同于一张死亡名单，上了名单的人，如果未按照要求付赎金，十死无生。

水蓝今年十八岁，按照她的年龄倒推，其父母遇害的年纪大约在三十四五岁，洛阳地区没有姓水的人家，因此"水"姓没有任何参考价值。

狄仁杰指着其中一行说道："武周天授二年十月十日，洛水村农户乐仁川夫妇，赎金二十根金铤，未付，迷晕后伪造火灾烧死。绑架一般都会绑家里重要的人，比如孩子、家主等，夫妻俩同时被绑架的还真是稀罕。而且死因是火烧，地点也是洛水村，和水蓝的父母都对应上了。"

"如果同时绑架了两口子，那么谁来付赎金呢？总不能指望一个孩子吧。"上官婉儿说道。

"没错，所以恶魔之手组织绑架并杀害这两口子就不是为了钱。"狄仁杰说道。

上官婉儿立刻想到一个可怕的事实，就是水蓝的父母很可能也是恶魔之手组织的成员，只是因为某些原因被组织实施了灭口。

首先是水蓝父母的身份很神秘，既不是农民，又不是朝廷官员，也不是商人，没有任何收入来源，却家境富裕。再者就是水蓝的父母常年在外，在家陪孩子的时间很少。最后一点是水蓝父母对于最后领走他们的那个人非常恐惧，生怕他会伤害水蓝，这才把水蓝藏了起来，也就意味着他们知道即将到来的命运。

"这是咱们的推测，毕竟死无对证了。"上官婉儿说道。

"年号天授。"狄仁杰小声嘀咕着。

"什么？"

"天授年号从载初元年九月壬午（公元690年10月16日）开始，到天授三年四月丙申朔（公元692年4月22日）终结，你看看恶魔之手系列案的开始和终结时间，大约对应上了。而且，来俊臣诬陷我造反的时间是天授三年一月底，也就是正月前后，现在想想，他栽赃我谋反很可能与我继续调查恶魔之手案有关。"狄仁杰解释道。

上官婉儿又翻看了刲猪人的手记，果然如狄仁杰所说。她和狄仁杰对视一眼，两人虽然都未说话，心思却想到了一起。

武则天即位后，朝政极不稳定，针对武则天的暗杀一起又一起，外族叛乱、诸王谋反层出不穷，为了维护来之不易的皇权，武则天先是通过京官外派、科考等制度打击控制朝政的关陇集团，又利用佞臣铲除异己，巩固了政治地位，但民间对李唐的呼声却越来越高涨。

水能载舟，亦能覆舟。

这是唐太宗李世民常常挂在嘴边的话，武则天最初是作为李世民的才人入宫的，对这句话印象颇深，也影响了她的一生。

正在此时，恶魔之手案爆发。对于一个百万人口的城市来说，涉案的受害者只是死亡人数的极小一部分，恐惧却如同可以无限传染的瘟疫一般，深深地种在人心里。

随着时间的推移，人们越来越恐惧，甚至已忘了天下社稷究竟是武周还是李唐，人们想要的是一个安全、稳定、富足的生活，至于谁是皇帝、国号、年号等反而没那么重要了。

然而，恶魔之手依然保持着作案频率，并未因为人们心中的恐惧而消失。

随着狄仁杰的加入，大理寺对于案件的调查才有了转机，甚至有几次已经摸到了恶魔之手的核心。想不到的是，随着一则线报，长达两年多的恶魔之手案告破，凶手也在逃跑中坠崖身亡，案件终结，洛阳又恢复了从前的繁荣和安定。

而觉得案件还有诸多疑点的狄仁杰并不甘心，在大理寺宣布结案后，依然暗自调查着恶魔之手案。不久后，他突然被来俊臣栽赃陷害，以谋反罪关入天牢。一番斗智斗勇后，狄仁杰最终洗脱了嫌疑，却没能再回到原本的职位，由一名正三品的宰相被贬到彭泽任七品县令。

在被冤入狱时，狄仁杰一度认为是佞臣来俊臣胡乱栽赃，现在想起来，很可能和他经手的恶魔之手系列案件有关。而且此案很可能与武则天有关，她很可能是利用此案来转移民众视线，甚至还有一种可能，就是利用恶魔之手组织清除在民间散播不利于武周言论的人士。

等时局平稳后，恶魔之手自然会消散。想不到的是，狄仁杰却在此时不依不饶，继续追查恶魔之手案，一旦被他抓到恶魔之手组织中的任何一人，都有可能审问出对武则天不利的口供，狄仁杰这才有了那场本不该有的牢狱之灾和被贬出京。

上官婉儿毕竟是武则天的心腹，就算狄仁杰想到了什么，也不敢直说，他笑了笑，说道："我这人就好瞎想，上官大人当不得真，咱们还是想办法救水蓝吧。"

上官婉儿知道狄仁杰对她有忌惮，一时之间有些尴尬，便抿着嘴点了点头，说道："可现在咱们什么线索都没有。"

狄仁杰突然整个人一动不动，但脸上的表情逐渐发生变化，有时严肃，有时嗔怒，嘴里一直嘀咕着。上官婉儿叹了一口气，他又犯病了。

……

钟晓霞背着手在狄仁杰身边一圈一圈地绕着，时不时地撞他一下。

"我都心急如焚了，你还在玩。"狄仁杰说道。

"我年纪还小嘛，难道要像你一样，总是板着个脸，一本正经地说话办事，那多没意思啊。"钟晓霞几乎无视狄仁杰的反对，不过转了一阵后，她还是停了下来，歪着头看向狄仁杰。

"你……"

"你看，你总是愁眉苦脸的，思路也会受到影响。案子发展到现在，线索已经很明显了，可你还是疏忽了。"钟晓霞提醒道。

"我疏忽了？怎么可能！"

"你疏忽了闫知微。"钟晓霞漫不经心地说道。

狄仁杰眼神一缩,眼珠来回地转着,嘴里念叨着:"闫知微,闫知微……"

"既然闫继业是恶魔之手成员,那么他爹呢?"钟晓霞再次提醒着。

"有道理,我第一次见闫知微时,从面相来看,他不是龟兹当地人,反而更像是中原人。中原人来到这里后连生存都很难,怎么可能成为最大的畜牧养殖大户。"狄仁杰说道。

"除非他原本就有很多钱,他现在的产业是基于原有财富的基础上。"钟晓霞说道。

"如果他是恶魔之手的首领就能说得通了。不过,杀其他人灭口也就罢了,为什么要杀自己的儿子闫继业?"狄仁杰问道。

"你呀,仔细想想,闫继业无论是性格还是长相,哪一点像闫知微?"钟晓霞提醒着。

闫继业满脸横肉,三角斜眼,相貌中透露着凶煞之气,性格极为乖张、暴戾,的确和闫知微有很大的区别。

"另外,你看闫知微脸上连根胡子都没有,想到了什么?"钟晓霞问道。

狄仁杰深吸一口气,想了一阵,才吐出这口气:"他不会是太监吧?"

狄仁杰仔细回忆着和闫知微的每次接触,回想着他的行为、举止、声音、相貌,果然处处都有太监的影子。

"你还记得第一次见面时,他和上官婉儿说的话吗?"钟晓霞问道。

狄仁杰缓缓地点了点头,思绪又回到在闫府第一次见到闫知微的那一刻。

……

闫知微向上官婉儿抱了抱拳,一脸歉意地说道:"草民双腿旧疾复发,行动不便,不能给各位大人行大礼,还请海涵才是。"

上官婉儿听了闫知微的话,眉头略微皱了皱,随后摆了摆手,说道:"无妨,无妨,既是腿疾不便,礼数可不必在意。"

上官婉儿看向闫知微的靴子,发现靴子底部有些许的泥土。闫知微立刻感应到对方质疑的目光，苦笑一声道："诸位大人有所不知，前几年，我骑马时从马背上摔下来，这两条腿就废了，幸好咱们龟兹有个非常有名的余大夫，常年帮我调理这两条腿，要不，怕是只能躺在床榻上动都不能动了。"

……

"是了是了，闫知微道歉时说的是官话，这就意味着他很可能当过官。他对我们称呼为大人，原本我以为是对官场人的尊称，现在看来，他指的是上官大人和我。这就意味着，从我们见面时，他就认出我们来了。"狄仁杰一惊。

钟晓霞撇了撇嘴，语气中有明显的醋意："你倒是其貌不扬，不过上官大人天仙一般的人，额头上又有那么明显的梅花刺青，天下人早就传遍了，但凡有点见识的人，谁认不出来。"

"另外，当时我的目光看向他沾了一些土的靴子时，他几乎下意识地解释了他双腿的事儿，也是欲盖弥彰。"狄仁杰说道。

"当年咱们追击的恶魔之手首领从悬崖上坠落，生不见人死不见尸，都以为他被湍急的河水淹死了，却只是伤了腿。"钟晓霞说道。

"这样说来就太可怕了。"狄仁杰听后倒吸了一口凉气。

第四十章　三道保险

狄仁杰看向钟晓霞，看了好一阵后，才缓缓地点了点头："按这样的说法，县令齐大人也早早就看出我和上官大人的身份了。"

"也许吧，否则，你们俩哪能那么容易就当上捕快。捕快毕竟是县衙公职，寻常百姓哪是想当就当的。"

狄仁杰双手抱臂，一手捏着下巴上长出来的胡子："如果刚才的假设成立，那事情就可怕得多了。从恶魔之手花茎的状态来看，恶魔之手组织在洛阳案中哪怕是面对全体大理寺成员的追查也是从容不迫，而到了龟兹后，却浮躁了起来。原因就在于在洛阳案中，他是有皇帝暗中支持的，所以做任何事情都如有天助一般，就算出了事，也有皇帝保他一命。而龟兹案中，他不但失去了皇帝的庇佑，等来的还是皇帝设计的必死之局，因此才心情浮躁。"

"兔死狗烹不正是这个道理吗。遥想来俊臣、周兴等佞臣，需要他们时，可以让他们尽情地享受权力和财富，当局势稳定后，这些人就只剩下最后一点利用价值——杀之以泄民愤，所以，从来俊臣靠诬陷他人升官发财的那一刻，就注定了他最终的结局。"钟晓霞说道。

狄仁杰叹了口气："证据，我现在最缺的就是证据。"

钟晓霞一笑，说道："你之前说过，水蓝应该掌握了关键性证据，这也是她被绑架的主要原因。另外上官大人也可能掌握一定的证据，而且据我观察，她还有事瞒着你，只是你现在一心破案，疏忽了很多，比如突厥虎师兵临城下。"

"突厥虎师和上官大人有关？"狄仁杰心里一惊。

"上官大人即便不是主谋，也应该是个知情者和半个决策者，至少我是这么认为的。"钟晓霞说道。

经过钟晓霞的提醒，狄仁杰又想到了另一个更为可怕的可能。

如果恶魔之手组织的行为是基于皇帝武则天的支持，那么当民众舆论平息后，恶魔之手组织也就失去了利用价值，加上狄仁杰带着大理寺的人追得很紧，一旦被抓住，黑料就会被公之于众，不利于武则天的统治，这才有了大理寺得到线报的事儿。一直压抑的大理寺众人倾巢而出，围剿恶魔之手组织。想不到的是，恶魔之手组织的首领却洞悉了先机，发出警告，令成员随着戍边民众逃出洛阳，再辗转来到龟兹。

如果武则天知道恶魔之手组织的人还有漏网之鱼，一定会尽全力除掉他们，保住当年的秘密。因此在内卫大阁领贾威猛得到那封信后，才派了上官婉儿和狄仁杰来龟兹破案。

狄仁杰是第一道保险，作用就在于揪出恶魔之手组织的成员。上官婉儿代表皇帝来监督狄仁杰，实则是第二道保险，一旦恶魔之手组织有成员落网，武则天定会找个借口诛杀凶犯，保证其绝不会有机会说出任何秘密。如果上官婉儿和狄仁杰无法达成目的，那么突厥虎师就会作为第三道保险破城杀人，甚至不惜搭上整座龟兹城民众的性命，也决不能让恶魔之手的事曝光，给武则天的政治生涯添上污点。

突厥虎师之所以能够绕过大周和突厥边境的防线，定是得到了武则天的默许，否则，凭借大周的兵力部署，突厥虎师再厉害，也不敢深入安西腹地。上官婉儿很可能与虎师之间有联系，甚至很有可能虎师一直在等待上官婉儿的命令，一旦狄仁杰无法除掉恶魔之手，上官婉儿便会命虎师屠城。

至于突厥虎师为什么会帮助武则天做这件事，很可能是武则天答应了突厥提出的一些条件，比如屠城后可以任意掠夺龟兹城的财富、牲畜等。而选择虎师做这件事还有个好处，就是可以把这端祸事栽赃给突厥。

三道保险，一道比一道更为保险，也更为凶险。

再说案情，如果闫知微是恶魔之手组织的首领，一开始他出于某种原因才出手杀了胡商和杨维希，却没想到引来了上官婉儿和狄仁杰。而后面的案子线索指向则特别明显，这显然是闫知微抛出的弃子，是在明志——

他可以诛杀所有的恶魔之手成员，以保住他的性命，而水蓝是威胁到他的最后一个因素。

闫继业密室失踪之谜原本很神秘，若凶手是闫知微，这件案子就简单多了，他完全可以骗闫继业，让他配合弄一起密室失踪案扰乱狄仁杰、雷善明等人的侦查，再嫁祸给劁猪人。令闫继业想不到的是，闫知微假戏真做，真的杀了他。这也解释了为什么以上官婉儿的轻功，都无法把勒索信悄无声息地送到闫家的事儿，而绑匪却可以。原因就在于凶手就在闫家，所以才能在不惊动街道上蹲点的捕快衙役的前提下，把勒索信放到后门处。

"再说说水蓝吧？"钟晓霞说道。

狄仁杰想了好一阵，才说道："在闫继业的被害现场，除了香料之外，就只有胆矾。"

钟晓霞向狄仁杰伸出手，狄仁杰却不明所以，脸上一红，把手伸了过去，握向钟晓霞的手。钟晓霞反手轻轻打了一下狄仁杰的手背："干吗？我要看看胆矾。"

"哦，哦，这……嘿嘿……给。"狄仁杰从怀里掏出手帕，轻轻打开后递给钟晓霞。

钟晓霞借着阳光仔细看了一阵，才说道："既然胆矾是一种药材，一定是经过提炼的，不能有杂质，可你看这些胆矾中却有一些沙土。"

狄仁杰凑过去看了看，随后说道："这就意味着这些胆矾是天然生成的，而不是经过提纯后卖到药店的。"

"胆矾多出于铜矿中，最初的形态呈现为蓝色，暴露在干燥的空气中后会逐渐变成白色。"钟晓霞又提醒道。

狄仁杰连连点头："对，对，环境干燥、远离水源的铜矿场，另外还要满足无人打扰，也就是废弃的铜矿场。"

"既然要嫁祸给恶魔之手组织，做戏就要做足，凶手一定会安排一个人复刻恶魔之手组织的杀人手法。"钟晓霞说道。

"无论怎样，都要先找到人。"狄仁杰说道。

"咱们说了这么多，上官大人会不会生气？"钟晓霞问道。

一想到上官婉儿可能有所隐瞒，甚至可能是推动整个事件的推手，狄仁杰不禁叹了口气，扭头看向上官婉儿。他突然感到眼前这名漂亮又妩媚的女人非常陌生，原本还算和善的脸上满是煞气，哪怕是精致的五官，其中也蕴含着一股神秘。

他向四周望了望，钟晓霞早已不知去向："上官大人，刚才……"

上官婉儿的表情并没有太过复杂，只是幽幽地叹了一口气："你刚才一个人叨叨咕咕的，一会儿这样一会儿那样的，都说了什么？"

"你离我这么近，真没听到？"狄仁杰瞪着眼睛问道。

上官婉儿摊了摊手："你整天古古怪怪的，我都不知道说什么好，唉。不过，时间不多了，你看外面的天。"

上官婉儿这句"时间不多了"在狄仁杰听来是一语双关，可以理解成营救水蓝的时间不多了，也可以理解成距离虎师屠城的时间不多了。

狄仁杰向外看去，果然，太阳已经向西方落下。

经过刚才的推理，狄仁杰已经明白了一切，现在想要破解虎师屠城，只有利用上官婉儿这个变数。于是他从怀里掏出官凭，推开房门，朝着远处的驿丞挥了挥手。

"哎，你干吗？"上官婉儿见狄仁杰拿出官凭，就知道事情有些失控，他们的身份会立刻暴露。

驿丞跑过来后，接过狄仁杰的官凭，翻开后便跪倒在地，满脸的仰慕之意，朝着狄仁杰和上官婉儿磕头："就知道二位身份不简单，下官叩见两位大人。"

"爹，您……"上官婉儿依然不承认自己的身份。

驿丞笑了笑，说道："就算您没拿出官凭，下官也猜到您是上官大人，因为您额头上的那朵梅花太显眼了，虽说很多女人都模仿您刺了青，但能和这朵刺青完美融合为一体的，世上怕只有上官大人一人而已，其余凡尘女子皆为东施效颦。"

上官婉儿听拍马屁的话听多了，并未感到肉麻，只是白了狄仁杰一眼，叹了口气道："这下好了，好好的暗查暗访，全部成了明棋了。狄大人，这下该怎么收场？"

狄仁杰点了点头："上官大人说得对，也到了该收场的时候了。"随后，他转向驿丞:"驿丞,你来龟兹多久了?"

驿丞数了数手指头,说道:"五年多了。"

狄仁杰点点头,问道:"龟兹附近有没有铜矿?"

驿丞立刻说道:"当然有,龟兹盛产铜、铁和盐,是安西地区的宝地,龟兹城西有很多露天铜矿场,铜矿非常丰富,不过,由于这些年开采无序,加上大量的民间私人偷采,一些矿场早就废弃了。"

"有没有废弃较早的铜矿场?"狄仁杰又问道。

驿丞挠了挠头,想了一阵才说道:"有,离龟兹比较近的两个铜矿场开采的时间较早,所以废弃得也比较早。"

"这两处废弃矿场哪个距离水源较远,或者地势较高?"

"还真有一处符合您说的条件。"

狄仁杰脸色一正,说道:"驿丞,你现在立刻去找县衙雷捕头,告诉他,水蓝就在这处距离水源较远或是地势较高的废弃铜矿场内,把郎中请着一起去,动作要快!"

驿丞有些犹豫:"这……"

狄仁杰立刻明白了他的难处,驿丞只是驿站的官儿,在县衙没有太多的发言权,哪怕是不入流的捕头、捕快也不会重视他,于是就把官凭递了过去:"你拿着本官的官凭,以此为证。"

驿丞恭恭敬敬地接过官凭,转身向外跑去。

见驿丞离开,上官婉儿带着耐人寻味的笑意向狄仁杰问道:"狄大人这是唱的哪出戏?"

狄仁杰笑了笑,却并未回答上官婉儿的话。

第四十一章　死局

人在做抉择时，往往不知道所做的决策是否正确，可人总要做出选择，不主动选择，也会被动选择。问题是需要去解决的，心急如焚除了能制造焦虑情绪外，无法解决任何问题。

情绪制造问题，理智解决问题。情绪令人类得以延续，理智令人类得以发展。

水蓝心里既后悔也不后悔。不后悔是因为她已经达成了她的目的，后悔的原因是她即将失去生命，失去爱人，失去孩子，失去世间所拥有的一切。但无论怎样，她现在的处境都不乐观，至少凭借她自身的能力无法摆脱困局。

困住她的是一口棺材，她的手脚被绑得结结实实，一大块破布堵住了她的嘴，又用一根绳子把嘴死死地勒住，确保破布不会被她吐出来。她从棺材中醒来后，侧着耳朵听了好久，也没能听到任何声音，又用脚踢了踢棺材板，棺材板发出闷声，这说明她已经被埋在地下，就算她手脚没被绑住，也无法自行脱困。

棺材里面的空气有限，她已经感到有些呼吸困难，大脑眩晕得厉害，加上空间中没有一点光亮，导致她出现了幻觉。

她看到雷善明和女儿在不远处朝她招手，她朝着两人的方向蠕动着，却任凭她如何努力也无法靠近半分。过了好一阵，两人的身影越来越模糊。她突然打了一个哆嗦，瞬间从幻境中回到现实。她知道，要想再见到亲人，只有冷静下来。

她尽量控制着情绪，想着雷善明曾经教给她的内功口诀。人往往在绝境时会爆发出极大的潜能，想不到的是，在这种状态下，她的丹田处却涌出一股暖意，暖意随着经脉开始向四处散发，她的意识也进入到一个从未有过的状态。

……

老侯平时作风稀松，但关键时刻也会瞪起眼睛来，做得有板有眼。得到狄仁杰的口信后，雷善明、老侯就带着人骑马来到废弃铜矿场。

铜矿场是露天的，面积非常大，几乎一眼望不到边。众捕快看到后蒙了，这么大的面积，要搜查很久很久，但水蓝却等不了那么久，等到天黑后，搜索的效率就会极大下降，那水蓝的生存概率就会降低很多。

"侯哥，怎么办？"虎子小声地问着。

老侯稍加思索，便答道："还能怎么办，搜，一寸一寸地搜。"

众人立刻散开，在巨大的废弃矿场内搜索着。雷善明却站在原地不动，他知道这样没有目标的搜索很难有结果。

"老侯，如果你是狄大人，会怎么缩小搜索范围？"雷善明问道。

"这矿场起起伏伏，地形复杂，可能还有隐藏的矿洞，如果对此处地形不熟悉的人，是绝不敢贸然深入的。"老侯说道。

"按照狄大人的分析，恶魔之手组织的首领很可能是闫知微，他是六年前随着戍边民众来到这里的，那时这座矿场已经废弃，他又腿脚不便，就意味着他不可能熟悉这个矿场，加上他的身份，不可能亲自作案。随着恶魔之手成员杨维希、胡商、余东磊、劁猪人、闫继业等人相继死亡，他能用的人只有那两名随从。"雷善明说道。

老侯羡慕地看向雷善明，说道："雷捕头，这些都是你分析的？"

雷善明苦笑一声："我只是在模拟狄大人的破案方式和思维方式，学了些皮毛现学现卖罢了。"

老侯立刻竖起大拇指："你继续说。"

"咱们摸过那两名随从的底，他们以前是在凉州混的，武功还算不错，后来因涉及一宗伤人案，受害者是当地势力极大的黑势力的二当家，黑势力发出巨额击杀悬赏令，两人迫于无奈才逃到这里，被闫知微看中，成了闫继业的保镖。"雷善明说道。

老侯眼睛一亮，接着说道："既然闫继业是恶魔之手组织的成员，闫知微老奸巨猾，两人假装成父子，实际上面和心不和，这就意味着，这两人是以保镖的身份替闫知微监视闫继业的。"

雷善明点点头："闫继业不务正业，每天不是酒楼就是妓院，不可能到这等偏僻地方来，而那两名随从几乎寸步不离，也不可能来这里，也就意味着他们对此地不熟悉。如果你对此地不熟悉，要藏一个人，会藏在哪里？"

老侯眼珠转了转："为了应付了事，藏在离官道最近的地方喽。"

矿场中有一条主干道路，原本是用来运输铜矿的，路面大多都是用废弃的矿石加上黏土铺设而成，非常结实，虽废弃了这么多年，依然没有破败。

"兄弟们，主要搜查主干路的两侧区域。"老侯几乎用尽了力气喊着。

雷善明将身法施展到极致，朝着主干路冲了过去。

"等等我！"老侯追赶着，但他轻功不佳，矿区的地形又极为恶劣，好几次他都被石头绊倒，险些把门牙磕掉。

幸运的是，雷善明分析的方向是正确的，加上大量的人手寻找，水蓝最终还是被找到了。当众人合力打开棺材的那一刻，雷善明的眼泪几乎流了出来。

水蓝的身体并未遭受任何侵害，但人已经昏迷不醒，脉搏和呼吸非常微弱，要不是狄仁杰提醒带着郎中前去，怕是她早就一命呜呼了。

……

人与人之间的交往是讲究身份对等的，当雷善明、老侯等人知晓了狄仁杰和上官婉儿的身份后，对待他们的态度也发生了巨大的变化，老侯不再像原先一般油滑，变得唯唯诺诺，雷善明变得更加沉默，坐在水蓝身边守护着。

经过郎中和狄仁杰等人的联合诊断，判断出水蓝的情况比较特殊，她长期处于密闭空间内导致大脑陷入深度昏迷中。狄仁杰又在堵住水蓝的破布上和她的口中发现了不明药物，经过初步判断，很可能是让人失去心智的药，却不是寻常的蒙汗药。狄仁杰和郎中对药物没有太深的研究，他只好搜集一些药物残渣，让人快马加鞭地送给在洛阳的毒郎中徐莫愁。

但更令人惊奇的是，水蓝体内还有一股内力在经脉内流转，随着时间的推移，内力越来越强，若是不加以引导，怕是会损伤她的奇经八脉，最终经脉破碎而亡。

雷善明是习武之人，却弄不明白水蓝的这种状态究竟是怎么回事，只得一直守在她身边，时不时地以内力引导她的内力，防止出现意外。

狄仁杰的银针渡命术只能救人于危急，却无法做常规治疗。像水蓝这种状态，他就束手无策了。

"雷捕头，水蓝被绑架一定有原因，如果不搞清楚，就很难将凶手抓捕归案，所以……"

"狄大人，卑职明白。"雷善明向老侯等人抱了抱拳，"老侯，你们先在外面等我，我有话要和狄大人和上官大人说。"

老侯等人识趣，立刻离开房间。

"原本我是不想讲的，可现在凶手已经危及到水蓝的性命，如果不将凶手缉拿归案，以后可能会更糟糕。"雷善明是明理之人，把他和水蓝的事一五一十地讲给狄仁杰听。

……

半个时辰后，狄仁杰和上官婉儿离开房间进入院子中。雷善明已经把他知道的事情全部讲述出来，虽说对破案无益，却得知最初正是水蓝把恶魔之手和一些证据放进信封里寄给狄仁杰的。

老侯急忙向狄仁杰和上官婉儿抱拳施礼，并说了一些道歉的话，意思是自己之前不知道两人的身份，多有冒犯。

狄仁杰和上官婉儿并未在意，对他们尊敬有加的官员见得多了，他们反而更喜欢那个不加掩饰的老侯，那个看着油滑实则朴实的老侯，那个充满了人间烟火气息的老侯。

"老侯，你召集兄弟们，该结案了。"狄仁杰说道。

"好咧。"老侯听见狄仁杰依然像从先一样称呼他，高兴得不得了，转身离去。

上官婉儿拉了拉狄仁杰的衣袖，小声说道："你不是打算带着人去抓捕闫知微吧？"

狄仁杰苦笑一声，并未直接回答她的问题："案子不破，大家都得死。"

狄仁杰指的是突厥虎师攻城后会进行大屠杀，甚至可能包括上官婉儿。上官婉儿脸色一变，抿了抿嘴，把到了嘴边的话又咽了下去。

"证据呢？单凭你的推测，是无法让他认罪的。"上官婉儿急忙转移话题。

从目前的情况看，闫知微已经除掉了除他自己之外的所有恶魔之手组织的成员，掐断了所有线索，现在就算能认定他就是恶魔之手的首领，也没有人证物证。

"上官大人。"狄仁杰突然向上官婉儿抱拳鞠躬。

上官婉儿急忙扶起他："狄大人，你这是做什么？"

虽说两人同朝为官，但经过这段时间的相处，上官婉儿已经对狄仁杰有了感情，她真的希望有狄仁杰这样的父亲，具有智慧、敢于承担责任，能够为家人支撑起一片天，遮风挡雨。

"如果我保证恶魔之手组织的内幕永远不会再有人知道，你能不能帮我保住龟兹民众的性命？"狄仁杰一脸正色地问道。

"我就知道这件事儿瞒不了你。"上官婉儿把头撇到一旁，咬着嘴唇皱着眉头，内心在做着激烈的斗争。

……

在上官婉儿临行前，武则天给了她一份蜡丸密旨，一再嘱咐她只能到了关键时刻才能打开。随着突厥虎师的到来，上官婉儿认为已经到了最关键时刻，便打开了蜡丸。密旨的内容很短，但也很残忍。

"不惜一切代价杀死所有恶魔之手组织的知情者。"

当她看到密旨后，便立刻明白突厥虎师是武则天的最后一道保险，如果她和狄仁杰不能破案，并铲除恶魔之手组织的残余势力，迎接他们的便是虎师的屠城，也只有一个不留，才能确保恶魔之手组织彻底覆亡。

蜡纸无缘无故地燃烧起来，直到快烧到她的手，她才松开，任由燃着火苗的蜡纸飘落在地，最后变成一缕青烟消失不见。密旨的自燃也表明了武则天对此事的态度，消灭任何可能留下把柄的因素，这就意味着，上官婉儿完成这一切后，再回到神都洛阳复命时，等待她的将是一杯毒酒或者是三尺白绫，剿杀最后一个知情者。

就像来俊臣等人的命运是定数一样，上官婉儿的命运也是定数，从她领受武则天的圣旨，与狄仁杰来龟兹查案开始，命运就注定了。

随着狄仁杰调查的深入以及他和那个看不见的"她"的对话，上官婉儿又看到了一丝变数，变数就在狄仁杰身上。

……

想到这里，上官婉儿冲着狄仁杰拜了拜："既然狄大人看破了一切，一定有应对之法吧。"

知道自己身陷死局的狄仁杰和上官婉儿都在对方身上看到了变数，此时此刻，他们才意识到只有真正地团结在一起，才可能打破死局。

两人相视一笑，明白了彼此的心意。

"有，也没有。"狄仁杰的话中颇有禅意。

上官婉儿解开了心结，点了点头："我答应你，我一定尽全力保住全城百姓的性命。"

"那就没问题了。"狄仁杰松了一口气。当闫知微绑架了水蓝，把所有的线索全部斩断后，他就知道无法用律法来惩戒闫知微，再加上武则天所布下的死局，狄仁杰作为恶魔之手案件的最后知情者，无论如何都躲不过这一劫，如果能和闫知微同归于尽，也许可以保住上官婉儿和全城百姓的命。

"不过我还有个条件。"

狄仁杰已经准备牺牲性命来破解这个死局，他不知道上官婉儿还能要什么条件，便惨笑一声："只要我能做到的，都没问题。"

"我要你活着。"上官婉儿的语气极为诚恳，说话时盯着狄仁杰，期盼着他能答应下来。

狄仁杰听后心中一阵莫名的感动。

俗话说得好，官场无朋友。尤其是武周时期，佞臣当道，诬陷、栽赃事件层出不穷，一不小心说错句话，就有可能被关进天牢。哪怕如狄仁杰等敢于谏言的官员们，也纷纷小心起来，连话都尽量不讲，更何况是真心话。

狄仁杰眉头的疙瘩慢慢展开，笑着说道："人生能得上官大人这样的朋友，无论结果怎样，都值了。"

第四十一章 死局

第四十二章 贪性

人是有第六感的，它是超出视觉、听觉、嗅觉、味觉、触觉之外的超级感官，它能够做到五种感官做不到的预测功能。智慧越高的人，第六感就越强。

闫知微皱着眉头坐在客厅里，老管家默默地站在一旁，脸上虽有关心之意，却不敢多问。

"想不到我用尽了智慧，依然逃不出那个定数。"闫知微长叹一声，整个人像是漏了的麻袋般，瘫在轮椅上，虽说他一直待在家中，却预感到了失败的到来。他凭借一己之力策划了洛阳恶魔之手案，将狄仁杰和大理寺众人耍得团团转，这足以体现他超高的智商。但无论智商多高，都抵不过至高无上的权力，在权力面前，智商只能沦为玩具。

"老爷……"老管家已经站了半个时辰，终于还是忍耐不住安静带来的压抑。

"你跟了我多少年了？"闫知微的声音变得柔和起来，慢慢转过头看向老管家。

"六年了。"老管家不敢与闫知微对视，慢慢地低下头去，原本站直的身体微微一弯。

闫知微笑了笑，摆了摆手，说道："你立刻去库房，能拿多少就拿多少，然后离开龟兹，能走多远走多远。"

"要不是老爷六年前把我救回家，我早就冻死在路边了，我孤身一人，这里就是我的家，您让我去哪儿呢？"老管家抹着眼泪说道。

"去哪儿不重要，重要的是离开。我的大限到了，不想你也跟着受牵连。快走！"闫知微语气逐渐严厉起来，身上散发出来的气势十分骇人。

闫知微平日对府上的下人非常和善，哪怕是下人犯了错，他也只是责备一两句，从未像今天这般凶煞。老管家吓得一哆嗦，不敢再多说话，朝着闫知微拜了又拜，这才朝外走去。

看着老管家的背影，闫知微苦笑一声："善恶有报，因果昭然。也许，从她起用我的那一刻起，就注定了现在的结局。"

闫知微这些年潜心学习奇门异术，认识到天命之外还有变数，变数因人而变化，他坚信凭借高超的智慧，可以改变命运。令他想不到的是，他改变的，只是两个定数之间的过程，但其宿命的终点，依然没有任何变化。

就像周兴、来俊臣等人，因武则天清除异己的需求而荣华富贵，也因需求消失而成为弃子。

从洛阳恶魔之手案时，将狄仁杰和大理寺众人耍得团团转的春风得意，再到成为弃子、成为被剿杀的对象，闫知微和来俊臣、周兴等人又有什么区别呢？

"围起来，任何人不得离开闫府。"老侯的声音传了进来，随后捕快的脚步声以及闫府下人的抗议声不断地回荡着。

若是平时，像老侯这样的角色来到闫府，连大气都不敢喘，现在能在这里耀武扬威，也不失为平生一件快事。

"狄大人，上官大人，你们来啦。"闫知微冲着门外轻声喊着，语气好像是迎接多年未见的老友一般。

狄仁杰走进客厅，冷哼一声："作为恶魔之手组织的首领，不打算反抗一下吗？"

闫知微闻言缓缓地从轮椅上站了起来，盯着狄仁杰的眼神逐渐犀利起来，双手放在丹田部位缓缓提起，一股强悍的内力瞬间布满全身，衣袍无风自动："狄仁杰，看来你什么都知道了。不过，如果我想要你的命，在我第一次见过你后就可以轻而易举地取走，现在也依然可以。"

捕快中只有雷善明武功最高，可以对抗闫知微，但他此时在家里陪着妻子水蓝。老侯等人都是三脚猫的功夫，对付些地痞流氓还行，要是对阵江湖高手，人数再多也不行。闫知微的杀气散发出来后，站在门口的老侯

第四十二章　贪性

241

等人几乎是下意识地退后了几步,避免受其波及。

缓过神来后,老侯硬着头皮向前走了三步,一股强大的压力迎面扑来,令他无法再前行半步。老侯虽说是衙门里的老油条,但责任感还是有的,他曾经说过,当面临凶神恶煞的歹徒时,他也害怕,是肩上的责任让他义无反顾地冲上前,用生命与罪恶搏斗。

心中无惧,方能无畏。

狄仁杰并未被对方的气势和武功吓倒,不退反进,走到闫知微面前,依然保持着脸上的自信:"你不杀我是因为要利用我,你把恶魔之手案的线索一条条地抛给我,引导我去抓他们。你再逐一将他们杀死,一点点地掐断围绕你的线索。也是在通过我告诉上官大人,再通过上官大人之口向皇帝表明一件事,恶魔之手成员逐一伏法,以后也永远不会再出现,没人会泄露皇帝的秘密,是这样吧?"

闫知微收起杀气,又恢复了儒雅随和的模样,点了点头:"不全对,但差不多。"

"不过这些年利用我的人多不胜数,他们的下场不是在天牢里,就是死在刽子手的刀下。"狄仁杰嘲笑道。

闫知微脸上的肌肉抽了抽:"你智谋高超,可还是在我的掌控范围中,我切断了所有的线索,你抓不住我,所以我没必要杀你。唉……不过,你我的智慧再高,也没有那个人高,她才是真正掌控一切的人。"

闫知微所说的"她"是武则天,不过,他现在恨极了武则天,甚至连名字都不愿意再提起。显然闫知微已经知道虎师的到来,而虎师正是冲着恶魔之手组织来的,无论狄仁杰能否破案,以闫知微为首的恶魔之手组织注定会被消灭。

"你们已经逃离洛阳,隐匿在龟兹六年之久,完全可以继续安稳地生活下去。为何又要以恶魔之手组织的名义出来作案,把我们引来?"狄仁杰问道。

余东磊、闫继业、劁猪人的被杀是因为闫知微要灭口,但如果没有杨维希和胡商案,就不会引来狄仁杰等人,也就不会有现在的局面,这也是狄仁杰一直百思不得其解的事情。

闫知微叹了一口气，苦笑一声："经历过洛阳恶魔之手案的劫难，谁还愿意过刀头舔血的日子，可人的贪心是无限的，我想过安稳日子，有人不想。心境再高，胸怀再广，也抵挡不住人的欲望。"

"说的好像还挺正义的。"上官婉儿嘲笑着对方。

闫知微并未理会上官婉儿，反而转向狄仁杰："当年的事儿，真是一言难尽啊……"

……

当年，在恶魔之手组织最鼎盛的时期，闫知微认为替皇帝做事是一件无比荣耀的事，事成之后，迎接他们的必定是高官厚禄，另外，有皇帝的支持作为根基，就算狄仁杰和大理寺再有能力，大周律法也不能惩戒他们。可是随着事态的发展，事情逐渐起了变化。

随着酷吏丘神勣和周兴被诛，闫知微预感武则天在事成之后会杀人灭口，只是没想到会来得这么快。闫继业原名李继业，原本是洛阳街头的混混。在闫知微组建恶魔之手组织时，便招纳了李继业在其麾下，李继业是洛阳当地人，消息极为灵通，同时围绕狄仁杰和大理寺周边安排了很多眼线，当李继业知道恶魔之手组织已被皇帝出卖后，第一时间便找到闫知微寻求对策。

闫知微当机立断立刻启动撤离预案，恶魔之手组织的成员立刻作鸟兽散，通过不同的渠道撤离洛阳。当闫知微抹除了一切线索准备离开时，狄仁杰带人包围了他所在的秘密据点。

闫知微凭借着高强的武功强行突围，被逼到悬崖边后，身中数支羽箭，一名捕快奋不顾身地抱着重伤的他一起坠落悬崖，好在悬崖下是一条较深的河流，缓冲了坠势，加上他内功极高，侥幸活了下来，但也因此伤了两条腿。

由于大理寺一直在附近搜查，闫知微只得躲在深山中。数月后，他的腿伤好了大半。此时狄仁杰荣升宰相一职，繁忙的政务让他分身乏术，已顾不得再去处理恶魔之手案。而大理寺众人自认已破了案又领了赏，也不再纠结恶魔之手案的后续，就这样，一件骇人听闻的案件就此过去。

等风头过去后，闫知微乔装打扮潜回洛阳城，找到提前藏好的赃款，来到了预定好的会合地点——龟兹。至少在分赃这件事上，闫知微是有良知的，并没有把所有赃款独吞。他按照组织成员的分工公平地分配了赃款。胡商、杨维希、闫继业、余东磊、劁猪人都分到了相应的银子。

闫知微一再告诫众人要忘了过去，以新的身份过新的生活，绝不能再提起之前的任何事，也不能与任何熟人联系。

有了银子，众人自然过得快乐。有购置产业的，有娶妻生子、重新组建家庭的，有到妓院夜夜笙歌的，也有回归平凡的。

如果没有收入来源，再多的钱也有花完的时候。

有了钱的李继业又恢复了地痞流氓的本性，吃喝嫖赌抽样样都沾，短短半年时间便花光了所有的钱，他便找到闫知微，以说出其为恶魔之手组织首领的身份为由威胁对方，并提出条件，以闫知微儿子的身份进入闫家。

李继业算盘打得很明白，按照他败家的速度，无论有多少钱，到他手里都会被败光。如果能以儿子身份进入闫家，就可以尽情享受，不必为钱发愁。闫知微的年纪要比李继业大很多，等闫知微老死了，全部财产还不都是他的。

此时的闫知微凭借初始资金的助力，已是龟兹数一数二的畜牧大户，资产翻了数倍，生活逐渐稳定下来，他不愿意和李继业这样的人计较，只得先答应下来。于是李继业成了闫继业，龟兹闫家的独子。

闫知微知道李继业是个无底洞，无奈之下，只得找了两名落魄的武师，以保镖的名义安插在李继业身边，日夜看着他，以防止他做出出格的事儿。

闫继业的事情刚刚平息，胡商又找上门了。

胡商原本是做香料生意的，但由于他害怕自己的身份暴露，则把商队交给合作伙伴来管理。胡商用了全部财产购买了大量香料，准备打个翻身仗，令人气愤的是，他的合作伙伴居然在卖了香料后，卷款逃跑了。

胡商没了钱，无法维持生计，只得来找闫知微。

一旦闫知微开了口子，其他人遇到困难也会来找他借钱。但如果不借钱，胡商就要把闫知微的过往捅出去。再三犹豫后，闫知微还是拿了一万两银子，并让胡商签下字据，永不再找自己的麻烦。

字据、合约都是对君子不对小人，连律法都无法约束的人，怎么会遵守一纸字据！

第四十三章　顺水推舟

人都有惰性，这么容易就得到了大量金钱，怎肯再去吃苦冒风险赚钱。

闫知微的第一桶金的确是赃款，但他用这桶金打下了一片基业，成了龟兹的首富。可人的想法各有不同，在胡商等人看来，并不是闫知微经营有方，而是他当年分赃时，给自己留的那份非常多，这才有了现在的产业。

在胡商索要钱财的事儿上开了口子，引发了其他成员的贪念，余东磊和刽猪人不甘示弱，生怕再晚出手，闫知微的钱会被其他人要光，前后上门勒索要钱，而且数量要比胡商还多。闫知微只得忍痛掏出大把银子来熄灭众人的欲望，令他想不到的是，人的贪欲是无法熄灭的，只能是越涨越高。

杨维希对银子没有更多的欲望，他更甘心拿着属于自己的那份银子老老实实地过日子，但他放不下过去，不顾闫知微的一再告诫，回到洛阳以戍边的名义把妻子、孩子都接了过来。

和过去的家人、朋友有了联系，这是恶魔之手组织的大忌，增加暴露的风险，一旦被武则天知道了他们的位置，定会派人来将其斩尽杀绝。

也许是恶魔之手案的影响，也许是余东磊真对恶魔之手花情有独钟，不但花巨资购买了大量土地，还费尽心思地建了湖心岛，在上面种植了恶魔之手花。在花开之际，余东磊还邀请闫知微来岛上观赏，意思很明显，他这辈子吃定了闫知微，只要不如意，就会把恶魔之手的事儿捅出去。

而此时的胡商更是提出了过分的条件，要闫知微把一半产业分给他，以确保他以后生活无忧。

胡商、刽猪人、余东磊的敲诈和闫继业的败家已经掏空了闫知微的家底，如果再把产业分给胡商一半，他的事业就等于垮了。

阎知微的智慧再高，也抵不住众人的贪欲。此时的他已经酝酿出一个计划，利用恶魔之手组织的成员来灭杀其他成员，于是他首先找到余东磊，阐述了当前的情况，并告知如果不除掉胡商，以后别想从他这里拿到一两银子。

钱是万能的。

阎知微的银子就那么多，多一个人拿，其他人就少分一份。余东磊早就对胡商的行为不满，于是他按照阎知微的指点，带着愤恨之心出手杀了胡商。但令阎知微想不到的是，余东磊做了一件极蠢的事儿，就是杀人后把恶魔之手花放在了胡商尸体旁边。

余东磊的想法很简单，把胡商的死嫁祸给早就消散的恶魔之手，以免官府会查到他。阎知微得知后，把余东磊大骂一顿，但事已至此，只能想办法弥补。

一向老实的杨维希得知胡商被恶魔之手组织绑架杀害后，他害怕了，他知道把妻子孩子接来龟兹的行为已经触怒了整个恶魔之手组织。恶魔之手花的出现，就意味着这是一起连环杀人案，而他可能是下一个受害者。

曾是恶魔之手成员之一的杨维希不甘心被人摆弄，便准备带家人离开龟兹。还没等杨维希有所行动，闻风的余东磊再次出手绑架了杨维希。阎知微对杨维希的印象很好，原本没想杀杨维希，但余东磊已经把人绑了，也只好放任余东磊杀了杨维希。

两件恶性绑架杀人案发生后，立刻引起了衙门的重点关注。不谙破案之道的雷善明把证据拿到家中，向夫人水蓝请教。想不到的是，水蓝不但未能帮助他，还史无前例地将他数落一顿，让他多学些破案技能。

此时的水蓝已经预感到当年父母的死亡与恶魔之手组织有关，怀疑父母也是恶魔之手组织的成员，而那个带走父母的人正是恶魔之手组织的首领。但她心里清楚，凭借她和雷善明的能力，是无法与恶魔之手组织对抗的。

为了彻查当年父母身死之谜，同时帮助雷善明破获绑架案，她便将胡商案的证物寄给了狄仁杰。

令余东磊想不到的是，正是他的愚蠢行为，间接地把狄仁杰和上官婉儿引来。在上官婉儿因为要保护闫继业第一次见到闫知微后，闫知微就认出了上官婉儿，嗅到了危险。到此为止，闫知微知道凭借他的智慧已经无法保全整个恶魔之手组织，既然无法保全组织，就只能保全自己。

余东磊狠是狠，智商却略显不足。在狄仁杰等人的排查下，余东磊和劁猪人很快就被软禁在县衙中。

有这样的猪队友，闫知微也是无奈，经过精心的思考，他终于设计了一个完美的计划，即沿着余东磊的计划继续做下去，将恶魔之手组织的成员逐一灭口，这样不但可以摆脱这些吸血鬼，还能让武则天知道恶魔之手组织已经彻底覆灭，他的后半辈子就可以高枕无忧了。

于是就有了余东磊的死。

此时的余东磊被软禁在县衙，全天都有衙役监视着，下手难度非常大，但这些干扰因素却难不倒最擅长策划谋杀案的闫知微。

余东磊吃河虾过敏的事儿早就传遍大街小巷，对于普通人来说，余夫人给余东磊吃虾吃过敏的事儿只是饭后谈资，但对以策划杀人为生的闫知微来说，这一点便已经足够其除掉余东磊了。

闫知微精通易容术，在他的帮助下，他的一名瘦弱的随从装扮成了余府的老管家，端着在旧厨房做的四菜一汤送到了衙门，他还特意将自己最爱喝的参酒送了一壶。余东磊在闫府喝过这种酒，只要喝上一口，就能知道这种酒出自闫知微府上。

按照余东磊谨慎的性格，一定会对四菜一汤进行验毒，在确认菜中无毒后，才会放心食用。

而他不知道的是，虾肉早就变成虾肉泥，被掺杂在了菜中。余东磊喝醉了酒，加上虾肉引发了喉部水肿，最终导致其窒息而死。

闫继业原本就是地痞流氓出身，做事不讲规矩，又极为敏感，是成员中泄密风险最高的。杀了余东磊后，闫知微便计划除掉闫继业。他和闫继业讲明事态的严峻，提出一个计划，让闫继业假装被恶魔之手组织绑架，最终生不见人死不见尸，实现人间蒸发，再给他一半家产，让他到其他城市生活，离开这个是非之地。

闫继业见事态已经无法控制，再强行留在闫家，最终的下场只有死，便答应下来，配合两名随从，自导自演了密室绑架案。密室绑架案看似神秘，若绑匪和受害者合二为一，加上两名随从的配合，这件案子就简单多了。

然而，闫知微却假戏真做，指使两名随从真的杀了闫继业，再伪造现场嫁祸给剐猪人。

剐猪人的生活就是寻花问柳、灯红酒绿，活一天是一天。他还在做着纸醉金迷的梦时，闫知微亲自出手杀了他，伪造了自杀现场，并把当年作案的策划书放进剐猪人的密室中，让查案人员误以为剐猪人是畏罪自杀。

至此，除了闫知微外，恶魔之手组织的成员全部死亡，线索也因为剐猪人的死亡而彻底断掉。

……

听了狄仁杰的陈述，众人都目瞪口呆，只有闫知微一直保持着平静，而上官婉儿的脸上则是多了几许复杂的表情。

"你故意在案发现场留下简单的线索，引我和上官大人入局，再逐一剿灭恶魔之手组织的成员，并通过我们告诉皇帝，恶魔之手组织已经覆灭。"狄仁杰说道。

"就算你洞悉了一切，还是没有证据。"闫知微像是一只玩弄老鼠的猫一般，看着面前的狄仁杰。

狄仁杰缓缓地点点头："你是我有生以来见过的最厉害的对手，你掐断了所有的证据链，就算我知道你是凶手，作为大周律法的执行者，也对你无可奈何。不过现在是个死局，无论有没有证据，结果都是死，相信你也能看到这点。"

闫知微脸色微变，点了点头，算是同意了狄仁杰的看法："你是从什么时候开始怀疑我的？"

"你还记得上官大人成为捕快后，和你的第一次见面吗？"

闫知微皱了皱眉头。

"你当时认出了上官大人，所以你下意识说出来的是官话，老百姓哪有那样说话的。"狄仁杰说道。

"闫家是龟兹大户，就算你再低调谦逊，也不至于称呼县衙的捕快为大人，更提不上行大礼，另外，一名新晋的小捕快，如何能得到龟兹首富的谦逊态度呢。因此，你针对上官大人说的那些话，是下意识的，而你说完话后，也觉察出了有些不对劲儿。"狄仁杰说道。

闫知微叹了一口气："当了这么多年的奴才，见了大官儿后，说话习惯的确很难改。不过上官大人也太明显了，额头上的梅花刺青，加上说话间总是提起神都洛阳，不难联想到她就是上官婉儿。"

"另外，就是你自称的腿疾，既然有腿疾，为何靴子上还有泥土？"狄仁杰又说道。

闫知微哈哈一笑："狄仁杰观察果然细致，你说得对，我当年摔断了腿，又得不到及时医治，落下病根，走路尚可，却无法施展轻功，下雨阴天也会隐隐作痛，这不都是托狄大人的福嘛。"

"第二个破绽就是犯罪预告用的恶魔之手花。"狄仁杰说道。

"花就是花，只有象征性的作用，有什么问题？"闫知微不解地问道。

"是心态，龟兹案和洛阳案最大的区别就在于凶手的心态。在洛阳案中，你有皇帝做后盾，无论做什么事，都信心十足、从容不迫，每次你都是用剪刀从猴爪树上剪下花。而在龟兹案中，你们是被皇帝诛杀的对象，恐惧、焦急、气愤充斥在你们心中，已经没了当年的闲庭信步，所以是带着愤恨之意用手把花直接掐断。"狄仁杰说道。

闫知微略加思索后点点头："你说得对，想不到这点破绽也被你看出来了。"

"在余东磊案中，老侯等人问遍了龟兹的酒楼，他们都说没做过那四道菜。在案发现场时，我就觉得这四道菜有些奇怪，后来想想，是因为这四道菜出自洛阳皇宫，寻常民间很少有那么复杂的做法。"狄仁杰说道。

"皇宫中的菜品也是来自民间，不稀罕啊。"闫知微反驳道。

"直到后来闫继业案发生，我才知道做菜的地点就在闫家废弃厨房，那十二道香料不正说明了这些吗。"狄仁杰说道。

闫知微脸上肌肉抖了抖："虽说有猜的成分，但大抵都对。"

"在闫继业被杀案中，由于雷捕头等人追得很紧，作案的那两名随从，只得从逃跑转为向老侯等人跑来,并加入追击的队伍,也只有这样才能解释为什么雷善明等人抓不到凶手。因此,当时我便断定杀害闫继业的不是劁猪人,而是那两名随从,能用得动那两名随从的人也只有你闫知微。"狄仁杰说道。

闫知微脸色变得铁青,却依然不服气地撇过头去。

"以此推论,闫继业被绑架后的那封勒索信,凭借上官大人的轻功,都不能不留痕迹地送进闫府,这就意味着,绑匪就在闫府之内。"狄仁杰说道。

"有道理!"老侯在一旁竖起了大拇指。

"闫继业在青楼包厢失踪,属于密室失踪,这点做得有些过了。如果没有闫继业和两名随从的配合,任何人都无法做到这点。"狄仁杰说道。

上官婉儿受到了狄仁杰的启发,说道:"这就意味着闫继业在酒里下了蒙汗药,迷晕了两名陪酒姑娘,再折断门闩,掩上门后离开。等老鸨叫来随从,心知肚明的随从便率先踹开门,伪造了密室失踪的假象。此时的闫继业很可能已经回到闫家,准备拿了钱离开龟兹,却被你制住,然后假戏真做杀了他,并栽赃给劁猪人。"

闫知微无奈地点了点头:"想不到上官大人也精通断案之道,大差不差,只是细节上略有差池。没错,闫继业贪得无厌、反复无常,是个十足的小人,不得不杀。"

上官婉儿得到了对手的赞许,继续得意地说道:"还有你和闫继业之间的关系,还记得那天我来保护他的情景吗?闫继业和你说话时没有半点尊重,绝不像是一个儿子在和父亲说话,因此我就断定你们不是真的父子。"

"我就知道这个废物一定会坏事,当初都怪我心软,我应该一开始就杀了他的。"闫知微说道。

狄仁杰冷哼一声:"劁猪人的生命力超出了你的想象,虽然遭受重创,却并未死去,临死前在地上写了一竖。"

闫知微正要说话,却见狄仁杰抢着说道:"你一定会说这一竖能代表很多意思,不过,破案讲究的是将多重线索汇集在一起,再进行研判。如果线索指向你,这一竖就是'闫'字的第一笔。"

闫知微哼了一声："还有吗？"

"原本劁猪人是恶魔之手组织的最后一人，你杀了他之后，便再无线索，可惜的是，你做了最蠢的一件事，就是把那本洛阳案的犯罪策划书放进了劁猪人的密室中，让我们误认为劁猪人就是恶魔之手组织的首领，策划了所有案件，最后在我们的追查之下被迫自杀。"狄仁杰说道。

"这又有什么问题？"闫知微笑道。

"当初我们怀疑劁猪人和余东磊时，将他们软禁起来。后来证据指向余东磊，县衙就把劁猪人放了，在临走前，县衙让劁猪人在口供上画押，他却连看都不看，直接按了手印就走了。口供是关于绑架杀人案的，关乎他的生死，他连看都不看，这只能说明他不认字！"狄仁杰说道。

闫知微的脸色变了又变。

"一个不认字的人，怎么可能写了一本案件策划。之前我经历过洛阳恶魔之手案，经手过多张勒索信，上面的字迹和策划上的完全一致。究竟是谁，把原本不属于他的册子放在他家？只有册子真正的主人，恶魔之手组织的首领、策划者。"狄仁杰说道。

"这个蠢货，我一直提醒他要多学些文化，他就是不听。"闫知微咬着牙骂道。

"同时我在现场发现了劁猪人并非自杀，而是死于他杀，凶手是一个熟人，劁猪人在当地无亲无故，除了恶魔之手组织的成员之外，哪有熟人能靠近他，并出手将他杀死？"狄仁杰说道。

闫知微笑着叹了一口气："都对，请继续。"

"最后一个破绽在水蓝身上，这也是你杀了劁猪人后依然作案的原因。"狄仁杰说道。

闫知微眼神一缩，口中念叨着："水蓝，水天弘、蓝小平……"

"也就是隐居在洛水村的乐仁川夫妇，乐仁川是他们的化名。"狄仁杰说道。

闫知微叹了一口气："看来世上知我者除了高高在上的那位，还有狄仁杰。"

"你认识水蓝的父母？"狄仁杰问道。

闫知微苦笑一声："我何止认识，和他们熟得不能再熟，如果他们夫妇还在，也不会有现在的局面。他们也是恶魔之手组织的成员，专门负责案发后清理痕迹的，有了他们的存在，当年我们才能将你和大理寺等人耍得团团转。可惜，他们有了水蓝这个牵挂，渐渐萌生了退意。恶魔之手组织做的是灭绝之事，进来容易，却没人能全身而退。"

"因此你就杀了他们。"狄仁杰说道。

闫知微脸上露出痛苦之色："我是被逼无奈，他们知道的太多了。原本计划是要将他们一家人全部杀死，斩草除根。不过，他们夫妇的武功太高，所以我去找他们时，不得不带着恶魔之手组织的全体成员。他们知道我们的用意，便提出了一个折中方案，他们两人自杀，条件是不准动他们的女儿水蓝。我知道他们把孩子藏在衣柜里，也感到了那孩子的情绪是恐惧中带着仇恨，日后必然对我形成威胁。可惜呀，因一时心软，便答应了下来。"

人一旦有了牵挂，原本坚硬的心便会柔软下来，水蓝父母正是如此。

"水天弘夫妇死了后，我信守承诺，放了水蓝一条性命，还暗中给洛水村村正洛永宁很多钱，让他帮着照顾水蓝。想不到的是，多年之后，长大后的水蓝也来到了龟兹，这究竟是巧合还是命运的安排呢！"闫知微说道。

"你最终还是要杀了她。"上官婉儿眼中冒出了杀意。

闫知微摊了摊手："谁让她一直盯着我。也许当年她听过我的声音，又在龟兹听到我的声音，这才开始调查我，她的丈夫还是武功高强的县衙捕头，被人盯上始终不是一件好事。"

"幸运的是，她没死。"上官婉儿哼了一声。

"不死也没用了，我在她的堵嘴布上浸了一种药物，可以让她忘记一切的药物，加上她长时间的深度昏迷，就算能活下来，也是具没有灵魂的躯壳而已。"闫知微说道。

狄仁杰突然明白了什么，说道："在洛阳案中，你也是利用这种药物让受害者丧失记忆，就算日后受害者得救，也不会记得你们。"

闫知微点了点头。

众人正说着，却听见老管家和捕快争吵的声音传来。

"这是闫府，我家老爷是无辜的，你们凭什么围住这里？"

"你家主人犯了绑架杀人罪，你再啰嗦，连你一块绑了。"

闫知微听后叹了一口气。恶人也有善心时，让老管家离开，就是不想他跟着一块死，想不到的是，念及旧情的老管家居然没走。

两名捕快推着被绑起来的老管家进入大厅中，老管家胆怯地看了一眼闫知微，叫了声"老爷"。

"狄仁杰，我看你的样子，应该还知道一些我不知道的事。"闫知微白了老管家一眼。

第四十四章　破局

雷善明专精于练习武功，但不善于破案之道。妻子水蓝头脑聪慧，听说有案件发生，就会帮助雷善明做些分析。雷善明凭借着水蓝的分析果然破了多个案件，而此时的齐县令想找一个能代表龟兹县衙正面形象的人，因此才选择了雷善明来做这个捕头。

发生了胡商绑架杀人案后，雷善明便把证物恶魔之手花和一些其他证物带回家，向妻子水蓝求助。

水蓝是洛阳人，听说过发生在洛阳的恶魔之手案，连大名鼎鼎的狄仁杰和大理寺都被其耍得团团转，仅凭她和雷善明等县衙众人，是绝不可能破案的，同时她还怀疑当年自己父母的死和恶魔之手有关，便把恶魔之手花通过驿站寄给了狄仁杰。水蓝原本的意思是利用狄仁杰破案，并找出当年父母死亡的真相，却想不到信件被内卫给截了。

内卫是这个时代极特殊的存在，只要是边关地区发给朝中大臣的信件，定会被内卫检查，于是才有了内卫截获了给狄仁杰的信件，最终呈给武则天的事件。

武则天得知恶魔之手的存在，心中异常惊恐。一旦当年她利用恶魔之手在民间诛杀异己的事情败露，好不容易得来的稳固政局很可能会一夜崩塌。

正值狄仁杰回京复命，武则天便派遣狄仁杰和上官婉儿来调查此案。让狄仁杰破案，是因为当年恶魔之手案是狄仁杰的心结，也只有狄仁杰才能与恶魔之手的首领闫知微相抗衡。而上官婉儿则是她的第二道保险，一旦狄仁杰破案，上官婉儿即可凭借密旨当场诛杀恶魔之手组织的成员。

如果狄仁杰无法破案，或者上官婉儿不能执行她的密旨，她还有第三道保险，就是利用和突厥之间微妙的关系，让突厥虎师绕过边境的军事重镇，对龟兹城进行屠城，一个不留，所有的财物可以作为虎师的战利品。

无论狄仁杰是否能剿灭恶魔之手组织，闫知微等人都会陷入必死之局。闫知微和狄仁杰是通过分析得出来的结果，上官婉儿是看了密旨后，才明白武则天的意图。

……

上官婉儿听了狄仁杰的话后，心中颇感惊讶，密旨的事只有她和武则天知道，可今天狄仁杰却说了出来。

"你是聪明人，我的意思你应该明白，现在，不单单是你我，整座龟兹城都陷入了死局。"狄仁杰陈述后向闫知微说道。

闫知微笑了好一阵才平静下来，说道："如果是当年，我就是死，也会拉着你们……狄仁杰，你信天道吗？"

狄仁杰摇了摇头："我信，也不信。"

"就算我死了，武则天也不会放过你们。"闫知微惨笑一声。

狄仁杰脸色变了又变，随后点点头："那是另外的事儿了，我今天之所以来，就没想着活着出去。"

闫知微看了看老管家，心中顿时理解了当年水蓝父母的选择。虽说是管家，相处了六年，闫知微却是当作家人来对待他的。

"如果我不伏法，你就会和我同归于尽，以寻求龟兹城的变数？"闫知微问道。

狄仁杰坚定地点了点头。

闫知微沉默了好一阵，才看向一旁的老管家说道："放过他。"

狄仁杰略加思索后点点头，随后说道："我答应你，不过，突厥虎师已经兵临城下……"

闫知微摆了摆手："那已经超出我的能力范畴了，不过，我相信你狄仁杰狄大人一定有办法。"

说罢，闫知微再次催动内力，气势比最初更加骇人。

"休得害人！"随着一声暴喝，赶来的雷善明如同闪电般进入大厅中，手持着镔铁双棍护在狄仁杰身前。

闫知微惨笑一声，双掌在自己身上连拍数掌，最后一掌拍在天灵盖上，他双眼突然变得通红，嘴、鼻孔、眼角都冒出了鲜血，整个人如同破麻袋一般，瘫软在地。

"老爷！"老管家哭着扑向闫知微，可闫知微却再没做出任何回应。

闫知微的死过于突然，众人久久没能缓过神来。

老侯有些失望地打破沉默："每次狄大人破案后不都是要和反派搏杀一番的吗？"

狄仁杰幽幽地叹了一口气，走到闫知微身边，伸手帮他合上双眼，随后向众人说道："请诸位先回避一下，我有事要与上官大人商量。"

雷善明本有话要说，但听狄仁杰如此坚决，便示意老侯等人把老管家带出去，随后向狄仁杰和上官婉儿抱了抱拳，这才离去。

狄仁杰把客厅大门关上，随后又回到上官婉儿面前。

"闫知微做的局再精妙，也在陛下的局内。无论闫知微结果如何，陛下想要的结果是不变的。"狄仁杰感慨着。

上官婉儿脸色铁青地看着死去的闫知微。

"上官大人，现在恶魔之手组织的成员已经全部死亡，此事已了，突厥虎师和龟兹城的事儿……"

上官婉儿脸上流露出失望之色，说道："狄大人，我也没办法让突厥虎师撤退。"

狄仁杰先是愣了一下，随后缓缓点头。上官婉儿的话既在他的意料中，也在他的意料之外："我有办法，不过需要上官大人的配合。此法异常凶险，一旦失败，咱们会死得很惨。"

上官婉儿说道："都是死，过程有所不同罢了，惨和不惨又有什么关系。说说计划吧。"

狄仁杰走到闫知微尸体旁，撸起他的袖子，闫知微的胳膊上刻着一只下山猛虎刺青："他是十二地支组织的成员伏虎，在未成为恶魔之手组织的首领时，他是御膳房的太监首领。"

上官婉儿像是提前知道闫知微的身份一般，脸上表情没有任何变化。

从她在闫府吃了只有在皇宫中才能吃到的点心后，她就大约猜到了闫知微的身份。

狄仁杰接着说道："这些年十二地支组织活动频繁，大多与皇权以及国与国之间的大事有关。当年，闫知微承担了如此重要的任务，我猜测他很可能是十二地支组织的成员之一，现在终于得到了证实。"

"知道这些又怎么样呢？我的狄大人，现在我最关心的是如何化解虎师的屠城计划。"上官婉儿说道。

"虎师隶属于阿史那部，对西突厥大可汗来说，虎师听调不听宣，自主权很大。因此我分析，虎师冒险突入安西四镇腹地，不太可能是大可汗的主意。"狄仁杰说道。

上官婉儿听出了一些门道，点了点头。

"虎师大将军哈赤儿，是地道的突厥人。他和皇帝是什么关系，才能替皇帝做这件事？"狄仁杰问道。

"你不会怀疑哈赤儿也是地支组织的成员吧？"上官婉儿瞪大了眼睛问道。

狄仁杰笑了笑："很有可能，否则，从底层逻辑上就说不通他的行为了。"

上官婉儿想了一阵，还是微微摇了摇头。

"闫知微是地支组织的成员，陛下担心秘密外泄，因此便启用了隐藏多年的哈赤儿。你我属于明棋，哈赤儿属于暗棋。陛下知我性格，定不会为了真相而放弃全城百姓的性命，上官大人作为陛下的身边人，自然也不会出卖陛下。哈赤儿，也一定是陛下极信任的人。哈赤儿一个外族人，是如何进入陛下的信任圈子的呢？"狄仁杰问道。

"虎师大将军不可能和大周皇帝站在一边的，除非……"上官婉儿想到了一个可能，就是哈赤儿从一开始就是武则天派到突厥的卧底。

能凭借一己之力坐上虎师大将军的位置，也绝不是普通人能做到的。

"另外，与大周的政治制度不同，西突厥是大联盟制，各个部落都有自己的统治者，最强的部落首领才能成为大可汗，号令整个西突厥。哈赤儿本人好胜心极强，不甘心屈居在默啜手下。虎师虽然战斗力剽悍，却苦于军费、马匹、粮草、军械等有限，无法扩充军队规模。如果他能将龟兹城掠夺干净，就可以利用这些财物、粮草、马匹建立一支更为强大的部队，那时，他将取代默啜成为西突厥的大可汗，这应该也是哈赤儿冒险做此事的动机之一吧。"狄仁杰分析道。

"就算你的推测是对的，又怎么办呢？哈赤儿不可能仅凭你的推测就撤兵吧？"上官婉儿疑问道。

狄仁杰脸色一正，说道："我不行，但上官大人就可以。"

上官婉儿脸上一阵慌张："我怎么就可以？"

"上官大人在陛下身边这么久，一定能模仿陛下的笔迹，如果哈赤儿得到了陛下的密旨……嘿嘿……"

"这可不行，要是让陛下知道了，我必死无疑。"上官婉儿立刻提出反对意见。

"你是如何处理密旨的？"狄仁杰问道。

"当然是看完就烧掉。"上官婉儿脱口说道。

狄仁杰摊了摊手。

上官婉儿明白了狄仁杰的意思，摇了摇头："如果你推测正确，身为十二地支组织成员的哈赤儿没那么好骗。"

"咱们带着闫知微的人头、陛下的密旨，还有恶魔之手案中的所有赃款，去和他赌一把。"狄仁杰说道。

上官婉儿依然摇着头，显然是觉得狄仁杰的计划太过幼稚："哈赤儿没理由放过这次机会。"

"之前我分析过，我是第一道保险，你是第二道，哈赤儿是第三道保险，无论恶魔之手组织的结局如何，你我都陷入了必死之局。凭陛下的性格，你觉得她会把知道秘密的哈赤儿放回突厥吗？"狄仁杰提醒道。

上官婉儿突然明白了狄仁杰的意思，也明白了武则天密旨上的真正含义"不惜一切代价杀死所有恶魔之手案件的知情者"，知情者也包括狄仁杰、上官婉儿、哈赤儿三人。就算哈赤儿真的屠城，武则天也会派兵堵住哈赤儿的退路，趁机将虎师和哈赤儿一同消灭，一是可以保守恶魔之手的秘密，二来还可以削弱西突厥的实力，一举两得。

"如果是这样，那么大周主力军队此时应该开始向突厥边境移动了。"上官婉儿说道。

"这点应该瞒不住哈赤儿，毕竟虎师是循着大周边境驻军的缝隙钻进安西腹地的，他不可能一点儿不设防。"狄仁杰说道。

上官婉儿在房间里踱来踱去，显然是犹豫不定。狄仁杰的做法非常冒险，而且主观臆断的成分过多，出错的概率非常大。

"咱俩就算能逃出龟兹回到洛阳，也是难逃一死，只有哈赤儿带着虎师回到突厥，整件事才有了突破口，也是咱们唯一能破局的方式。"狄仁杰说道。

如果哈赤儿听说武则天杀了上官婉儿和狄仁杰，就会知道武则天也不会放过他，那么他也就没必要替武则天保守秘密，那一定是个所有人都不想见到的结局。

"可哈赤儿能理解吗？"上官婉儿皱着眉头问道。

狄仁杰笑了笑："你刚才都说了，他的智慧不会比你我差，更何况，这次他也不算白来。"

上官婉儿低头思索了好一阵，最终才抬起头看向狄仁杰："狄大人，全靠你了。"

狄仁杰目光坚定地点了点头。

"他们怎么办？"上官婉儿问道，她口中的他们指的是水蓝和雷善明。刚才雷善明欲言又止，显然是水蓝失忆后，再无将他的过去陈述出来的可能，现在只能通过狄仁杰得知他的过去。

狄仁杰笑了笑："他们能有一个新的人生，不是一件很好的事吗。"

"忘却一切，拥有新的人生……嗯，的确令人向往。"上官婉儿咬着嘴唇说着。

第四十五章　尾声

对于狄仁杰和上官婉儿的到访，哈赤儿颇感意外。从他的角度来看，整座龟兹城已经是座死城。屠城、掠夺财富，然后再悄无声息地回到突厥境内，用掠夺来的财物、马匹再次扩充军队，一旦实力超过默啜的部族，他将会成为至高无上的大可汗，进而摆脱武则天和默啜的双重控制。

西突厥的政局与大周不同，那是一个以实力为尊的国度，只要强大起来了，打败了其他部落，自然就会成为大可汗。哈赤儿是个有野心也有实际行动的现实派，只要有机会，绝不会放过。

但哈赤儿依然好奇，两个即将死去的人为何还要来见他。单凭两人的身份，还没等进入军营，就有可能被剁成肉酱。

当狄仁杰把整个恶魔之手事件和目前的处境阐述出来后，哈赤儿思索良久，原本放在刀把上的手缓缓松开，走到帅案前，在地图上看了一阵："难怪。"

原来，在三天前，哈赤儿得到线报，说大周秘密调集左骁卫五万和右威卫三万大军分别前往庭州和伊州，这两地正是虎师撤回突厥的必经之路，原本两地的驻军不足以对抗虎师，但有了后援的八万大军，就足以把虎师留在安西地区。

得到线报后，哈赤儿就预感有些不妙，加上狄仁杰的陈述后，他才彻底明白事态的严重性。他从一名虎师的士兵一路做到大将军的位置，是经历过大阵仗的人，无论是智慧还是能力都高人一等，狄仁杰稍加点拨，他便明白了其中的奥妙。

武则天做事一向以大局为重，以政治为目的，从不掺杂个人感情。当年用到十二地支、恶魔之手等组织和来俊臣、周兴等佞臣时，可以封高官厚禄，可以给予无上权力，可一旦谁有可能阻碍了她的帝王之路，她便会毫不留情地过河拆桥。

不同的是，周兴、来俊臣等佞臣是浮于官场表面的，而十二地支和恶魔之手组织是极其隐蔽的，除了武则天外，很少有人知道这两个组织的存在。

此时的哈赤儿意识到他们三人成了弃子，只有联合在一起，才可能拼出一条活路来，于是便向狄仁杰问道："狄大人，如今该怎么办？"

狄仁杰走到地图前指了指庭州和伊州，说道："等你率领虎师屠了城，再从原处回突厥，势必会陷入庭州和伊州做成的口袋里，极大概率会全军覆没。"

狄仁杰说到这里停顿了下来，看着地图思索着。

"实在不行，我现在率虎师精锐快速突袭庭州，再固守十天，等虎师主力撤到庭州，再一起撤离。"哈赤儿说道。

突厥虎师都是骑兵，最擅长突袭，却没守城的经验，面对大周的精锐部队，别说守十天，怕是三天都守不住。

上官婉儿摇了摇头，说道："你这个方案肯定不行，你能想到，陛下也能想到。当你越过庭州和伊州防线时，这两个州就应该加强了城防，你现在去突袭，他们所需要做的就是死守，绝不会出来和你野战。等到合围完成，一样能够全歼你部。"

哈赤儿一掌拍在帅案上，震得桌子上的沙子都蹦了起来。

狄仁杰灵光闪现，指着庭州西北方的沙漠说道："也许，这片沙漠是个生机。"

哈赤儿摇了摇头："不可能，虎师都是重骑兵，携带的武器较多，补给不足以通过这片沙漠。"

狄仁杰和上官婉儿相视一笑，几乎同时说道："扔掉武器，多装些补给。"

哈赤儿摊了摊手表示反对。武器装备是虎师的命根子，一旦抛弃了，就成了没有牙的老虎。但若不丢弃武器，便无法活着回到突厥。

第四十五章 尾声

狄仁杰也不知道该如何劝说哈赤儿，上官婉儿不懂军事，更不敢轻易说话，一时间，帅帐内寂静得有些压抑。

哈赤儿的一声叹息打破了沉默："好吧，有舍有得，活下去才能有未来。狄大人，上官大人，这次虎师来龟兹的事儿，大可汗默啜并不知情，还请两位帮我保密。"

狄仁杰缓缓地点了点头："大将军，无论以前咱们是敌是友，至少这一次，咱们要站在一条线上，否则，一损俱损啊。"

"我明白，等回到突厥，我会率兵逼近大周边境，让武则天知道我还活着，这样，你们二位的危机就解除了，我的危机也会解除。"哈赤儿果然如狄仁杰所说一般，看似粗鲁实则内藏智慧。

没有永远的朋友，也没有永远的敌人，只有永远的利益。

……

单就建筑而言，通天宫辉煌壮丽，可谓是世界建筑史上的奇迹，但没有万国来朝的通天宫却显得有些冷清。

武则天脸色铁青地看着手上的塘报，整个人如同木偶般一动不动，风不断地从窗户吹进来，吹得她的眼睛开始流泪，但依然没能让她眨一下眼睛。站在下首的内卫大阁领贾威猛有些站不住，左动动右挠挠，惹得他旁边的魏王武承嗣一个劲儿地翻白眼。

武则天突然笑了起来，笑声越来越大。武承嗣不知道武则天为何情绪变化会这么大，愣了一阵后也跟着笑了起来。

"承嗣，你笑什么？"武则天突然收住笑容问道。

武承嗣本身就是假笑，立刻收住笑容，说道："臣是看陛下在笑，一定是值得高兴的事，所以臣才跟着笑。"

武则天转向贾威猛问道："贾爱卿，你为何不笑？"

贾威猛忙答道："臣不知陛下为何而笑，所以不笑。"

武则天点了点头，转身走到窗边，看向笼罩在蒙蒙细雨中的洛阳城，轻叹了一口气："狄仁杰和上官婉儿回来了吗？"

贾威猛上前两步，轻声答道："已经到了洛阳，不过，听说狄仁杰到城南郊区去了，目前还不知道他去做什么事。"

武则天思索了一阵，说道："同平章事的位置空得太久了。"

武承嗣听后眼睛一亮，立刻跪倒叩头："谢陛下……"

贾威猛急忙拉住武承嗣，小声提醒道："陛下说的不是你，是狄仁杰。"

武承嗣听后脸上一红，急忙站起身，轻咳了两声掩饰尴尬。

"承嗣，塘报上说，突厥虎师突然临近我边境重镇，此事该如何处置？"武则天问道。

"陛下英明神武，大周国盛兵强，安西都护府防卫极严，想那突厥也只是装腔作势罢了，另外，臣听说前段时间两支军队已前往安西四镇驻防，虎师再厉害，也不敢与大周主力打硬仗吧。"武承嗣说得一口官场套话。

武则天深邃的眼神仿佛知晓了一切，叹了一口气道："这次还真让你蒙对了，他的确是装腔作势，此事就到此为止吧。承嗣，朕让你置办祭鼎一事，现在进展如何？"

"回禀陛下，九鼎已铸成，祭龙台定会在祭鼎大典之前完工，臣还听水部侍郎王巍禾说，建造祭龙台的工人看到过洛水上空出现了神异，是一条龙和一座龙宫，此乃吉兆啊。"武承嗣说道。

"吉兆，是吉兆。"武则天有气无力地说着，"承嗣，传朕旨意，遣洛阳周边民众戍边一事先暂停吧，已经戍边的民众愿意回来的，给予相应的补偿，不愿意回来的，免赋税三年。"

"陛下圣明，臣遵旨。"

随着武则天圣旨的颁布，安西地区长达数年的农牧之争便也告一段落。

武则天只感到浑身无力，却不愿意在臣子面前失了身份，便朝着两人挥了挥手。

武承嗣和贾威猛施礼后转身离去，空荡荡的大殿中只剩下武则天一人，她的手一松，塘报掉落在地，发出啪的一声，一阵风从窗户吹了进来，将塘报吹开，露出了其中的内容。

塘报上写着：突厥虎师靠近大周边境，安营扎寨，休养生息，目前并无进攻迹象。另，恶魔之手组织的成员已被全部剿杀，首领闫知微自杀身亡。

武则天伸手抚摸从窗户飘进来的雨水，脸上露出了轻松的笑意。

……

如果说龟兹的沙是苍凉的,那洛阳的山则是秀美的。蒙蒙细雨让整座山如梦如幻,远远望去,还以为是仙家之地。

狄仁杰和上官婉儿一前一后地走在树林中,他们身上衣袍已经被雨水淋湿,却毫不在意。狄仁杰一边走一边向左边说着话,有时声音大,有时声音小,有时声音细,有时声音粗,时而笑,时而严肃。

上官婉儿无奈地摇了摇头,但她知道,狄仁杰心结不解,这病就不会好。

"在这里,你打了闫知微一掌。"狄仁杰的声音如常。

"你看这棵树上的抓痕,是闫知微的武器虎爪造成的,那时大理寺卿宗华还跟着你混呢。"狄仁杰的声音有一些发尖,还夹杂着女性的常用词语。

"你踩着这块石头一跃,抱着闫知微滚了五六丈才停下来,摔得头都破了。"

"这里……还有这里……"

……

狄仁杰走到悬崖边也没有停下来,要不是上官婉儿一把拉住他,他定会掉落下去。他双眼惊恐地望着悬崖下湍急的河水,颤抖的双手捂着脑袋,口中发出"嗬嗬"的声音。

"狄大人,你先退回来,太危险了。"上官婉儿试图把狄仁杰拉到安全一些的地方,却发现根本拉不动他。

"钟晓霞,钟晓霞!"狄仁杰猛地打了一个冷颤,向四周看着,没见到钟晓霞的身影后,他便声嘶力竭地喊着。

"狄仁杰,你疯了,这里就咱们俩,哪来的钟晓霞,你疯了,疯了……"上官婉儿朝着狄仁杰喊叫着,企图用声音唤醒他。

"我想起来了,都想起来了。就在这里,闫知微蒙着脸,身上中了两箭,我和他扭打在一起,他一脚踹在我的胸部,我向后倒下,脚下一绊,整个人失控摔向悬崖下。钟晓霞也是这样拉着我,把我拉了回来,在跌落悬崖的瞬间,她抓住闫知微的胳膊,拉着他一同掉落了下去。"狄仁杰身体尽量地向前倾,向悬崖下看着。由于蒙蒙细雨,能见度很低,只能听见悬崖下湍急河水流动的声音，却无法看到底部。

"钟晓霞，你在哪里？钟晓霞，你在哪里呀？"狄仁杰声泪俱下地向山崖下喊着，全然不顾危险。

"你先退回来，我快拉不住你了。"上官婉儿尽力地拉拽着狄仁杰，她毕竟是女性，手上的力气有限，眼见着狄仁杰的衣袍一点点地离开手指。

狄仁杰却像没听到一般："既然同样都是摔落悬崖，重伤的闫知微都活了下来，钟晓霞人呢？为什么找不到？"

"我看了你们的记录，河流附近都找了，你已经尽力啦！"上官婉儿大声喊着。

"找不到是因为我没掉到悬崖下，傻瓜！"狄仁杰自言自语着，随后瞪大眼睛看向雾蒙蒙的悬崖下方，神奇的是，他隐约看到悬崖有一块凸起，凸起上有一棵残败的枯树，枯树上隐约有一件藏青色的衣袍，黑色的腰带上还挂着一把腰刀。

就在上官婉儿快抓不住时，他终于回归了理智，向后退了一步，回到了安全地带。

上官婉儿力竭，松手后倒退了几步，靠在一棵树上喘息着："我说狄大人，你真是不要命了。"

"绳子，快把绳子绑在树上，我要下去。"狄仁杰忙说道。

"喂，狄仁杰，你这是为难人，荒郊野外的，我去哪给你弄绳子？"上官婉儿抗议道。

"想办法去弄，拜托了，上官大人。"狄仁杰苦苦哀求着。

上官婉儿心头一软："好吧，你等我，别太靠近悬崖，一定要等我回来呀。"

狄仁杰连忙拱手抱拳答谢，随后还向身边说道："还不快谢谢上官大人。"

"谢谢上官大人。"狄仁杰几乎是夹着嗓子向上官婉儿说道。

上官婉儿打了一个冷颤，胆怯地看向狄仁杰，随后施展轻功向山下奔去："也不知道为什么，我非要和这个老疯子来这里……唉！"

……

第四十五章　尾声

上官婉儿的办事能力一流，加上她的身份特殊，很快，她不但带着很多绳子，还把洛阳府的捕快给请了来。在众人的协力之下，狄仁杰把绳子系在腰间，一点点地顺着崖壁向下坠去。

时间过得很慢，尤其对于在悬崖上等待的人。上官婉儿每隔一段时间就向悬崖下看看，并大声喊着狄仁杰的名字。

"拉我上去。"狄仁杰终于有了回应。

不得不说上官婉儿是英明的，要是她一个人，无论如何也无法把狄仁杰从悬崖下拉上来。当狄仁杰上来时，怀中抱着一件破碎的衣袍、一块腰牌和一把腰刀，却不见其他。

众人手忙脚乱地帮助狄仁杰解开绳子，又拉着他走到安全地带，这才放开手。

狄仁杰站在雨中一声不响，眼睛直勾勾地看着手上捧着的衣袍等物。

"狄大人。"上官婉儿轻声地叫着。

……

钟晓霞站在很远的地方，她回过头看着狄仁杰笑。

狄仁杰痴痴地望着钟晓霞的方向，口中喃喃着："钟晓霞，别走。"

钟晓霞笑了笑，朝着他挥了挥手，转过头向树林深处走去。

"等等我！"狄仁杰拼命地向钟晓霞消失的方向奔跑着，摔倒了再爬起来，身上满是泥水，却浑然不知。

"狄大人，你要保重，我不能再陪你了。"钟晓霞的声音不断地在耳旁响起，可狄仁杰却再也站不起来，只是艰难地向前爬着。

……

洛阳府的捕快们竭力地抓着狄仁杰，不让他继续向前追。上官婉儿走到狄仁杰面前，狠狠地打了他一巴掌："你该醒醒啦！"

剧烈的疼痛让狄仁杰走出虚幻的世界，他看着身边的捕快和面前一脸关心的上官婉儿，又看了看手上死死攥着的衣袍等物，突然放声痛哭起来，泪水混着雨水不断地流下来……

雨一直下着，滋润着山间的树木植被，一阵阵带着凉意的风吹过，不断地掠夺着地面本就不高的温度。

狄仁杰一手拿着腰牌，一手抱着衣袍和腰刀已经呆坐了两个时辰，捕快们到山下的河边仔细搜寻了数遍，却没发现任何骸骨，大伙商量着找一些水性好的渔民来，潜入河底再搜寻一番，说不定会有所收获。

狄仁杰突然站起身来，他眉头的皱纹慢慢地舒展开，脸上洋溢着满足的笑意，他冲着上官婉儿等人深鞠一躬，随后说道："多谢各位，这件事就到此为止吧。"

说罢，狄仁杰把那面有些锈迹的腰牌拴在自己的腰间，抱着衣袍向山下慢慢走去。

上官婉儿看到眉头已经舒展开的狄仁杰，欣慰地抹了抹眼角的泪水，朝着众捕快挥了挥手，朝着狄仁杰的方向追了过去。

人生最大的悲哀，就是走不出心灵的桎梏，桎梏会产生执念，执念令人迷茫、失去人生的方向，放下执念，人才能真正得到解脱。

生活原本很苦，若哭，就一个人偷偷地哭。若笑，就笑给世界看。

（全书完）